erste druk, juni 2014

Ontwerp omslag en binnenwerk Paul van Dijk communicatie & creatie
Foto auteur Ingrid van de Kerkhof-Knaapen
Druk Wöhrmann Print Service, Zutphen

© 2014 Uitgeverij Palmslag | Dinie Bell

www.palmslag.nl
info@palmslag.nl

Alle rechten voorbehouden. Niets uit dit boek mag worden verveelvou-
digd en/of openbaar gemaakt door middel van druk, internet, fotokopie,
microfilm of op welke andere (digitale) wijze dan ook, zonder vooraf-
gaande schriftelijke toestemming van de uitgever.

No part of this book may be reproduced in any form by print, internet,
photoprint, microfilm or any other (digital) means without written per-
mission from the publisher.

ISBN 978 94 917731 8 1

NUR 305

**Openbare Bibliotheek
Osdorp**
Osdorpplein 16
1068 EL Amsterdam
Tel.: 020 - 610.74.54
www.oba.nl

D1426778

DINIE BELL

HYSTERIA

THRILLER

Openbare Bibliotheek
Osdorp
Osdorpplein 16
1068 EL Amsterdam
Tel.: 020 - 610.74.54
www.oba.nl

palm|slag

Dit boek is opgedragen aan Collin Shaun en Aeron Jay

Proloog

Zijn woedende stem snerpte dwars door mijn schedel. Het bezorgde me een stekende pijn achter mijn ogen die ik dichtkneep. Teneinde het geluid samen met zijn woorden buiten te sluiten, drukte ik mijn handen tegen mijn oren. Ik wilde hem niet horen zeggen dat hij weg zou gaan. Ik kon hem niet missen.

Het kwam door haar dat ik eenzaam zou achterblijven. Als zij zich anders had gedragen, zou hij nu niet op het punt staan voorgoed te verdwijnen. Ik was zo kwaad op haar!

Een gevoel van uitputting overviel me. Moeizaam tilde ik mijn hand op om de zweetdruppels die op mijn voorhoofd parelden weg te vegen. Mijn vingers trilden.

Het geschreeuw beneden ging door en ik wist dat ik snel iets moest doen om hem tegen te houden, ervoor te zorgen dat hij hier bleef. Diep van binnen wist ik ook wát. De stem in mijn hoofd herhaalde het keer op keer, luid en duidelijk. Hij klonk zo helder dat het geruzie van beneden erdoor overstemd werd. Toch aarzelde ik.

Een bonkende hoofdpijn kwam opzetten terwijl ik trachtte me op een oplossing voor mijn probleem te concentreren. Een andere oplossing. Maar ik kon zo gauw geen manier bedenken om dit de wereld uit te helpen.

Radeloos keek ik om me heen, naar de muren die voor mijn ogen van kleur veranderden, van lichtroze naar paars, van paars naar blauw, naar de commode die niet langer wit was maar een onbestemde kleur grijs had.

Vaag zag ik de lamp aan het plafond, waar Sneeuwwitje en de zeven dwergen op afgebeeld stonden en waarvan de kleuren ineen leken te vloeien. Ik wist dat op de twee prenten, die boven de kast hingen en die ik in een waas waarnam, puppies en kittens getekend waren, maar ik kon niet onderscheiden op welk schilderijtje zich de hondjes en op welk zich de katjes bevonden. Mijn blik ging naar het bedje waarvan de contouren veranderden. De spijlen leken niet langer recht te zijn. Ze vormden halve cirkels.

Het jongste meisje bewoog, vertrok het rimpelige snoetje en maakte een zacht, pruttelend geluid. Al gauw zou ze wakker worden.

'Je moet snel handelen,' zei de stem indringend. 'Als de baby gaat huilen, zal daar iemand op afkomen en dan is je kans verkeken. Ze zal *opgeofferd moeten worden, dat is de enige manier om hem bij je te hou-den. En het is niet jouw schuld, die sloerie is er verantwoordelijk voor.'*

Nog gehoorzaamde ik niet. Pas toen de stem krijste: 'Doe het! Nu!' pakte ik het kussen dat op de commode lag en drukte het op het kleine gezichtje.

Deel 1

Tanja

Ik was nog heel jong toen mijn grote zus mijn hand in de hare nam en teemde: 'Kom maar, Tanja, kom maar.' Ze knikte er aanmoedigend bij, alsof ze wilde zeggen dat het goed was. Er was geen spoor van twijfel in mijn kindergeest. Vol vertrouwen volgde ik mijn zus, op wankele beentjes want ik kon net lopen.

Katja paste haar stappen aan de mijne aan. Over de gladde, houten vloer leidde ze me voorzichtig langs de eethoek, het bankstel, naar de gloeiende kachel. 'Voel eens... Lekker warm.' Ze bracht mijn hand in de richting van het loeiende gevaarte. Zelfs vanaf een afstand voelde ik de hitte van de haard en vanuit een ingeboren zelfbescherming deinsde ik terug, begreep ik dat ik er beter niet aan kon komen. Ik wist echter nog niets van slechte mensen en al helemaal niet van familieleden voor wie je moest oppassen. Maar ik kreeg het in één keer door toen Kaat mijn peuterhandje tegen het hete metaal van de kolenkachel drukte.

Ik wist niet wat me overkwam. Eén kort ogenblik reageerde ik dan ook niet. Maar het volgende moment drong wat er gebeurde in alle hevigheid tot me door. Het deed pijn, meer pijn dan ik tot dan toe in mijn korte leventje ervaren had. Met een schreeuw trachtte ik mijn hand terug te trekken van het grote, zwarte, vuurspuwende monster, maar mijn zus was sterker dan ik en ze hield mijn pols in een stevige greep. Het zachte vlees van mijn hand verschroeide snel.

Tot dat moment was Katja een vertrouwd beeld voor me geweest, iemand die bij me hoorde net als mama en papa, iemand van wie ik instinctief verwachtte dat ze me ten alle tijden zou beschermen. Bij dit verraad van haar raakte ik totaal in paniek. Ik stampte met mijn voeten op de grond en gilde. Na wat een eeuwigheid leek hoorde ik mama aan komen snellen vanuit de keuken, waar ze bezig was geweest de vaat te drogen. Op hetzelfde moment liet Katja me gehaast los en toverde een trek van angst op haar gezicht.

Mama kwam de kamer in, met de doek die ze nog altijd vasthield het water van haar handen deppend. 'Wat is er...' begon ze, en zag toen waarom ik zo tekeer ging. 'Tanja!' De kreet ging door merg en been. Zenuwachtig begon onze moeder de droogdoek tot een prop te wringen. Ze wist duidelijk geen raad met de situatie.

Nu Katja me niet langer in een ijzeren greep hield deed ik nogmaals een poging mijn hand van de kachel terug te trekken, maar die bleek letterlijk vastgeplakt te zitten. Ik krijste nog harder. Om hulp zoekend keek ik naar mama, die naast me kwam staan en een paar onbeholpen bewegingen maakte. Ook mijn zus keek smekend naar onze moeder op. Ze was in tranen toen ze stamelde: 'Ik krijg Tanja's vingers niet van de haard.'

In paniek trok mama mijn hand met een ruk los van de kolenkachel, waardoor een gedeelte van mijn huid afscheurde. Het bleef aan het zwarte metaal kleven. Het verbrandde en het stonk verschrikkelijk. Mijn vingers waren vuurrood en ruw, en de vellen hingen er aan. Ik huilde dikke, hete tranen.

Bij het zien van mijn gekwetste hand raakte mama nog meer overstuur. Ze liet me los, gooide de droogdoek op de grond, greep met beide handen in haar weelderige haardos en begon doelloos heen en weer door de kamer te lopen. Groot stonden haar opengesperde ogen in haar bleke gelaat. 'Wat moet ik doen? Wat moet ik doen?' vroeg ze zich keer op keer hardop af. 'Katja,' wendde ze zich, bevend over haar hele lichaam, tot haar oudste dochter, 'hoe kon dit gebeuren?'

Met trillende stem antwoordde mijn zus dat ik plotseling mijn hand tegen de kachel gedrukt had. Het was zo onverwacht en zo snel gegaan dat zij het niet had kunnen voorkomen, beweerde ze, met een zielige blik in haar donkere ogen. Onze moeder geloofde haar en ik kon niets ter verdediging aanvoeren, want daar bezat ik de woordenschat nog niet voor. Daar stond ik, hevig snikkend van ellende, mijn verminkte hand voor me uitgestoken.

Mijn moeder raapte zich bij elkaar en liep naar het telefoontoestel dat in een hoek van de kamer stond. Ze griste de hoorn van de haak.

'Wie ga je bellen, mama?' vroeg Katja.

'Je vader...' antwoordde mama, terwijl ze haar onzekere vingers in de gaatjes op de grote schijf stak en die vervolgens ronddraaide.

'Hij moet naar huis komen om met Tanja naar het ziekenhuis

te gaan.'

Terwijl we op hem wachtten, pakte mijn moeder in de keuken een kan uit een kastje. Ze deed de koelkast open, nam er een paar flessen melk uit, en vulde de kan met de witte vloeistof. Haar bewegingen waren nerveus en slordig en het vocht klotste over de rand, maakte kleine plasjes op de tafel.

Mama trok een stoel naar zich toe. Zwaar liet ze zich er op neer en voorzichtig om mijn kwetsuur nam ze me op schoot. Ook Katja schoof een stoel onder de tafel uit. Op haar knieën zittend, en met haar onderarmen op het formica blad van het tafeltje steunend, leunde ze naar voren, nieuwsgierig wat mama ging doen.

Met ijskoude vingers pakte mijn moeder mijn verbrande hand, dompelde die onder in de melk en hield hem daar. Intussen deed ze haar best zowel mij als Katja gerust te stellen. Maar haar stem klonk verstikt toen ze tegen mij zei dat de pijn snel over zou zijn en tegen mijn zus dat ze zich niet schuldig hoefde te voelen. 'Jij kunt er helemaal niets aan doen, Kaatje. Kleine kinderen zijn nu eenmaal onbezonnen en doen allemaal weleens iets gevaarlijks.'

Met vochtige ogen keek Katja naar onze moeder op. 'Is mij zoiets dan ook wel eens overkomen, mama?' Mijn moeder streek met haar vrije hand over het steile, ravenzwarte haar van haar eerstgeborene.

'Nee,' gaf ze schoorvoetend toe, 'dat niet.' Katja begon te snikken.

'Zie je wel! Het is wél mijn schuld.' Ze prikte met haar vinger in haar borst en huilde alsof haar hart zou breken.

'Welnee,' zei mama overtuigend, 'jij bent altijd een bijzonder verstandig kind geweest, daarom heb je niet de gebruikelijke ongelukjes gehad. Stop nu maar met jezelf verwijten maken, het komt allemaal goed.' Katja bedaarde.

Terwijl zij de tranen van haar wangen veegde, kwam papa met gierende banden de straat ingereden. Hij parkeerde zijn donkerblauwe auto recht voor de deur en kwam geagiteerd binnen hollen. 'Hoe is het met haar?' informeerde hij, zodra hij ons in de keuken ontwaarde. Hij streek zijn bruine haar, dat nat was van het zweet, van zijn voorhoofd naar achteren.

Behoedzaam, zodat ze hem niet zou stoten aan de rand van de

kan, haalde mama zwijgend mijn gekwetste lichaamsdeel uit de melk. Hoewel hij het probeerde te verbergen, zag ik de trek van afschuw die over papa's gezicht gleed bij het aanschouwen van mijn verwondingen. Vervolgens vermande hij zich, pakte me op en racete, troostende woorden uitend, met me naar de eerste hulp.

De vrouw die daar achter de balie zat wierp één blik op mijn geblakerde vingers en kwam meteen in actie. Ze loodste mijn vader en mij mee naar een kamertje waar, zoals ze zei, over een paar ogenblikken een arts naar me zou komen kijken. 'Ze is nog zo klein,' hoorde ik haar op gedempte toon tegen papa zeggen, 'we zullen haar niet langer pijn laten lijden dan nodig is.' De zolen van haar witte schoenen piepten op het zeil toen ze snel naar de deur liep om een arts te gaan waarschuwen. Papa ging in een van de twee plastic stoelen zitten die in de ruimte stonden en nam me op schoot.

Inderdaad kwam al na een paar minuten een oudere man met grijs haar en een enorme snor de behandelkamer binnen. Hij schudde mijn vader de hand en streek mij over mijn haar. 'Zo, zo, kindje,' zei hij vriendelijk, terwijl hij plaats nam op de stoel naast die van papa, 'jij hebt jezelf flink verbrand heb ik gehoord. Is het goed dat ik eens naar je hand kijk?'

Op mijn aarzelend hoofdknikje nam hij voorzichtig mijn vingers in zijn grote knuisten. 'Zo zo,' zei hij nogmaals, 'dat doet zeker wel zeer, hè?' Terwijl ik hevig rilde van de doorstane beproeving en af en toe nog ongecontroleerd snikte, knikte ik weer, heftiger nu.

'Daar gaan we allereerst iets aan doen,' besliste de dokter. 'Jij krijgt van mij een spuitje tegen de pijn. Dan moet je wel even een grote meid zijn, want je gaat een klein prikje voelen, maar als je rustig blijft krijg je straks een speelgoedspuitje mee naar huis. Heb je broertjes of zusjes?' Nogmaals knikte ik.

'Dan kunnen jullie spelen dat je dokter of verpleegster bent. Gaat het lukken, denk je, even stil blijven zitten terwijl ik prik?' Hij keek me ernstig aan en nu knikte ik vol overtuiging, want ik wilde dolgraag thuis zo'n spuitje hebben. Dapper slikte ik mijn tranen in, wist zelfs mijn snikken te beheersen zodat ik niet zou bewegen als de dokter me prikte.

Een zuster kwam met de injectie aanlopen en ik beet op mijn tanden, gaf geen kik toen de naald in mijn gehavende vlees gedreven werd. 'Goed zo,' prees de dokter, 'jij bent een flink meisje. Nu zal de pijn zo minder worden, en dan ga je lekker slapen.' Hij had het nog niet gezegd of ik doezelde al weg. Ik voelde nog net hoe papa zijn sterke armen wat steviger om me heen sloeg.

Terwijl ik sliep smeerde de verpleegster heel voorzichtig mijn hand in met zalf en draaide er een dik verband om. De arts gaf papa een tube zalf en een flink aantal rollen verband mee en instructies om me te verplegen. Toen ik de volgende ochtend wakker werd lag er een plastic injectiespuit op mijn nachtkastje.

Het was een hel als papa 's avonds het vuile verband verwijderde teneinde het te kunnen vervangen door het schone. Elke keer zat het aan mijn wonden gekleefd en scheurde de huid een beetje open als het behoedzaam van de vingers getrokken werd. Ik huilde en het viel me op dat papa vaak moest slikken. Mama hield tijdens de procedure mijn andere hand als troost en steun vast, maar ook zij hield het niet droog.

Vierjarige Katja zat er elke keer zonder een spier te vertrekken bij als ik gepijnigd werd. Koortsachtig begonnen haar bijna zwarte kijkers te schitteren als mama de verbandtrommel tevoorschijn haalde. Alsof ze op een leukigheidje getrakteerd ging worden. Ze trok een stoel vlak naast de mijne en strak, haast zonder te knipperen, volgden haar ogen papa's verrichtingen, alsof ze niets van het schouwspel wilde missen. Gretig was haar blik op mijn verminkte hand gevestigd wanneer die bloedend uit het verband tevoorschijn kwam. Ze leek ervan te genieten mijn brandwonden te aanschouwen, het rauwe vlees, de enorme blaren. Als ik kermde van pijn glimlachte ze vaag. Vanaf die tijd vertrouwde ik mijn zuster niet meer.

Het was aardedonker. Omdat ik niets kon onderscheiden, wist ik een moment niet waar ik me bevond. Gedesoriënteerd trachtte ik met opengesperde ogen de duisternis te doorboren. Toen dat niet lukte werd ik bang. Had iemand mijn ogen uitgestoken en was ik blind? Voor de paniek werkelijk kon toeslaan begreep ik dat het nacht was en dat ik in mijn bed lag. Ik herademde.

Het volgende moment dacht ik iets te horen en verstijfde ik weer, ervan overtuigd dat er in het donker iemand op me wachtte, iemand die me iets wilde aandoen. Iemand of iets, het hoefde tenslotte niet per se een mens te zijn, stond op het punt me de strot af te snijden, de ogen uit te pikken, mijn tong uit mijn mond te rukken. Ik kon het vreemde wezen haast ruiken. Of misschien waren het toch mensen en waren het meerdere personen. Een complot, dat was het! Ze hadden het op me gemunt!

Mijn hart klopte wild en ik kreeg een vieze smaak in mijn mond. Ik zweette als een otter, maar durfde de dekens niet van me af te gooien. Het was weliswaar een schamele bescherming, maar het was de enige bescherming die ik had.

Bij de gedachte dat wie of wat er in het duister op me aasde plotseling tevoorschijn zou kunnen springen, werd ik misselijk van de spanning die door mijn lijf gierde. Het was niet ondenkbaar dat degene die op de loer lag me zou doden. Iedereen was tot moord in staat. Ik ook.

Net als de voorbije nachten duurde het lang voor ik begreep dat er buiten mij niemand in de kamer was. Net als de voorgaande nachten lukte het me niet weer in te slapen. Morgen zou ik overvallen worden door een gevoel van uitputting, de hele dag naar rust verlangen. Elke handeling zou me ontzettend veel kracht kosten. Ik zou me met moeite kunnen concentreren, lusteloos en somber zijn.

Niemand kon me helpen met mijn problemen. Niemand wist ervan. Niet van de slapeloze nachten en niet van de gevolgen die deze hadden. Een overweldigend gevoel van eenzaamheid nam bezit van me. Toch, als ik me zo voelde als nu, was ik het liefst alleen. De stem was de enige die ik op zulke momenten kon verdragen, de enige die ik nodig had. Steeds weer sleepte hij me er doorheen, me voorzeggend wat ik doen moest.

Ik vertelde niemand iets. Ze waren totaal onwetend.

Katja

Papa had een kameraad die hij al sinds zijn vroegste jeugd kende. Toen hun beider ouders nog leefden waren die vrienden geweest en tijdens de vele bezoekjes die de echtparen over en weer aflegden lagen mijn vader en Ben bij elkaar in de wieg te slapen of kropen ze samen over de grond. Ze waren even oud en leerden tegelijkertijd lopen. Toen ze opgroeiden gingen ze naar dezelfde school en in de vakanties trokken de wederzijdse ouders er met elkaar op uit zodat de jongens altijd een speelkameraadje bij zich hadden. Eenmaal de tienerleeftijd bereikt, zetten de boezemvrienden de traditie voort en gingen ze met zijn tweeën op avontuur. Eerst in eigen land, later hadden ze het wat verder weg gezocht. Voor mijn gevoel waren ze de halve wereld rondgetrokken, Spanje, Italië en zelfs de Canarische eilanden hadden ze bezocht.

Als mijn vader me verhalen vertelde over die tijd hing ik aan zijn lippen. Hij en Ben hadden zoveel meegemaakt samen. Ze hadden spannende tijden beleefd, maar ook mooie dingen gezien en vooral heel veel plezier gemaakt. Papa besloot elk verhaal met de bewering dat Ben en hij zich meer broers voelden dan vrienden en dat ze nog nooit ruzie hadden gehad. Er lag zoveel liefde in zijn stem dat ik gewoon kon horen hoeveel hij om zijn kameraad gaf.

Toen papa mama ontmoette was Ben blij voor hem, maar zelf was hij nooit aan een vaste relatie begonnen. Gelukkig konden mijn moeder en de beste vriend van mijn vader goed met elkaar overweg, zodat de vriendschap tussen de mannen bleef bestaan.

Mijn vader stichtte een gezin en Ben beleefde mama's zwangerschappen intens mee. Volgens mijn ouders gedroeg hij zich alsof hij oom werd. De dag na de geboorte kwam hij meteen op kraamvisite, een blije lach op zijn gezicht en een immens cadeau voor de nieuwe spruit onder zijn arm.

Ook nu we wat ouder waren kwam papa's vriend vaak over de vloer en mijn zusje en ik wisten niet beter of hij hoorde erbij in ons gezin. En toch, ook al kende mijn vader hem al zijn hele leven en zou hij hem zijn liefste bezit toevertrouwen, toch was er iets aan Ben dat mij tegenstond. Het was de manier waarop hij en mijn moeder elkaar aankeken die me niet beviel en die telkens weer maakte dat mijn nekharen overeind gingen staan. Hun blikken hadden iets mysterieus, iets stiekems. Papa leek het niet te merken en Tanja was wellicht nog te jong om argwaan te koesteren, maar mij ontging niets. En nadat ik Ben en mama een keer had bespied terwijl mijn vader weg was, wist ik precies hoe de vork in de steel zat.

Mijn moeder dacht dat ik in bed lag, maar ik stond in de gang en tilde een puntje op van het bruin velours gordijn dat voor het raam van de tussendeur hing, om te zien waarmee mama en onze gast zich onledig hielden. Ze zaten samen op de bank en ik zag Bens handen koortsachtig over mama's lichaam gaan, haar overal betastend. Hij streelde onder haar trui haar borsten en gleed met zijn vingers tussen haar benen, die zij gewillig spreidde. Zijn tong kwam tussen zijn lippen uit en verdween in haar mond.

Mijn moeder giechelde als een schoolmeisje en tastte naar de riem van Bens broek. Ze trok die los, ritste de gulp open en stak haar vingers in het witte slipje dat papa's vriend droeg. Ze maakte bewegingen met haar hand en fluisterde woordjes in Bens oor. Toen bracht ze haar mond naar zijn slip. Hij kwam met zijn billen omhoog van de bank om de stof een stukje naar beneden te schuiven, zodat zij er goed bij kon. Ik zag het krullende, rossige haar onder aan zijn buik.

Het schouwspel schokte me. Wat deed mama tussen Bens benen? Daar, op die plek, zat toch zijn plasser? En als ik het goed begreep had ze die nu in haar mond. Ik kon me nauwelijks voorstellen dat ze dat echt deed. Ik vond het zo vies dat ik bijna de gang onder braakte.

Ik wendde mijn ogen van het tweetal af, liet het gordijn vallen en kon nog net op tijd de bittere gal die in mijn keel omhoog kwam doorslikken. Ik sloeg mijn hand voor mijn mond en langzaam trok de misselijkheid weg.

Het duurde even voordat ik weer durfde te kijken. Ja hoor, het was echt waar. Daar zat papa's kameraad, op onze bank, met zijn benen wijd gespreid en mama, die nu op haar knieën voor hem zat, had zijn geslachtsdeel in haar mond en likte en zoog er aan alsof ze een lolly tussen haar lippen had. Ze scheen het lekker te vinden. Ook Ben vond het kennelijk fijn, want hij bracht steeds zijn heupen naar voren, naar haar toe, alsof hij dat ding niet diep genoeg in haar keel kon steken. Dat mama het niet benauwd had! Ik kreeg weer braakneigingen, zuchtte diep, maar dwong mezelf te blijven kijken.

Mijn moeder bleef druk met Bens piemel in de weer, net zo lang tot zijn ogen glazig werden en hij vreemde klanken uitstootte. Er scheen iets uit het geslacht van papa's vriend te komen, want mama slikte en slikte, maar toch liep er een straaltje wit spul langs haar mondhoek, over haar kin.

Bij het geluid van de sleutel die in het slot werd gestoken veegde ze het snel af, stond gehaast op en trok haar kleren recht. Terwijl Ben binnensmonds vloekte en haastig zijn broek dicht ritste, ging mama onschuldig naast hem op de bank zitten. Voor papa de gang instapte was ik de trap opgesneld.

Trees

Ben was niet zo zeer een mooie als wel een sexy man. Vanaf het moment dat ik hem voor het eerst zag begeerde ik hem. Ik ontdekte al gauw dat hij ook geïnteresseerd was in mij. We werden als magneten naar elkaar toegetrokken. We wilden elkaar. Er was echter één probleem, hij was de beste vriend van Huib, toen nog mijn verloofde. Jarenlang wisten we ter wille van hem onze driften in bedwang te houden.

Niet dat ik van het door en door integere type was. Integendeel. Dol op mannen maakte ik zo nu en dan een slippertje met deze of gene. Zoals die keer dat mijn echtgenoot me op een personeelsfeestje voorstelde aan zijn naaste collega en ik nog dezelfde avond met de man in een verlaten kantoortje belandde. Huib, beschonken als hij was, had er geen idee van.

Voor zowel de kerel in kwestie als voor mij was het een eenmalig avontuurtje en ik hoorde of zag nooit meer iets van hem. Behalve dan op die regenachtige dag dat Huib danig overstuur thuis kwam. Ik zat net aan de tafel met het witte formicablad even uit te blazen met een kopje thee toen mijn echtgenoot, met zijn jas nog aan, verhit de keuken binnen kwam. Het was niets voor hem om zonder bij de voordeur zijn voeten te vegen door het huis te lopen, maar deze keer liet hij natte afdrukken achter op de houten vloer. Hij wapperde met een dubbelgevouwen krant voor mijn gezicht. 'Raadt eens wie er opgepakt is!'

Niet begrijpend keek ik naar hem op. 'Door de politie bedoel je?' Huib knikte bevestigend. Razendsnel verschenen er allerlei mensen voor mijn geestesoog: familieleden, vrienden, bekenden. Maar ik kon niet bedenken wie er iets misdadigs op zijn of haar kerfstok kon hebben. Ik haalde mijn schouders op. 'Ik zou het niet weten.'

Huib legde de krant op het tafelblad en vouwde hem open. Hij hoefde niet eens op de foto te wijzen die groot op de voorpagina stond afgedrukt. Ik had hem herkend, de man met wie ik mijn echtgenoot bedrogen had. Mijn hart sloeg een slag over.

Om mijn plotselinge schrik te verbergen boog ik me over het dagblad. Het werd zwart voor mijn ogen toen ik het artikel las. Het was een hele schok om op deze manier te weten te komen dat Huibs collega gevaarlijk was en waarschijnlijk levenslang zou krijgen voor zijn wandaden.

Intussen wachtte de man met wie ik getrouwd was op een reactie van mijn kant. Ik moest converseren. Huib mocht niets gaan vermoeden van mijn avontuurtje met die bajesklant.

Met uiterste zelfbeheersing wist ik enkele woorden uit mijn strot te wringen.

'Wat heeft hem bezield?' Ik hoorde zelf hoe hees mijn stem klonk. Viel het mijn man niet op? Maar Huib was te ontdaan door het nieuws van de arrestatie om te merken dat ik wel heel erg schrok. Terwijl hij zijn haar van zijn voorhoofd naar achteren streek, stamelde hij: 'Hij schijnt schizofreen te zijn.' Hij zweeg even, om verslagen te vervolgen: 'Tjonge Trees, dan denk je iemand te kennen. Vijf jaar heb ik met hem samengewerkt en ik heb nooit gemerkt dat hij aan psychoses leed.' Nogmaals ging hij met zijn hand door zijn haar. 'Als me iets was opgevallen, dan

had ik hem misschien tot rede kunnen brengen voordat hij doordraaide.'

Ik schudde mijn hoofd. 'Wees maar blij dat je niets hebt door-
gehad! Waarschijnlijk zou hij kwaad geworden zijn als je je met
zijn zaken had bemoeid en dan had het weleens slecht met je af
kunnen lopen.' Er liep een rilling over mijn rug terwijl ik het zei.
In wat voor gevaarlijke situatie had ik mezelf begeven door iets
met die kerel te beginnen! Dat zou me nooit meer gebeuren nam
ik me voor. Ik had mijn lesje geleerd. In het vervolg zou ik Huib
trouw blijven. Je wist per slot van rekening niet wat voor vlees je in
de kuip had met een wildvreemde man.

Maar Ben was géén vreemde. Hij was de jeugdvriend van Huib
en ik wist dat hij geen kwaad in de zin had. Hij had alleen zin in
mij.

Op den duur was er geen ontkomen meer aan. Het verlangen
overheerste ons. We begonnen een hartstochtelijke verhouding
waar de man, met wie ik inmiddels getrouwd was, niets van wist,
niets van mocht weten. Huib was mijn vaste factor. Ik wilde hem
niet kwijt, maar het leven met hem was inmiddels een beetje in
een sleur geraakt. De meeste avonden gingen we meteen slapen
als we in bed stapten. En de enkele keren dat we nog seks hadden
waren romantische of erotische uitspattingen er niet meer bij.

Tussen Ben en mij was er chemie. Hij wist weer spanning in
mijn leven te brengen. We maakten er een sport van in een korte
tijdsspanne seks te hebben, die felle roodharige man en ik. Het
liefst speelden we met elkaar als Huib even weg was om in de
friteszaak twee straten verderop sigaretten te halen. Dan werkte ik
die lekkere vent met zijn gespierde lijf in een paar minuten naar
een hoogtepunt toe. Ben stond altijd op springen.

Maar hij kon mij ook in luttele seconden tot een climax brengen. Ik was altijd opgewonden als hij in de buurt was en me met
zijn doordringende ogen volgde. En hij wist me op meesterlijke
wijze te bevredigen. Ik genoot van hem zoals ik van de man met
wie ik getrouwd was allang niet meer genoot. De seksuele spanning knetterde tussen ons.

Binnen de kortste keren bleef mijn menstruatie uit en ik besefte dat ik zwanger was. Ik wist dat het kind haast wel van mijn minnaar moest zijn. Op hetzelfde moment besloot ik dat ik Huib niet zou opbiechten dat ik een baby droeg van zijn beste vriend. Mijn zwangerschap was nog pril, ik hoefde nog niet te vertellen dat er een kindje onder mijn hart groeide. Ik zou Huib de komende week een paar keer verleiden, dan kon ik hem makkelijk laten denken dat de baby van hem was als het eenmaal zo ver zou zijn dat ik hem moest inlichten over de op handen zijnde gezinsuitbreiding. Er zou niet de minste argwaan in zijn geest zijn. Hij had er geen idee van wat ik met Ben uitspookte.

Dat de man met wie ik vreemd ging het spel zou meespelen, daar twijfelde ik niet aan. Ben was al zijn hele leven vrijgezel en gedurende onze verhouding had hij meerdere malen met klem gezegd dat hij geen vaste relatie wilde.

Ik wachtte het juiste moment af om mijn minnaar te vertellen dat ik zwanger was. Op een moment dat Huib weer eens naar de friteszaak was om rookwaren te halen en Katja en Tanja naar boven verdwenen omdat het bedtijd was, wilde Ben me op de bank naar zich toe trekken om "een potje te vrijen", zoals hij me hitsig toefluisterde. Ik weerde hem af. 'Ik moet je wat vertellen.'

Ben trok wit weg toen ik bekende zwanger van hem te zijn. Onnatuurlijk groot stonden zijn groene ogen in zijn gelaat. 'Je bent in verwachting?!' herhaalde hij. 'En het is van mij?!' In opperste verwarring streek hij met een hand over zijn voorhoofd. Hij liep rood aan. Nerveus bevochtigde hij zijn lippen. Zijn stem beefde licht toen hij vroeg: 'Je gaat het Huib toch niet vertellen van ons, Trees? Dat zou alles kapot maken! De vriendschap tussen hem en mij, en wat wíj samen hebben...' Het laatste met een handgebaar naar mij. Zweetdruppels parelden op zijn voorhoofd toen hij vervolgde: 'Het is verstandiger als je je misstap niet bekent. Als je niks zegt dan zal hij nooit weten dat je zwanger bent van mij, dat het mijn zoon of dochter is die hij voedt.' Hij nam mijn handen in de zijne. 'Geloof me, Trees, dat is het beste,' zei hij overredend. 'Ik kan geen kind grootbrengen, ik heb er de middelen niet voor. En ik ben alleen. Een kindje heeft een moeder nodig, heeft jóú nodig.'

Ik maakte mijn vingers los uit zijn greep en legde ze tegen zijn lippen. 'Wees maar niet bang, Ben' zei ik, 'ik scheep je niet op met een baby. Ik heb zelf al besloten te doen alsof het van Huib is.'

Mijn roodharige minnaar herademde. Met de mouw van zijn overhemd veegde hij het zweet van zijn gezicht. 'Dan zal niets de vriendschap tussen Huib en mij in de weg staan, en kunnen jij en ik op dezelfde voet verder gaan.'

Hersteld van de schrik was hij weer in vorm. Hij duwde me achterover op de bruine bank tot ik er languit op lag, en werkte dat heerlijke lijf van hem bovenop me. Hij drukte zijn lippen op de mijne. Warm en vochtig gleed zijn tong in mijn mond. Zijn rechterhand wrong zich tussen ons in en vond de weg tussen mijn benen. 'Je wilt dit toch niet opgeven, Trees?' fluisterde hij. Ik zwichtte meteen voor de verleiding.

Ben wist maar al te goed dat ik zijn zondige handelingen voor geen goud zou willen missen, dat ik verslaafd was aan zijn heerlijke lichaam. En zo bleef alles bij het oude.

Ik aarzelde geen moment. Zonder vragen te stellen trok ik mijn jas aan. Ik wist dat het hoe en waarom van de nieuwe opdracht die de stem me had gegeven me later uitgelegd zou worden.

Ik vond het groene wezentje al vlug. Ik was er niet huiverig voor en ik pakte het diertje met mijn blote handen op.

'Neem het beest mee naar haar kamer en stop hem in haar tas,' gebood de stem. Het begon me te dagen wat zijn plan was. Ik vond het een fantastisch idee. De stem zat altijd vol goede ideeën. Wat had ik toch een geluk dat hij mijn vriend was, mijn handlanger, mijn mentor. Voorzichtig stopte ik het dier in mijn jaszak, een brede glimlach op mijn gezicht die er de hele weg niet meer van verdween.

Eenmaal terug keek ik links en rechts over mijn schouder. Was er niet iemand in de buurt, iemand die het beest zou kunnen horen als het toevallig geluid maakte? Ik zag niemand en opgelucht stak ik de sleutel in het slot. Vlug stapte ik de hal in en zonder rumoer te maken trok ik de deur achter me dicht. Weer keek ik schichtig om me heen. Maar ook binnen was geen mens te zien.

Ik haalde het dier tevoorschijn. Heel even hield ik hem in mijn beide handen en keek naar hem, zoals hij steeds zijn keel opblies en weer leeg liet lopen. Zijn ronde ogen bewogen van voor naar achter in zijn kop.

'Sta niet te treuzelen,' vermaande de stem, 'zo meteen word je nog betrapt.'

Met een opgejaagd gevoel vanwege die woorden liep ik de trap op om me naar haar kamer te begeven.

Ik stapte juist op de laatste tree toen ik water hoorde lopen. Ik wist haast zeker dat zij het was die een douche nam. Van opwinding begon mijn hart luid te bonken. Mijn mond werd droog. Ik transpireerde hevig. Ik zag hoe het plafond en de muren begonnen te golven. Ze veranderden van kleur. Wit, beige, bruin, zwart, blauw, lichtblauw, en terug naar wit. Ik had de neiging stil te blijven staan en te wachten tot ook de misselijkmakende golfbeweging zou verdwijnen, maar de stem zei nogmaals streng dat ik door moest lopen, ik had geen tijd te verliezen. Ik gehoorzaamde. Wat kon ik anders?

Voor de zekerheid keek ik voor ik haar kamer betrad nog even om. Had echt niemand me in de gaten? Toen ik zeker wist dat dat niet zo was handelde ik snel. Ik ging de ruimte binnen, stopte mijn vangst in haar tas, en was even gauw weer verdwenen. Alles bij elkaar had de hele operatie nog geen minuut in beslag genomen. Terug op de overloop stelde ik opgelucht vast dat de muren en het plafond niet meer golfden.

In tegenstelling tot mij was zij bang voor het groene diertje. Haar geschreeuw was niet van de lucht toen ze het een kwartier later ontdekte, doordat het bij het openen van de tas met een luide "kwaak!" tevoorschijn sprong. Benieuwd naar haar reactie was ik in de buurt van haar kamer rond blijven hangen. Bij haar gegil opende ik de deur om onschuldig te vragen wat er in 's hemelsnaam aan de hand was. Van angst kon ze geen woord uitbrengen. Ze wees naar het koudbloedige wezentje dat naar haar toe hupte. Ze maakte een luchtsprong die die van het amfibie niet alleen evenaarde maar zelfs overtrof. Het was een komische vertoning, maar ik weerhield de neiging te lachen. In plaats daarvan zei ik droogjes: 'De juf heeft pas geleden een sprookje voorgelezen waarin zo'n beest in een prins veranderde, dus ik weet hoe het werkt.' Ik wees naar het groene diertje. 'Je hoeft hem alleen maar te kussen.'

Ze had me met liefde iets lelijks aangedaan, maar om bij me te komen moest ze langs de kikker lopen en dat durfde ze niet. Ik genoot van haar onmacht. Ik spon als een kat. De stem ook.

Huib

Mijn vrouw en mijn beste vriend konden zo goed met elkaar overweg dat ze samen een kind gemaakt hadden. Ik verkeerde in zalige onwetendheid van dat feit toen Trees me vertelde weer zwanger te zijn. Ik verheugde me samen met haar op de geboorte van onze derde telg en hing stoere verhalen op tegen Ben. Dat ik zo viriel was. En superzaad had. Dat ik mijn eega toch maar mooi keer op keer wist te bevruchten. Wat moet hij in zijn vuistje gelachen hebben bij de wetenschap dat niet ík maar híj mijn vrouw bezwangerd had.

Toen de derde dochter op rij zich aandiende was ík het die met Trees naar het ziekenhuis snelde, ík was het die bij de bevalling aanwezig was en haar bijstond. Maar toen die kop met vuurrood haar uit het lichaam van mijn echtgenote werd geperst en ik het fel krijsende gezicht bekeek dat uit dat van Ben gesneden leek te zijn, wist ik dat ik niet de vader was. Op dat moment had ik zowel mijn vrouw, als mijn vriend, met plezier kunnen vermoorden en dat schreeuwende mormel eveneens.

Een zuster wikkelde de pasgeborene in een doek. 'Ik ga uw dochter wegen en meten, meneer Verbeek,' zei ze met een glimlach. 'U mag meekomen als u wilt.' Wat boeide het mij, hoe groot dat wicht was en hoeveel ze woog? Waarom zou ik het willen weten? Zodat ik aan Ben kon vertellen dat hij een wolk van een baby gemaakt had bij mijn vrouw? De verpleegster keek raar op toen ik haar geïrriteerd wegwuifde. Maar dat kon me niet schelen. En al kon ik verstandelijk beredeneren dat het kind er niets aan kon doen dat ze in zonde geboren was, toch haatte ik haar vanaf het eerste moment uit de grond van mijn hart.

Met verachting in mijn blik staarde ik naar Trees zodat ze wist dat ik het gezien had, de gelijkenis van onze derde dochter met haar biologische vader. Zodra de zuster de kamer uit was begon mijn echtgenote dan ook gehaast te spreken. Met twee handen greep ze me bij een arm en verzekerde me dat haar intieme betrekkingen met Ben alleen maar uit één enkel avontuurtje bestaan hadden. Zenuwachtig bevochtigde ze met haar tong haar lippen, bewerend dat ze verder niets met hem had, niets met hem wilde, die ene keer was een vergissing geweest. God, wat deed ze haar best me te overtuigen! En ik geloofde haar, wílde haar geloven. Mijn liefde voor mijn vrouw was groot genoeg om haar opnieuw mijn vertrouwen te schenken en haar deze ene misstap te vergeven.

Na verloop van tijd vergaf ik ook Ben, mijn beste kameraad, die ik al vanaf mijn kindertijd als familie beschouwde. Maar vergeten wat die twee gedaan hadden kon ik niet. Daar zorgde die baby met dat peenhaar wel voor, die in de wieg lag te krijsen alsof de wereld verging. Elke keer dat ik naar dat rimpelige gezicht keek dat tijdens een driftaanval zo rood werd als een biet, werd ik weer herinnerd aan wat haar vader en moeder hadden gedaan.

*****

Ondanks het feit dat ik Trees haar misstap had vergeven, raakten zij en ik na de geboorte van Carla van elkaar verwijderd. Het deed me pijn en meer dan wat dan ook wilde ik dat we weer dichter bij elkaar zouden komen, maar ik wist niet hoe ik dat moest bewerkstelligen. Ik was geen prater en Trees dacht natuurlijk dat ze beter niet over haar verhouding met Ben en de gevolgen daarvan kon beginnen, dus roerden we geen van beiden het heikele onderwerp aan. Toch, al spraken we niet over het feit dat ik een bedrogen echtgenoot was, ik werd er voortdurend aan herinnerd. Door Carla. Dat kind, dat niet beter wist dan dat ik haar vader was, liep me aan één stuk door achterna, bedelend om mijn aandacht, mijn liefde. Ik kon het haar niet geven. Meestal jaagde ik haar geïrriteerd weg. Het kwetste zowel mijn zogenaamde dochter als mijn vrouw en hierdoor raakten Trees en ik elkaar nog verder kwijt.

Op een avond stelde zij voor dat we nog een kindje zouden nemen. 'Zo'n kleintje van ons samen zal ons opnieuw verbinden,' zei ze, voor het eerst voorzichtig doelend op de afstand tussen ons. Ik voelde er wel wat voor. Wellicht zou een baby Trees en mij inderdaad nader tot elkaar brengen. Bovendien mocht het toch niet zo zijn dat Ben de laatste was die mijn echtgenote bevrucht had! Dat was een smet op mijn mannelijkheid. Straks zouden de mensen, die niet blind waren en ook wel zagen hoeveel Carla op mijn kameraad leek, nog zeggen dat Trees vreemd gegaan was omdat ik geen kinderen meer kon maken. Misschien zouden ze zelfs denken dat ik het nooit gekund had, dat ook Katja en Tanja niet mijn biologische dochters waren. Ja, een nieuw leven verwekken, dat leek me wel wat.

Er was echter één probleem. Sinds ik wist dat mijn echtgenote het bed had gedeeld met mijn beste vriend, was ik, de enkele keer dat we de liefde nog bedreven, een beetje lauw. Als ik haar penetreerde dacht ik er altijd aan dat ze Ben ook had toegestaan haar lichaam binnen te dringen. Als ik mijn hoogtepunt naderde zag ik in een flits zijn zaad dat tussen haar benen gespoten werd. Soms belette het me een orgasme te krijgen. Heel af en toe lukte het me zelfs niet opgewonden genoeg te raken om seks te hebben. Wat als het me niet zou lukken een kind te verwekken?

Daar had ik niet bang voor hoeven zijn. Die avond nam mijn vrouw me mee naar bed, sloeg de schone, glad gestreken lakens terug, duwde me achterover op de matras en bewerkte mijn lichaam met haar handen, haar mond en haar tong zoals ze het nog nooit gedaan had. Heel even drong Ben zich tussen ons in en vroeg ik me af of ze deze passie ook bij hem tentoongespreid had. Het volgende moment vergat ik alles, behalve het vuur dat Trees had ontstoken en dat mijn geslachtsdelen leek te verteren. Toen ik opgewonden genoeg was klom ze boven op me en bereed me tot ik mijn hoogtepunt bereikte. Ik schreeuwde het uit toen ik mijn sperma met lange stoten in haar spoot. Mijn echtgenote lachte zacht, sloot haar ogen en huiverde toen ook zij bevrediging vond voor haar lust.

Een paar maanden later bleek dat we zo heftig gevrijd hadden dat we een tweeling hadden verwekt. Ik was zo trots als een pauw toen ik het hoorde. Een tweeling! Niet één kind, maar twee. Daar had ik Ben toch maar mooi verslagen.

'Meisjes, kom eens bij me zitten,' zei mama op een kwade dag. Ze klopte op de zitting van de bank en Tanja liet zich direct gehoorzaam naast haar neer. Zedig zette ze haar voeten naast elkaar op de vloer en vouwde de handen in haar schoot. Ze zag er sereen uit, en ouwelijk.

Carla, die bij de keukendeur stond, nam een aanloop en gleed op haar sokken over de plankenvloer. Bessie, de hond die papa kort geleden uit het asiel gehaald had, rende met de tong uit de bek naast haar mee. Toen ze bij de bank was brak die rooie zowat haar nek omdat ze wilde afremmen. Giechelend liet ze zich aan de andere kant naast mama vallen.

Ik was niet verlangend te horen wat mijn moeder te melden had, want ik had een sterk vermoeden van wat ons binnenkort te gebeuren stond. Het was me allang opgevallen dat, ondanks het feit dat ze niet veel at, mama's buik steeds dikker werd. Mijn zusjes echter hadden geen idee. Vooral Car barstte haast van nieuwsgierigheid. Onze moeder deed anders nooit zo plechtig.

Mama sloeg haar rechterarm om Tanja heen en haar linker om Carla. 'Binnenkort,' begon ze, met een dromerige glimlach om haar mond, 'komt de ooievaar een bezoekje brengen aan ons huis.'

Vanaf mijn plekje in de fauteuil liet ik mijn ogen spottend over haar gelaat dwalen en snoof. De ooievaar, dacht ik, daar geloofden we toch allang niet meer in. Nou ja, Car misschien, die was pas zes, maar Tanja van acht en ik wisten wel beter. Ik ving mama's blik. 'Je bedoelt dat je in verwachting bent,' stelde ik vast.

Verschrikt sperde mijn moeder haar ogen open en liet ze in de richting van mijn jongste zusje flitsen. Over haar hoofd heen trok ze een waarschuwend gezicht naar me, wat zoveel betekende als dat ik mijn mond moest houden. Ik haalde mijn schouders op. Als zij haar kop in het zand wilde steken...

Tanja keek van mij naar mama. 'Krijgen we er een kindje bij?' Mijn moeder glimlachte alweer. Ze streek haar tweede dochter over het haar en zei met zachte stem: 'Niet één kindje, Tanja, maar twee. We krijgen een tweeling.' Toe maar, het kon niet op!

Zoals altijd was mijn blonde zusje degene die deed zoals het hoorde. Ze sloeg haar armen om mama's hals, kuste haar op beide wangen en bracht een welgemeend "Gefeliciteerd" uit. Carla, typerend uitbundig, sprong op van de bank en deed haar juichend na. Ze klapte in haar handen en maakte opgewekte huppelpasjes. Haar rode piekhaar danste vrolijk rond haar gezicht. Bessie sprong opgewonden om haar heen, delend in de vreugde, al wist dat stomme beest zelf niet waarom ze blij was.

Ik scheen de enige te zijn die geen heil zag in de ophanden zijnde gezinsuitbreiding. Spottend bekeek ik het gelukkige tafereeltje, me intussen afvragend of deze baby's, in tegenstelling tot onze rooie, wél volle broers of zusjes van me waren.

*****

Het was midden in de nacht toen papa me een half jaar later wekte om te vertellen dat hij met mijn moeder naar het ziekenhuis ging. De baby's zouden die nacht geboren worden.

'Oma is hier om op jullie te passen,' zei hij, 'en ik vertrouw er op dat jij haar een handje helpt als ik morgenochtend nog niet terug ben. Je bent bijna elf, je kunt best een boterham voor je zusjes smeren en zorgen dat ze die ook opeten.'

Dat kon ik zeker! Die twee moesten het eens wagen om niet te doen wat ik zei! Ik knikte braafjes. Papa gaf me een vluchtig klopje op mijn hoofd en verdween gehaast naar beneden. Ik kwam uit mijn bed om me naar het raam te begeven. Het was moordend koud en het zeil onder mijn voeten voelde kil aan. Snel stapte ik op het zwarte, hoogpolige kleed dat onder mijn venster lag. Ik ademde op de ijsbloemen op mijn raam en wreef net zo lang tot ik een gaatje gemaakt had dat groot genoeg was om erdoor te kunnen kijken.

Even later zag ik mijn ouders de voordeur uitkomen. Papa ondersteunde mama, die haar buik vasthield alsof ze bang was dat de baby's er voortijdig uit zouden rollen. Voorzichtig liepen ze door de sneeuw, die de avond ervoor was gevallen, naar de auto. Mijn vader opende het portier aan de passagierszijde en mijn moeder liet zich moeizaam op de stoel zakken. Snel liep papa naar de andere kant. Daar, staand naast zijn "long vehicle", zoals hij ons oude karretje altijd spottend noemde, keek hij even omhoog naar mijn raam en zwaaide. Toen stapte hij in en reed zo vlug als verantwoord was weg. Ik keek de auto na tot de achterlichten om de bocht van de weg verdwenen.

Omdat ik inmiddels rilde van de kou dook ik snel mijn bed weer in. Het was nog lekker warm van mijn lichaam. Ik trok de dekens op tot aan mijn kin, rolde me op mijn zij en viel als een blok in slaap.

De volgende ochtend in alle vroegte werd ik gewekt door het gekwetter van mijn jongste zusje, die aan de hand van Tanja mijn kamer binnenkwam en om mama vroeg. Nog half slapend greep ik naar mijn hoofd, mopperde dat ze niet zo'n herrie moest maken omdat oma bij ons logeerde en vast en zeker nog sliep. Ik vertelde dat onze moeder in het ziekenhuis lag omdat de tweeling geboren ging worden.

Carla juichte, totaal geen aandacht schenkend aan mijn vermaning stil te zijn. 'We krijgen vandaag twee broertjes of zusjes! We krijgen vandaag twee broertjes of zusjes!' Ik kneep mijn ogen dicht bij het geluid van haar schelle stem.

Tanja keek bedachtzaam bij de vreugdekreet van haar zusje. 'Of van elk één,' verbeterde ze. Maar dat begreep die rooie niet, zodat ik het uit moest leggen. Ik was nu al moe. Terwijl ik mijn benen over de rand van het bed zwaaide, zuchtte ik. Dingen uitleggen, boterhammen smeren en melk inschenken, maken dat ze alles naar binnen werkten en geen ongelukken veroorzaakten, wat was het een feest om kinderen te hebben! En straks waren er nóg twee van die handenbindertjes. Waar mama zin in had!

Ik droeg Tanja op, zichzelf te wassen en aan te kleden, en daarna Carla te helpen. Zelf trok ik een ochtendjas over mijn nachtgoed aan en ging vervolgens in de keuken aan de slag met de boterhammen. Het was niet nodig oma te wekken, ik kon alles zelf.

Zodra onze benjamin een half uur later fris gewassen aan tafel schoof en zag dat ze jam op haar brood had, begon ze te zeuren dat ze dat niet lustte.

'Opeten!' gebood ik. Toen ze het vertikte, probeerde ik de snee brood in haar mond te stoppen, maar ze kneep haar lippen stijf op elkaar. Vastbesloten me niet te laten verslaan door zo'n uk, brak ik met twee handen haar mond open. 'Prop die boterham er in!' beval ik Tanja.

'Maar Katja...' aarzelde ze.

'Er ín proppen, zeg ik! Helemaal! Als je het niet doet dan zul je het bezuren!'

Schichtig wierp mijn hoogblonde zusje een blik over haar schouder naar de deur. Ik begreep dat ze hoopte dat oma de keuken in zou komen om haar van haar afschuwelijke taak te ontheffen. Toen ze doorkreeg dat dat niet ging gebeuren stak ze aarzelend haar hand uit naar het brood.

'Stop het in haar mond!' moedigde ik haar aan. En toen ze het nog steeds niet deed: 'Nú!'

Tanja durfde niet langer te weigeren. Met een verontschuldigende blik in haar blauwe poppenogen keek ze naar Carla en schoof de snee brood in zijn geheel in haar mond.

'Doorslikken!' zei ik tegen de jongste.

'Maar Katja...' kwam het zusje dat in leeftijd onder mij kwam nog eens, haar ogen opengesperd in haar engelachtige gezichtje.

'Kop dicht!' beet ik haar toe. 'En jij, Car: slikken!'

Ze kozen allebei eieren voor hun geld. Tanja, ontzet naar de vuurrode kop van Carla starend, deed er het zwijgen toe en onze jongste kauwde verwoed op de boterham en slikte die met tranen in haar ogen door.

Twee minuten later kotste ze alles weer uit. De troep kwam op haar bord, de keukentafel en de vloer terecht. Het liet spetters na op haar schone trui. Een zurige lucht vulde de kleine ruimte van de keuken. Tanja en ik trokken onze neuzen op.

Ik liet mijn jongste zusje zelf de rotzooi opruimen. Tanja wilde haar helpen, maar ik verbood het haar. Carla verbraste een hele keukenrol om het braaksel weg te werken. Met een kop die rood aanliep sopte ze de tafel en dweilde de vloer. Ze wreef met een natte doek over de vlekken op haar kleding tot de stof ruw was. De rest van de ochtend hielden ze zich gedeisd, mijn zusters, zelfs toen oma al lang en breed uit bed was.

Het was zaterdag, dus we hoefden niet naar school. Oma zette een grote pot thee en plaatste die op de salontafel. 'Zo,' zei ze, 'als we die leeg gedronken hebben zal de tweeling wel geboren zijn.' Ze schonk vier mokken vol, deed er ruim melk en suiker in en overhandigde ons ieder een beker.

'Dank je, oma,' zei Tanja, beleefd als altijd.

'Dank je,' bauwde Car haar na. Ik zei niets. Het werd tijd dat oma eens wat deed, ik had al de hele ochtend lopen sjouwen.

Mijn blonde zuster, die vanaf de allereerste keer dat haar lerares op school over God vertelde een in mijn ogen onnatuurlijke belangstelling voor het geloof had opgevat, had de avond tevoren in onze oude Bijbel zitten lezen. Toen we naar bed gingen had ze hem op het salontafeltje gelegd. Nu nam ze hem weer ter hand en begon er in te bladeren, vol belangstelling, alsof ze de afbeeldingen nooit eerder had gezien. Carla zat naast haar op de bank en keek ook naar de getekende plaatjes. Ze zag een vierbenig dier dat door een man met een baard geleid werd en trok haar conclusie.

'Een meneer met zijn paard,' zei ze, naar de illustratie wijzend.

'Die meneer heet Jezus,' legde haar twee jaar oudere zuster geduldig uit, 'en dat is geen paard. Dat is de ezel van Jezus.' Oma keek het vredige tafereeltje met een glimlach om haar mond aan, maar ík walgde van zoveel heilige wijsheid.

Om elf uur kwam onze vader met een voldane trek op zijn gezicht thuis. Zodra hij een voet over de drempel zette stond Tanja op van de bank en vroeg ademloos: 'Zijn ze geboren?' Papa knikte trots. 'Ja, jullie hebben er twee zusjes bij. Sarah en Hannah.' Carla, die tegelijk met haar oudere zuster overeind gesprongen was, gilde alweer van opwinding. Opgetogen klapte ze in haar handen. Toen ze, door het dolle heen, met haar voeten op de grond begon te roffelen, keerde mijn vader zich met een geïrriteerde blik in zijn ogen naar haar toe en vermaande dat ze zich niet zo moest aanstellen. Ik was kennelijk niet de enige die moe werd van dat kind.

'Kom...' Papa nam twee jassen van de kapstok, 'dan kunnen jullie de baby's bewonderen.' Tanja's ogen straalden bij dat vooruitzicht en Car dartelde uitgelaten om papa heen. Als ze zo doorging zou het niet lang duren voor ze een draai om haar oren kon incasseren, dacht ik, mezelf verbazend over de algehele opwinding.

Zelfs oma's wangen vertoonden een blos toen ze haar mantel aantrok.

Omdat ik geen aanstalten maakte mezelf in mijn warme jack te hijsen, keek papa me aan. 'Ga je ook mee?' Eigenlijk had ik er geen behoefte aan de nieuwe aanwinsten te gaan bekijken, maar mijn nieuwsgierigheid won het van mijn afkeer. Ik griste mijn jas van de kapstok en volgde mijn gezinsleden naar de auto.

Onderweg naar het ziekenhuis vroeg ik me af of de baby's net zulk rood haar zouden hebben als Ben, of dat ze net zo driftig met hun vuistjes zouden zwaaien als Carla toen zij pas geboren was. Het zou me niet verbazen. Ik wist maar al te goed dat mama zich nog altijd vergreep aan papa's vriend.

Zodra ik een kwartier later de ziekenkamer binnenkwam liep ik regelrecht naar het bedje dat de tweeling samen deelde, mama negerend die verheugd glimlachte toen ze me zag. Mijn zusjes vlogen linea recta naar hun moeder toe en pas toen die na een uitgebreide knuffelbeurt zei: 'Ga maar eens naar Sarah en Hannah kijken, dan kan ik oma begroeten,' kwamen ze mij achterna.

Ik bracht mijn gezicht vlak boven die rimpelige wezentjes die mijn nieuwe zusjes waren en bestudeerde zorgvuldig hun gelaatstrekken. Ik kwam tot de conclusie dat ze wel iets van hun vermeende vader weg hadden. Dat viel me mee.

'Papa,' klaagde Carla, 'ik zie niks. Kaat hangt met haar kop in de wieg.' Terwijl hij aldoor verliefd in mama's ogen staarde, verbeterde papa automatisch: 'Haar hóófd. Katja hangt met haar hóófd in de wieg.'

'Ja, nou,' herhaalde die rooie pruilend, 'ik zie niks!'

Oma, die naar ons groepje toe gelopen was om de baby's op haar beurt te bewonderen, legde een hand op mijn schouder. 'Laat mij er eens even bij, Katja.'

Ik trok mijn hoofd terug uit het wiegje, stak mijn tong uit naar Car en keerde me tot mama, die met een vermoeid gezicht achterover tegen de kussens van het ziekenhuisbed hing. 'Nou, gefeliciteerd,' zei ik, 'papa heeft er weer twee monden bij om te voeden.'

Mijn moeder glimlachte minzaam. 'Een kind is het mooiste geschenk dat een vrouw haar echtgenoot kan geven, Kaatje,' zei ze.

Ja, maar vijf kinderen was naar mijn smaak een beetje teveel van het goede. Bovendien waren mama's genereuze cadeautjes niet altijd alleen aan papa voorbehouden.

Terwijl hij de maden in een groen, plastic doosje schepte, probeerde de winkelier een praatje met me aan te knopen. Belangstellend vroeg hij of ik ging vissen. Ontkennend schudde ik mijn hoofd. 'Je vader dan?' informeerde hij verder. Ik kon gerust "ja" knikken, ook al viste mijn vader nooit. De kerel kende hem toch niet. Maar ik ergerde me aan zijn nieuwsgierigheid. Hoe minder mensen op de hoogte waren van het plannetje dat de stem bedacht had, hoe beter het was. Snel gaf ik de verkoper het bedrag dat hij noemde en dat gelukkig niet zo'n heel grote bres in mijn zakgeld sloeg, en maakte dat ik weg kwam.

Een half uur later haalde ik stilletjes het oude, plastic aquarium van zolder. De wormen krioelden over elkaar heen toen ik ze voorzichtig vanuit het doosje in de bak schudde. Omdat ze binnen drie dagen zouden verpoppen plaatste ik het deksel met luchtgaten er bovenop. Toen verstopte ik het aquarium achter in mijn hangkast. Daar zou niemand het vinden, verborgen als het was achter jassen en lange broeken.

Na een paar dagen had ik tientallen, honderden zoemende insecten gekweekt. Het was tijd om het tweede gedeelte van het plan uit te voeren.

Met het aquarium in mijn armen sloop ik naar haar kamer, er zorg voor dragend dat niemand me zag. Eenmaal op de plaats van bestemming haalde ik het deksel van de doorzichtige bak en de vliegen zwermden eruit. Voldaan zag ik hoe ze rond begonnen te zoemen.

'Trek de gordijnen dicht,' instrueerde de stem, 'zodat ze de beestjes niet direct al bij het betreden van de ruimte ziet.' Ik had gehoopt dat hij het niet zou vragen.

Hij zag mijn aarzeling. 'Doe wat ik zeg!' beet hij me toe. Wie was ik om hem niet te gehoorzamen? Met een ruk trok ik aan de overgordijnen, daarmee het daglicht buitensluitend.

Toen ik me omdraaide zag ik hoe de verduisterde kamer een golvende beweging maakte. Ik begon me beroerd te voelen. Zweetdruppeltjes parelden op mijn voorhoofd. Terwijl ik me met twee handen vasthield aan haar bureau leek het vertrek steeds vlugger te bewegen en het gebrom van al die vliegen begon me te irriteren. Wat maakten die beesten een teringherrie! Het liefst had ik mijn handen tegen mijn oren gedrukt om het geluid buiten te sluiten, maar het was zaak de kamer te verlaten voordat iemand me betrapte.

Ik werd duizelig toen ik het bureau losliet en wankelend liep ik door de ruimte, in de richting van de deur waar ik bijna tegenaan botste omdat ik niet scherp zag. Het kostte me nog de nodige moeite geen insecten te laten ontsnappen terwijl ik haar domein uitglipte. Toen ik de deur voorzichtig achter me in het slot liet vallen, was ik blij dat ik weer in het volle daglicht stond. De duizeligheid trok weg, mijn zicht verbeterde en ik herademde.

Wat een spektakel gaf het toen ze de ruimte betrad en de beestjes om haar hoofd begonnen te zoemen. Donker als het in de kamer was zag ze niet meteen waar ze mee te maken had, maar toen haar ogen aan het duister gewend raakten begon ze wild naar de gevleugelde insecten te slaan. Waar ze er tien wegjaagde kwamen er twintig terug, wat haar mateloos ergerde. Ze begon te krijsen. 'Strontvliegen!' Het klonk me als muziek in de oren.

Tanja

Carla was het buitenbeentje in ons gezin. Ontelbare keren liet papa merken dat hij haar niet mocht door aan haar te refereren als "die bastaard" of "Bens kwakje". En al begreep Car niet precies wat hij met die scheldnamen bedoelde, ze voelde wel dat papa haar aanwezigheid nauwelijks kon verdragen.

Ook ik, met mijn verering voor een hogere macht, paste niet echt in het geheel. Eigenlijk had ik nergens het gevoel erbij te horen, thuis niet en ook niet op school, waar ik me er heel goed van bewust was dat ik nogal uit de toon viel bij de andere kinderen. Achter mijn rug smoesden mijn medeleerlingen over het feit dat ik diepgelovig was. Ze keken tersluiks naar me en ginnegapten achter hun handen. Iemand fluisterde een beetje te luid en ik hoorde hoe ze huiverend zei dat ze het maar luguber vond dat ik een zombie vereerde. Daar bedoelde ze de aan het kruis genagelde Christus mee, die na drie dagen verrees uit de dood. De enige reden waarom mijn schoolgenoten me niet lastig vielen was dat ze me een beetje een engerd vonden. Liever dan me te pesten lieten ze "die rare" links liggen. Stoer haalde ik er mijn schouders over op, maar diep van binnen stak het wel. Ik was dan ook blij toen ik in de derde klas van de basisschool Daisy leerde kennen.

Daisy was een klein mollig meisje met een bril en een minderwaardigheidscomplex. Ze was zo'n stille, teruggetrokken scholiere met wie niemand vrienden wilde zijn. Ze was een buitenstaander, net als ik. Maar waar de anderen mij met rust lieten, gaven ze er haar genadeloos van langs.

Als de jongens, en ook de meiden, zin hadden om iemand te pesten, hoefden ze niet ver te zoeken. Daisy was het ideale slachtoffer. Ze verzette zich nooit, laat staan dat ze zichzelf verdedigde.

Minstens één keer in de week wachtte een groepje haar na schooltijd op om haar in elkaar te slaan. Meerdere malen per week had ze tijdens de lunch niet te eten omdat iemand haar opdroeg haar boterhammen aan hem of haar af te staan. Als ze die dan gegeven had gooide de pestkop ze over het hek, "voor de vogeltjes". 'Die hebben het harder nodig dan jij, dikzak!' Daisy kroop nog wat meer in haar schulp. Doorgaans liep ze met haar hoofd tussen haar opgetrokken schouders over de speelplaats, haar blik op de grond gericht. Onzeker slofte ze de andere kinderen voorbij, vurig hopend dat niemand haar zou opmerken. Haar hele houding zei "sorry dat ik besta".

Ik schonk haar een glimlach, elke keer dat haar blik schichtig in mijn richting dwaalde. Niet alleen had ik medelijden met haar, maar het was ook mijn plicht als mens een ander te respecteren. In de ogen van God was ieder individu immers even waardevol.

Omdat ik de enige was die haar nooit treiterde of uitlachte, vatte Daisy een overdreven sympathie voor me op. Voortdurend zocht ze mijn gezelschap. Toen ze merkte dat ik dat niet direct afwees klampte ze zich aan me vast als een drenkeling aan wrakhout. Mijn zusjes hadden hun eigen vrienden op school en teneinde in de pauze niet langer in mijn eentje op het houten bankje in een hoek van de speelplaats te zitten liet ik me het gezelschap van de nieuwe leerlinge aanleunen.

Op een ochtend in de lente werd Daisy weer eens gedwongen haar lunchpakket af te geven. De sneeën brood belandden aan de andere kant van het hek, in het zwarte zand. Rolf, de jongen die haar het lunchzakje afhandig had gemaakt, posteerde zich met zijn handlangers tegenover Daisy, die met de rug gebogen naast mij op het groen geverfde bankje zat. Hij stond op nog geen meter afstand en daagde haar zwijgend uit hem te beletten een hap uit haar appel te nemen. Daisy durfde niet in opstand te komen.

Rolf zette zijn tanden in de vrucht en beet er in. De appel verdween voor een groot deel tussen zijn kaken. Na een paar seconden luidruchtig gekauwd en geslikt te hebben nam hij nog een hap, en nog één. Het waterige zonnetje deed het blonde haar van de jongen glanzen toen hij met volle mond luid smakkend beweerde "nog nooit zo'n lekker appeltje genuttigd te hebben".

Er had zich een kringetje nieuwsgierigen rond hem en zijn kornuiten verzameld dat steeds groter werd. Met belangstelling keken de scholieren toe, benieuwd naar de afloop van dit opstootje. Ik zag dat Kaat en haar vriendinnen zich ook bij het groepje voegden, mijn zuster met een gretige trek op haar gezicht.

Rolf had de appel afgekloven en nu gooide hij het klokhuis naar Daisy. Ze boog niet eens opzij om het te ontwijken en alvorens het voor haar voeten op de grond viel kwam het tegen haar voorhoofd. Er sprong een stukje appel af dat op haar bril terecht kwam. Daisy veegde het niet af. Het meisje dat zichzelf tot mijn vriendin had gebombardeerd zat bewegingloos naast me en staarde onafgebroken naar de neuzen van haar schoenen. Ik hoorde haar maag rammelen en had zo met haar te doen, dat ik Rolf en zijn vrienden trotseerde en haar een snee brood met kaas van mezelf aanbood. Haast onmerkbaar schudde Daisy haar hoofd. 'Laat maar,' zei ze timide en zonder me aan te kijken, 'dat pakken ze toch weer af.'

Ik maakte al aanstalten mijn hand terug te trekken, toen de snee brood uit mijn vingers gegrist werd. Wijdbeens stond Carla naast het bankje. Haar gelaat zag net zo rood als haar haren, die wapperden in de lentebries. Zo moest Jeanne d'Arc eruit gezien hebben toen ze ten strijde trok. Cars beste vriend Paul, die bij ons in de straat woonde, stond rotsvast naast haar, met een gezicht dat uit steen gehouwen leek. Het was duidelijk dat zij zich de kaas niet van het brood zouden laten eten.

'Hier...' Mijn zusje bewoog de nu danig gehavende bruine boterham voor het gezicht van de belaagde heen en weer. Die wendde haar oplichtende ogen naar haar redders in nood, en na een bemoedigend knikje van Car pakte ze het brood aan en zette er gretig haar tanden in. Zolang zij at bleef mijn roodharige zus naast het bankje staan. Met de handen gebald tot vuisten tartte ze de pestkoppen het "gore lef" te hebben het brood van Daisy af te pakken. Niemand waagde het. Carla zat een paar klassen lager dan zij, maar haar reputatie van felle tante was haar vooruitgesneld.

Een paar vrienden van Rolf begonnen gegeneerd met hun voeten over de grond te schuifelen, niet wetend hoe zich een houding te geven nu ze verslagen waren door een meisje, dat ook nog eens jonger was dan zij. Rolf, haast ziedend van woede, durfde het niet tegen mijn zusje op te nemen, maar hij wilde zich niet laten kennen. 'We krijgen je nog wel,' dreigde hij, met gestrekte arm naar Daisy wijzend. 'Denk maar niet dat je er zo makkelijk vanaf komt.' Mijn zus maakte een schijnbeweging in zijn richting en hij vloog achteruit. Deze keer was hij het die uitgelachen werd, door Car en Paul.

Het groepje treiteraars viel langzaam uiteen, zich over de speelplaats verspreidend. Een enkeling keek nog een keer om, bloeddorst in de ogen. Mijn zus werd er niet warm of koud van. 'Zo,' zei ze voldaan, 'van hen zul je vandaag geen last meer hebben. Jullie redden het verder wel, hè?' En weg rende ze al, met Paul op haar hielen.

'Ik zou willen dat ik net zo dapper was als zij,' verzuchtte Daisy, hen bewonderend nakijkend. Ik draaide mijn hoofd in haar richting. 'Bidt dan om kracht,' zei ik. Een bitter glimlachje kroop om Daisy's lippen.

'Weet je waarom ik pas in de derde klas hier op school gekomen ben?' vroeg ze. Ik haalde mijn schouders op. Daar had ik nooit over nagedacht. Ik had aangenomen dat ze kort geleden naar deze omgeving verhuisd was.

'Omdat ik op mijn vorige school ook gepest werd,' vertrouwde mijn nieuwe vriendin me toe. 'Daar was het nog erger dan hier. Wanneer de juf me naar voren riep om iets op het schoolbord te schrijven, stak er altijd wel iemand een been uit bij het passeren van zijn of haar tafeltje, zodat ik snel opzij moest springen. De eerste keer was ik er niet op bedacht en viel ik languit op de stoffige vloer. Er brak een stukje van mijn voortand en het metaal van mijn bril was verbogen. Vierenveertig kinderen barstten in lachen uit en degene die me had laten struikelen lachte het hardst van allemaal. De juf deed niets.

Omdat ik voortaan met een boog om een uitgestoken been heen liep, besloten mijn kwelgeesten een obstakel op mijn looppad te leggen, iets waardoor ik zou uitglijden. De schil van een banaan bijvoorbeeld, die iemand in de pauze had gegeten en speciaal voor de gelegenheid bewaard had.

Op de speelplaats werd ik geslagen en geschopt, elke keer dat er iemand bij me in de buurt kwam. En ze zorgden er wel voor dat ze bij me in de buurt kwamen, want hoe ik ook probeerde de pestkoppen te ontlopen, ze volgden me overal, een grijnslachje om hun lippen.

Thuis zei ik altijd dat ik gevallen was of dat ik mezelf had gestoten als ma ontdekte dat mijn knie geschaafd was of mijn arm bont en blauw zag. Ze had al eens argwanend opgemerkt dat ik me wel heel vaak bezeerde. Toen ik een keer thuiskwam met een bloedneus, een gescheurde lip en een blauw oog, geloofde ze me niet meer. 'Vertel me de waarheid, Daisy, anders ga ik naar school om uit te zoeken wat er gebeurd is.' Na dat dreigement, dat ze zeker uitgevoerd zou hebben, bleef me niets anders over dan op te biechten dat ik door de andere kinderen gepest en geslagen werd. De tranen sprongen ma in de ogen.

's Avonds kwam mijn pa van zijn werk en ma vertelde hem wat er aan de hand was. Geïrriteerd zei hij dat ik niet zo met me moest laten sollen. 'Bijt van je af!'

'Dat durf ik niet, pa.'

'Dan ga ik met de leraren praten! Of met die meiden en jongens!'

Mijn hart sloeg een slag over. Ik greep mijn pa bij de arm. 'Nee!

Alsjeblieft niet! Daar maak je het alleen maar erger mee! Dan vinden ze me ook nog een verrader!' Zuchtend streek pa met een hand door zijn haar. 'Dan weet ik het ook niet meer.'

Uiteindelijk hebben mijn ouders besloten me naar een andere school te sturen. Ik heb gebeden voor ik hier kwam, Tanja, echt waar. Ik heb God, Jezus, Maria en Jozef aangeroepen en hen gesmeekt me op deze school te beschermen. Toen dat niet hielp en de geschiedenis zich herhaalde, heb ik gevraagd of ik meer lef mocht krijgen om het tegen mijn aanvallers op te nemen. Maar ik ben geen held. Mijn knieën knikken als ik 's ochtends mijn bed uit kom en bedenk dat het een doordeweekse dag is en ik dus naar school moet. Soms geef ik in de badkamer over van angst. Stiekem, want ik wil niet dat pa en ma het horen. Ze weten niet dat het hier hetzelfde is als op mijn vorige school. Mijn ma zou er zo'n verdriet om hebben. En pa...' De ogen achter de dikke brillenglazen versomberden. 'Hij wordt alleen maar boos op me.' Bezwerend greep ze me bij de arm. 'Als je bij ons thuis komt mag je er niets over zeggen, Tanja, beloof je dat?' Ik knikte.

Vanaf die dag was Daisy mijn schaduw.

*****

Op een moment dat ik alleen thuis was met mama en we samen een kopje thee zaten te drinken, nam ik haar in vertrouwen omtrent de situatie van mijn vriendin.

Mijn moeder luisterde aandachtig. Na mijn uitgebreide verslag van de gebeurtenissen zei ze: 'Je kunt Daisy niet helpen met haar probleem, Tanja. Dat kan ze alleen zelf, door weerstand te bieden aan die pestkoppen. Maar je kunt haar wel steunen, door extra aardig voor haar te zijn. Neem haar wat vaker mee hier naartoe, dan vergeet ze haar zorgen een tijdje.' Ze dacht even na. 'Daisy komt op weg naar school toch langs ons huis, niet?' En op mijn hoofdknikje: 'Geef haar maar een sleutel. Als iemand haar onderweg dan lastig valt, heeft ze een uitwijkplaats.'

Soms viel mama best mee. Als ze nu ook maar eens iets deed om Car en mij te beschermen tegen degene die óns belaagde.

Als een dief sloop ik midden in de nacht over de overloop. Het was hartje winter, toch, om zo min mogelijk geluid te maken, liep ik op blote voeten over het koude zeil. Ik rilde, verlangde naar het warme bed dat ik verlaten had. Ik kon echter nog niet terug. Niet voordat ik mijn taak uitgevoerd had. In de lange mouw van mijn nachtpak hield ik een scheermesje verborgen. Dat had ik nodig.

Voorzichtig opende ik de deur van haar kamer. Ik had op de overloop de lamp niet aan durven doen en het was donker in het vertrek. Het enige licht kwam van de straatlantaarn voor het huis. Maar ondanks het duister zag ik bij de eerste blik op de geverfde muren dat deze van kleur veranderden en dat de vloer golfde.

Behoedzaam stak ik mijn hoofd wat verder naar binnen om te kijken of ze in bed lag. Aan de vorm onder de dekens kon ik zien dat dat inderdaad het geval was.

Langzaam schuifelde ik verder de slaapkamer in, stak de ruimte tussen haar en de deur over. Toen ik vlakbij het bed was bleef ik staan. Bij het licht dat van buiten spaarzaam door de dichtgetrokken overgordijnen schemerde, probeerde ik te zien of ze echt sliep of maar deed alsof. Ik staarde naar de wazige vorm onder de dekens, die het ene moment van me leek terug te wijken en het volgende moment naar me toe bewoog. Ik deed mijn uiterste best mijn ogen te focussen. Tenslotte bleef haar lichaam op dezelfde plek liggen. Haar borst rees en daalde op het ritme van haar ademhaling. Het was zo ijzig koud in de kamer dat haar adem wolkjes maakte. Het was in het vertrek donker genoeg om ze te kunnen zien. Traag ademde ze in, diep. Rustig blies ze weer een wolkje uit. Ze sliep.

Ik keek van haar naar het glas water op haar nachtkastje en weer terug. Ik haalde het mesje tevoorschijn. Even speelde ik met het idee de dekens van haar af te trekken en het vlijmscherpe blad over haar keel te halen. Razendsnel. Het zou in één keer over kunnen zijn. De verleiding was groot, maar het was niet wat de stem me bevolen had te doen. En ik moest gehoorzamen.

Zonder verdere aarzeling trok ik een snee over mijn arm, van een stukje boven mijn pols tot aan mijn elleboog. Het schrijnde, maar ik schonk er geen aandacht aan. Het warme, rode vocht begon te stromen en ik hield mijn arm boven het glas om het op te vangen en water in bloed te veranderen.

Omdat ik ook menstrueerde werd het bloedverlies me al snel te veel en tegen de tijd dat het water donkerrood kleurde begon ik duizelig te worden. Ik besefte dat het zaak was het bloeden te stelpen. Als ik naast haar bed flauw viel zou ze wakker schrikken van de bons die mijn lichaam veroorzaakte en dan was het spel voorbij. Ik moest maken dat ik weg kwam.

Voorzichtig trok ik me terug van het bed en degene die er in sliep. Het viel niet mee over de golvende vloer te lopen en voortdurend moest ik mijn evenwicht zoeken. Ik was opgelucht toen ik de kamer, waarvan de muren nog altijd van kleur veranderden, kon verlaten.

Voor ik met een zachte klik de deur achter me in het slot liet vallen, zag ik nog net dat de bult onder de dekens begon te bewegen. Ze draaide zich op haar rechterzij. Ze ontwaakte. Hopelijk had ze dorst, zou ze een slokje nemen... Ik huiverde van verwachting.

Tegen de tijd dat het oorverdovende geschreeuw van paniek en angst begon, was het bloeden van mijn wond gestopt. Tevreden over wat ik bereikt had stapte ik in bed en hulde me in de behaaglijke warmte van de dekens. Voor ik in slaap viel raadde de stem me aan de eerste dagen iets met lange mouwen te dragen.

Huib

Ik was weer helemaal verliefd op mijn vrouw. Ze had me twee prachtige dochters geschonken. Ik zat op de spreekwoordelijke roze wolk.

Het was de dertiende verjaardag van ons huwelijk en zonder thuis iets te zeggen had ik een halve dag vrij genomen. Het was woensdag, dus de kinderen waren vrij en ik besloot eens goed uit te pakken en op iets lekkers te trakteren. Van de weinige middelen die tot haar beschikking stonden wist Trees op onze huwelijksdag altijd een fraai diner te bereiden, maar nu zou ik haar en ons kroost eens verrassen met een echt luxe verwennerij.

Bij de bakker kocht ik dure gebakjes en een flinke doos Belgische bonbons en bij de bloemist een bos bloemen. Een roos voor elk jaar dat Trees en ik getrouwd waren. Het kostte meer dan ik me eigenlijk kon veroorloven, maar we hadden tenslotte een crisis bezworen en dus wel wat te vieren.

Om de verrassing niet te bederven parkeerde ik de auto een straat verderop en met mijn armen vol presentjes liep ik naar huis. Daar kostte het me nog de nodige moeite om de doos gebak recht te houden, de bloemen niet te pletten, de chocolaatjes niet te laten vallen en tegelijkertijd zonder geluid te maken de sleutel in het slot te steken. Langzaam draaide ik hem om. Op mijn tenen liep ik naar de tussendeur en gooide die wijd open. 'Surprise!'

Het was inderdaad een verrassing toen ik recht tegen het ontblote kruis van mijn eega aankeek. Volkomen naakt lag ze op de bank. De rode kop van Ben stond op het punt tussen haar benen te verdwijnen. Met geweld donderde ik van mijn wolk af.

Dit was de spreekwoordelijke druppel en het einde van een jarenlange vriendschap. Ik gooide de taartjes, het snoep en de rode rozen voor de voeten van mijn overspelige vrouw. Toen ik mijn handen vrij had haalde ik uit en sloeg mijn gewezen vriend op zijn gezicht, en nog eens, en nog een keer. Ik leek niet te kunnen stoppen.

Door de kracht van mijn slagen viel Ben op de grond. Daar bleef hij liggen, zijn armen beschermend voor zijn gelaat. Trees wrong haar handen en smeekte me op te houden. 'Je slaat hem nog dood!' Dat had me op dat moment niet echt kunnen schelen, maar toen ik dacht aan mijn kinderen die ergens in huis moesten zijn en elk moment op het rumoer konden afkomen, kwam ik bij zinnen.

Ben krabbelde overeind. Hij bloedde als een rund en dat was die schoft zijn verdiende loon. Hij was van plan geweest hier beneden in de woonkamer seks te hebben met mijn vrouw, terwijl mijn kinderen elk ogenblik binnen konden komen. En zo'n kerel noemde zich mijn vriend? Met een gefrustreerde grom greep ik hem in zijn kraag en smeet hem de straat op, de deur met een klap achter hem dicht gooiend. Terug in de woonkamer keek ik naar Trees, die zich gehaast aankleedde. De slet! Ook zij had totaal niet aan de kinderen gedacht.

Ik heb geen woorden om uit te leggen hoe ik me voelde. Zeggen dat ik kwaad was, teleurgesteld en tot op het bot vernederd, dekt de lading niet. In mijn hoofd tolden de gedachten verward rond. Ik kon ze niet op een rijtje krijgen. Ik wist maar één ding zeker en dat was dat ik bij die bedriegster uit de buurt moest zien te komen voor ik iets onherstelbaars zou doen. Ik walgde van haar toen ik zag hoe ze met trillende handen haar broek omhoog hees. De broek die ze maar al te graag op haar enkels had laten zakken voor mijn jeugdvriend.

Vertwijfeld vroeg ik me af waar ik heen moest. Geld voor een hotel had ik niet, mijn ouders waren een paar jaar geleden kort na elkaar overleden en mijn beste vriend was ik kwijt. Ik had alleen mijn zus Corrie en haar man nog. Hopelijk waren zij bereid me onderdak te verlenen tot ik iets voor mezelf gevonden had.

Ik greep een sporttas uit de kast en begon die te pakken. Hierdoor begreep Trees dat het menens was. Met tranen in haar ogen pakte ze me bij de arm, me smekend haar en de kinderen niet te verlaten. 'Ik weet niet wat ik zonder jou moet, Huib!'

Ik kon haar aanraking niet verdragen, niet nadat ze met diezelfde handen Ben... Ik schudde haar vingers van me af. 'Daar had je eerder aan moeten denken' zei ik kort. 'Vooral omdat ik je al een keer een nieuwe kans gegeven heb.'

Boven begon een van de baby's klaaglijk te huilen. Trees, bang dat ik hem zou smeren terwijl zij bij de tweeling was, verroerde zich niet. 'Sarah huilt,' zei ik veelzeggend. Nog ging ze niet. Na een poosje het gejammer aangehoord te hebben riep ze naar boven: 'Tanja, kijk eens even waarom Saartje huilt!'

Mijn mooie, blonde dochter, vergezeld van haar vriendin die bij ons logeerde, kwam haar kamer uit. Ik hoorde het gestommel van de twee meisjes toen ze de babykamer binnen gingen. Even later hoorde ik Tanja zachtjes tegen Sarah praten. De baby kalmeerde. Ze snikte nog wat na en was toen stil.

Intussen smeet ik alleen het hoogst noodzakelijke in de tas: wat kleding, mijn scheerspullen, een tandenborstel. De rest kwam ik later wel halen, als ik wat rustiger was. Ik wilde hier zo snel mogelijk weg. Net toen ik mijn sporttas dichtritste klonk Tanja's stem paniekerig vanuit de babykamer. 'Mama, mama! Hannah ademt niet!'

De wereld leek stil te blijven staan. Ik stokte in mijn beweging. Het volgende moment rende ik naar de hal. Trees vloog me achterna. Terwijl ik de trap bereikte verscheen mijn dochter op de overloop, op de voet gevolgd door Daisy. Zelfs vanaf deze afstand kon ik zien hoe wit hun gezichten waren. 'Ik denk dat ze dood is!' gilde Tanja.

Ze smeekte hem te blijven. Eens te meer beweerde ze dat ze spijt had van wat ze had gedaan. Ze zei dat ze geleerd had van haar fouten. Ik twijfelde er aan of ze wel echt berouw had van haar misstap. Waarom zou ze dezelfde fout anders steeds weer maken?

Ik weet niet of hij zich hetzelfde afvroeg. In elk geval zei hij dat hij het niet kon, bij haar blijven, hij had genoeg gehad. De bittere toon waarop hij sprak maakte me duidelijk dat hij geen seconde langer dan noodzakelijk was bij haar in de buurt wilde zijn. Ze had hem zoveel pijn gedaan dat hij haar nabijheid niet meer kon verdragen. Ik begreep dat er nog maar één gedachte door zijn hoofd ging: 'Ik moet hier weg!' Hij kon elk moment de deur uitlopen en nooit meer terugkomen. Ik zou hem voorgoed moeten missen. Mijn hart kromp pijnlijk samen.

Ik greep naar mijn hoofd dat bonsde van hun luide stemmen. De hele kamer leek voor mijn ogen te bewegen in een lange, constante golfbeweging.

'Raap jezelf bij elkaar,' zei de stem op strenge toon. 'Je mag hem niet laten gaan. Er zijn teveel mensen die hem nodig hebben. Jíj moet ervoor zorgen dat hij blijft.' Maar mijn tollende hoofd kon niet bedenken hoe ik dat moest doen. Ik was lamgeslagen, volledig hulpeloos.

De stem zag mijn onmacht en fluisterde me in wat de prijs was om hem bij me te houden. Ik schrok van zijn plan. Maar hij gaf me niet de gelegenheid er over na te denken en gebood me direct stappen te ondernemen. 'Hij zal niet gaan na een tragedie als die welke je op het punt staat te veroorzaken,' zei hij. Dat geloofde ik. De stem had altijd gelijk. Dus deed ik wat mijn plicht was.

Trees

Met twee treden tegelijk rende Huib de trap op. 'Bel een ziekenwagen!' riep hij over zijn schouder. Ik stond al op de derde tree, maar keerde op mijn schreden terug.

Met trillende vingers belde ik het alarmnummer en toen er opgenomen werd riep ik paniekerig dat er een ambulance moest komen. De vrouw aan de andere kant van de lijn probeerde me te kalmeren, informeerde wat er precies aan de hand was en vroeg mijn adres. Daarna zei ze eindelijk dat er zo een ziekenauto zou komen. Nog voor ze uitgesproken was gooide ik de hoorn al op de haak. Vervolgens vloog ik naar boven.

In de kamer van de tweeling stond Huib gebogen over het bedje. Hij probeerde de baby te reanimeren. Tanja keek hulpeloos toe, angst in haar ogen. Ze had haar handen tot vuisten gebald en drong haar nagels in haar handpalmen terwijl ze hardop bad. Daisy, met trillende lippen, stond naast haar.

Na een paar minuten richtte mijn echtgenoot zich op, het slappe lichaam van Hannah in zijn armen. Zijn ogen zochten de mijne en er lag zo'n onmenselijk verdriet in, dat ik een rilling over mijn rug voelde lopen. Hij schudde zijn hoofd.

Ik kon alleen maar staren naar mijn jongste kind dat levenloos in haar vaders armen lag. Hannah was dood? Ik kon het niet bevatten. Bij Tanja en Daisy kwam de zwijgende boodschap wel binnen. Mijn religieuze dochter liepen de tranen over de wangen en ook haar vriendin stond het huilen nader dan het lachen.

Carla, die op haar kamer had zitten spelen, kwam op de ongewone geluiden af. Met grote ogen keek ze om zich heen, naar Tanja die huilde, naar haar vader die nog altijd met de dode Hannah in zijn armen stond en toen, als om hulp zoekend, naar mij. Maar ik kon geen woorden vinden om haar uit te leggen wat er aan de hand was, laat staan om haar gerust te stellen en zwijgend staarde ik terug.

Onzeker draaide mijn roodharige dochter haar hoofd nogmaals in de richting van haar zus. Die vermande zich en stak een hand naar haar uit. 'Kom... We gaan naar beneden. De ziekenauto zal zo wel komen.'

Carla hoorde het beven van Tanja's stem en stilletjes volgde mijn buitenechtelijke dochter haar en Daisy over de overloop. Maar bovenaan de trap bleef ze plotseling staan. Ze trok aan Tanja's hand. 'Waarom komt de ziekenwagen?' informeerde ze. 'Wat is er met Hannah?'

Gealarmeerd door Carla's schelle stem, kwam een geïrriteerde Katja haar kamer uit. 'Wat is dat toch allemaal voor herrie?' klaagde ze. 'Hoe kan een mens hier ooit fatsoenlijk zijn huiswerk maken?' Tanja, met gezwollen oogleden en sporen van tranen op haar wangen, keek haar veelbetekenend aan.

'Kom even mee naar beneden,' verzocht ze. Mijn oudste begreep dat er iets ergs gaande was en ze was nieuwsgierig genoeg om haar zusje inderdaad te volgen.

Beneden in de hal knielde mijn mooie, blonde dochter voor Carla op de grond. Ze nam haar handen in de hare. 'God heeft Hannah naar Zijn huis gehaald,' zei ze. 'Ze woont nu in de hemel en is een engeltje.' Ze sprak zachtjes en zoals haar bedoeling was kon ik niet verstaan wat ze zei. Maar ik begreep de strekking van haar woorden toen ik Kaatje met luide stem hoorde oordelen: 'Dat is mama's straf, omdat ze Ben niet met rust kon laten.' Haar woorden staken als messen in mijn hart.

'Onzin.' In haar verontwaardiging praatte Tanja wat harder. 'God doodt een kind niet omdat haar ouders hebben gezondigd.'

'Nou,' spotte Katja, 'uitgerekend jíj hebt kennelijk een verhaaltje uit de Bijbel gemist. Ken je dat hoofdstuk niet over de erfzonde?' Ze begon te vertellen en met elk woord stak ze het mes een beetje dieper in mijn borst.

'Adam en Eva hadden heel dat prachtige paradijs tot hun beschikking, maar van één ding moesten ze afblijven. Ze mochten van God geen vruchten nuttigen van de appelboom. Een vals sissende slang wist Eva over te halen toch een blozend vruchtje van een tak te trekken. Eva vervolgens, liet heel verlokkend de rijpe appel voor Adams ogen bengelen. Adam, die slappeling, kon de aanblik, de geur niet weerstaan en hapte toe. Daarop schopte de God van liefde die twee uit het paradijs.

Maar dat was Hem niet genoeg. Hij was zo kwaad, dat hij besloot Eva's vrouwelijke nakomelingen elke maand een bloeding te laten krijgen. Ook zijn wij, vrouwen, gedoemd negen maanden een kind te dragen en het vervolgens te baren. En de nakomelingen van Adam, alle mannen op de aarde, moeten hun hele leven werken om hun gezin te onderhouden, dat is de straf die zij erfden van hun voorvader.'

Kaatje zweeg even. Toen vervolgde ze: 'Je bent misschien nog te jong om te begrijpen dat het verhaal van de appel symbolisch is. Wat met die verboden vrucht bedoeld wordt is Eva's, laat ik het netjes zeggen, vrouwelijkheid. De slang, die staat voor het kwaad, de zonde. Eva vond het kwaad op haar pad en gaf er aan toe. Ze verleidde Adam met haar vrouwelijkheid. Precies zoals mama dat met Ben heeft gedaan. Het is haar schuld dat Hannah dood is.'

Ik was ervan overtuigd dat Katja gelijk had. Dit was mijn straf voor mijn overspelige gedrag. En toen ik naar Huib keek, zag ik dat hij hetzelfde dacht.

Huib

Nooit van mijn leven had ik gedacht dat ik een doodskist voor één van mijn dochters uit zou moeten kiezen. Als vader ging ik ervan uit dat ik vóór mijn kinderen het tijdelijke voor het eeuwige zou verwisselen. Ik wilde niet dat het andersom gebeurde. Maar hier stond het kistje van mijn kleine meisje in de woonkamer.

Trees wilde Hannah zo lang mogelijk bij zich houden en ze had ervoor gekozen haar zelf te verzorgen. Met een bleek, getekend gezicht, trok ze het dode kind een wit kanten jurkje aan. Ik zat op een stoel aan de eettafel en keek toe hoe ze onafgebroken tegen haar gestorven dochter praatte terwijl ze voorzichtig de vlassige, blonde krulletjes borstelde, het verstilde gezichtje met de nu gesloten ogen streelde.

Ze vertelde Hannah hoe blij ze was geweest toen ze hoorde dat ze in verwachting was van haar en haar tweelingzusje en dat ze een fijne zwangerschap had gehad. Ze was nauwelijks ziek geweest. 'Ik was zo gelukkig toen jullie geboren werden, mijn mooie, kleine meisjes, en mijn hart stroomde direct over van liefde. Ik houd zoveel van je, kindje.' Ze kuste het kleine, koude voorhoofd en vlijde het lichaampje in de kist. Toen ze zei dat ze dankbaar was dat Hannah haar dochter was geweest, ook al had het maar kort mogen duren, dacht ik dat ik zelf zou sterven.

Ik kon niet anders dan bewondering hebben voor mijn vrouw. Wat hield ze zich sterk. Hoe anders ging ik om met dit verdriet dat te groot was om te dragen. Verscheurd als ik werd door het verlies van mijn kind kon ik alleen maar huilen. Onophoudelijk stroomden de tranen over mijn wangen terwijl ik sprakeloos naar mijn kleine engeltje keek. Het was zo'n gave baby, hoe kon ze nu zomaar dood gaan!

Mijn Godvruchtige, altijd wat ouwelijk aandoende dochter, en Carla, opvallend rustig, haalden hun pluche dieren van boven. In het voorbijgaan legde Tanja in een troostend gebaar even haar hand op mijn arm. Carla keek met grote ogen naar mijn betraande gezicht maar, bang dat ik tegen haar zou uitvallen, zei ze niets.

Even later schikten de twee, met behulp van Daisy, de knuffelbeesten om hun zusje heen zodat ze zich niet zo alleen zou voelen "op haar laatste reis", zoals Tanja het noemde.

'Hier Hannah, mijn hondje,' zei Carla, het bruine speelgoedbeestje dicht tegen het roerloze lichaampje leggend. 'Hij zal je beschermen.' Trouwhartig sloeg ze haar groene kijkers op naar de zus die in leeftijd boven haar kwam. 'Waar gaat Hannah eigenlijk heen?' Er was geen enkele aarzeling toen Tanja stellig antwoordde: 'Naar de hemel.'

'Hoe weet je dat?'

'Hannah is een baby, dus ze is onschuldig, heeft nooit iemand kwaad gedaan. Als je tijdens je leven zo lief bent geweest als zij, mag je na je dood voor eeuwig in de hemel verblijven, waar het erg fijn en mooi is.'

'Is de hemel ver weg?'

'Ja, heel ver. Nog verder dan de sterren.'

Vol ontzag over de afstand die tussen haar en haar jongere zusje zou komen te liggen blies Carla haar wangen vol lucht die ze vervolgens weer liet ontsnappen. Uitzonderlijk voor haar, zweeg ze. Het legde nog eens extra de nadruk op de ongewone situatie waarin ons gezin zich bevond.

Katja stond met haar armen over elkaar geslagen in een hoek van de kamer en keek stoïcijns van de een naar de ander. Er kwam geen woord over haar lippen, maar ze snoof luidruchtig bij de conversatie tussen haar zusjes. Ze gedroeg zich alsof ze een buitenstaander was. Het leek geen moment in haar op te komen haar moeder de helpende hand te bieden, of net als de anderen iets bij Hannah in de kist te leggen. Zelfs Daisy was op en neer naar huis gehold om haar lievelingspop te gaan halen, die ze aan het voeteneind in het kistje had gelegd, maar Kaat scheen het allemaal maar onzin te vinden. En ook al bood ik Trees evenmin mijn hulp aan en gaf ook ik Hannah geen aandenken aan haar aardse bestaan mee naar haar laatste rustplaats, er was een wezenlijk verschil in mijn passieve houding en die van mijn eerstgeborene. Waar Katja totaal onverschillig stond ten opzichte van het heengaan van haar jongste zusje, was ik als verlamd. Niet in staat te doen wat Trees deed, wat Tanja en Carla deden, kon ik alleen maar stilletjes rouwen. Om mijn kleine meid, die stijf en koud in haar kist lag en nooit meer warm en beweeglijk zou zijn, kronkelend in mijn armen omdat ze honger had en eten wilde. Om Sarah, die duidelijk de lijfelijke aanwezigheid van haar tweelingzusje miste en de hele dag klaaglijk huilde. Om mijn vrouw, die zich sterk voordeed, maar wiens hart gebroken was. Om Tanja, die uiterlijk kalm was als altijd, maar die met een bleek gezichtje en grote holle ogen door het huis doolde, op de voet gevolgd door haar vriendin Daisy, en zelfs om Carla, die van het halfzusje gehouden had met dezelfde felheid waarmee ze alles liefhad of haatte.

Ik had niet het hart mijn gezin in de steek te laten. Niet nu.

Ik was zo moe. Mijn angst om zijn vertrek, de woede die ik voelde ten opzichte van haar, en dat wat ik gedwongen was geweest te doen, hadden me gesloopt. Ik voelde me totaal uitgehold.

Ik weet niet waarom ik het deed, maar als een echte misdadiger ging ik terug naar de plaats delict. Ik keek naar het bedje en alles in de kamer begon te draaien als kermispaarden in een carrousel. De commode,

de prenten met de jonge dieren die boven de kast hingen en de lamp met
de sprookjesfiguren aan het plafond, ze dansten een wilde dans. Ik werd
er duizelig van, voelde me akelig. Het zweet brak me uit.

Toen begon de stem te spreken. 'Heb ik het niet gezegd? Hij blijft,
precies zoals ik voorspeld had.'

Het was waar. Hij was niet weggegaan. Met de hulp van de stem
had ik bereikt wat ik had willen bereiken. Ik liet dat feit ten volle tot
me doordringen en een heerlijke rust daalde over me neer. De dingen
namen hun normale proporties weer aan. De kamer en alles wat erin
stond stopte langzaam met rondtollen. De meubels kregen contour. De
spijlen van het ledikantje waren niet langer gebogen, maar gewoon
recht. De muren keerden terug naar hun oorspronkelijke kleur. Ik zag
de zaken helder. Ik had gedaan wat de stem van me verlangd had en
alles was goed gekomen. Ik had juist gehandeld.

Tanja

Op een koude winterdag begroeven we Hannah. Papa, die niet
leek te kunnen stoppen met huilen sinds hij mijn dode zusje uit
het wiegje had gehaald, huilde ook nu, nu hij voorop ging in de
begrafenisstoet. Zijn tranen werden glinsterende kristallen op zijn
ingevallen wangen. Zijn zwarte pak deed hem nog bleker lijken
dan hij al was.

Mama, die naast hem liep, huilde niet. Ze was verstild in haar
droefenis, alsof ze bevroren was in de winterkou en niets haar ooit
nog zou kunnen verwarmen. Ze rilde in haar dikke jas.

Carla, met de flexibiliteit van een kind, was er al aan gewend
dat ze nog maar één babyzusje had in plaats van twee, en zoals
gewoonlijk praatte ze honderduit. Tijdens de mis zat ze naast me
en ik moest alle zeilen bijzetten om haar een beetje in toom te
houden. Mijn roodharige zusje was slechts een paar jaar jonger
dan ik, maar ik voelde me veel ouder en wijzer.

Onrustig schoof Car heen en weer op de gladde bank. 'Zit eens
een beetje stil,' fluisterde ik haar toe, 'het is niet netjes om zo te
gaan zitten wiebelen.'

'O,' fluisterde ze terug, terwijl ze inderdaad stokte in haar beweging. Maar even later bewoog ze haar hoofd van links naar rechts en weer terug, terwijl ze de afbeeldingen van de Kruisweg op de gebrandschilderde ramen bekeek. In de eerbiedige stilte van de kerk klonk haar heldere stem luid, toen ze vroeg: 'Waarom heeft God juist óns zusje naar Zijn huis gehaald, Tanja?'

'Omdat Hij haar Hemelse Vader is die veel van haar houdt en Hij haar bij zich wil hebben,' antwoordde ik, blozend van gêne. Ik kneep zacht in Carla's bovenbeen om haar eraan te herinneren niet zo hard te spreken en stil te zitten, maar ze begreep de hint niet.

'Maar papa en mama houden ook van Hannah! Heeft God er niet aan gedacht hoeveel verdriet zij zouden hebben?' Ik hoorde hoe een paar aanwezigen een snik probeerden te onderdrukken bij die vraag van mijn jongere zusje.

Wat moest ik zeggen? Ik wilde God niet afschilderen als dom door te beamen dat Hij daar waarschijnlijk inderdaad niet bij had stilgestaan, maar als ik zei dat Hij er wel aan gedacht had en desondanks toch Hannah's leven had genomen, zou dat in de ogen van Car betekenen dat Hij meedogenloos was. Wat begreep zij van Gods wegen? Om hulp zoekend keek ik naar Daisy, die aan de andere kant naast Carla zat. Maar zij haalde haar schouders op. Terwijl ik mijn jongere zusje aankeek kopieerde ik dat gebaar.

Toen we later aan het open grafje stonden en de dragers het kleine kistje erin lieten zakken, tastte Carla naar mijn hand. 'Zien we Hannah nu nooit meer?' Met een brok in mijn keel legde ik uit dat we later, als we zelf naar de hemel gingen, Hannah wel degelijk terug zouden zien.

Katja snoof. Zij toonde de hele dag geen enkele emotie. Ze liet geen traan, leek niet in het minst aangedaan te zijn door de dood van de baby.

Eenmaal weer thuis zaten we allemaal wat stilletjes in onze rouwkleren in de woonkamer. We voelden ons ontheemd zonder Hannah. We keken maar wat voor ons uit, hadden niet de moed of de lust om iets te gaan doen, behalve Katja, die ging gewoon net als anders haar gang, zette de televisie aan en zapte langs de kanalen tot ze iets gevonden had dat haar interesseerde.

Tante Corrie, die met ons mee naar huis was gegaan om de familie te steunen, zette in de keuken koffie en smeerde samen met Daisy broodjes. Met de regelmaat van de klok keek ze met verwondering over haar schouder naar haar oudste nichtje, die zich gedroeg alsof dit een dag was als alle andere. Toen ze Katja de schaal met broodjes voorhield, vroeg ze of ze erg verdrietig was om het verlies van haar babyzusje. Kaat haalde slechts haar schouders op. Ze nam een broodje kaas van de schaal en beet er met graagte in. Toen stond ze op, en terwijl ze met een tersluikse blik op tante Corrie mompelde dat ze behoefte had aan wat meer privacy, verdween ze naar haar eigen kamer.

Tante Corrie, fronsend, liep terug naar de keuken, waar papa in de deuropening een kop koffie stond te drinken. Vragend keek ze naar hem op. Mijn vader schokschouderde.

'Soms denk ik dat dat kind geen hart heeft,' hoorde ik hem op trieste toon zeggen. 'Ze lijkt om niemand te geven. Niet om Trees, niet om haar zusjes en niet om mij. Dat doet pijn, weet je. Zelfs Carla, die er geen enkele reden voor heeft, lijkt meer van me te houden dan mijn eigen dochter.'

Carla

Waarom wist ik niet, maar Ben was al een hele tijd niet bij ons geweest. Ik miste hem. Hij was de enige man in mijn leven die aandacht aan me schonk.

Mama stond in de keuken te koken. Verlangend vroeg ik haar wanneer Ben weer eens kwam eten. Ze kreeg een rood hoofd. Ze wierp een heimelijke blik op mijn vader, die aan het aanrecht een salade klaarmaakte. Binnensmonds mompelend gaf ze een of ander ontwijkend antwoord.

Hoopvol wendde ik me tot papa, informeerde of hij zijn vriend niet miste, hij was al zo lang niet geweest. Ik had beter moeten weten, ik had heus wel de chagrijnige trek gezien die over zijn gezicht gleed bij mijn vraag aan mama. Ik incasseerde een draai om mijn oren.

Mijn moeder keerde zich tegen mijn vader, snauwde "dat dat nu ook weer niet nodig was". Daarop kregen mijn ouders ruzie. Met een hand tegen mijn pijnlijke oor gedrukt deinsde ik achteruit, terug de huiskamer in.

Kaat, die aan tafel zat en probeerde een kruiswoordpuzzel op te lossen, gooide haar potlood neer. Geïrriteerd schoof ze haar stoel naar achteren. Bij het geluid van de poten die over de houten vloer schraapten draaide ik me naar haar toe. Hoofdschuddend stond ze op, pakte me bij mijn bovenarm, en trok me zo bruusk met zich mee dat ik bijna over mijn voeten struikelde. In de hal, de deur van de woonkamer achter ons gesloten, beweerde ze met gedempte stem dat Ben niet meer zou komen. 'En dan bedoel ik nooit meer. En ik weet ook waarom.' Ze trok een gezicht bij die bewering alsof ze de wijsheid in pacht had. Eigenlijk wilde ik haar niet het plezier doen verder te vragen, maar ik was erg op papa's kameraad gesteld en kon me niet inhouden.

'Waarom dan?'

Mijn oudste zus sloeg haar armen over elkaar. 'Omdat Ben je echte vader is en dat maakt papa jaloers.' Ze had hetzelfde al eens eerder beweerd en ook toen had ik haar niet geloofd. Het was een paar maanden geleden geweest, met mijn verjaardag.

Glimlachend overhandigde Ben me een grote doos met een strik erom. Met een gemelijk gezicht keek papa toe toen ik het cadeau uitpakte. Er zat een prachtige pop in de doos. Met een kleur van blijdschap om zo'n mooi geschenk klemde ik haar dicht tegen me aan.

'Ze deed me aan jou denken,' zei papa's vriend, op het rode haar van de pop wijzend. Katja, die met Tanja, Daisy en Saar aan tafel gebak zat te eten, snoof. Noch Ben noch ik besteedde er aandacht aan 'Dank je wel,' zei ik, 'ik noem haar Bente, naar jou.' Papa wendde zijn hoofd af.

'Zeer vereerd,' beweerde Ben, een hoffelijke buiging makend. Ik giechelde en hield vervolgens mijn nieuwe schat omhoog om haar aan de anderen te laten zien. Mama glimlachte. Tanja zei dat Bente de mooiste pop was die ze ooit had gezien, wat Daisy knikkend met haar hoofd beaamde. Kaat zei niets. Papa ook niet.

Vanaf die dag zat Bente altijd op het voeteneind van mijn bed, zelfs als ik sliep. Ik voelde me veilig in de wetenschap dat zij de wacht hield. Het voelde alsof Ben zelf over me waakte.

Op een kwade dag ging ik na school naar mijn kamer om mijn schooltas op te ruimen. Meteen toen ik de deur opende zag ik dat mijn pop weg was. Even stond ik naar de lege plek op mijn bed te staren. Het volgende moment liet ik mijn tas vallen, draaide me om en holde terug naar beneden. Buiten adem vroeg ik aan mama of ze wist waar Bente was. Misschien had ze haar even ergens anders neergezet omdat ze het bed wilde verschonen en was ze vergeten haar terug op haar plaats te zetten? Mijn moeder keek op van haar naaiwerk en zei dat dat niet zo was. 'Je moet wat zuiniger zijn op je spullen, Car. Let eens beter op waar je de dingen laat,' mopperde ze, een draad door de naald van de machine stekend. Ze staakte haar bezigheden een moment om met haar wijsvinger te zwaaien en vervolgde: 'En ga eerst eens bij jezelf te rade voordat je iemand anders de schuld geeft.'

'Nou,' zei ik verbolgen, 'Bente zit altijd op mijn bed en ík heb haar daar niet afgehaald!' Zonder nog een reprimande af te wachten holde ik weer naar boven, keek onder het bed en trok mijn kasten open. Ik zocht en ik zocht, maar ik kon Bente niet vinden. Misschien wist Tanja waar ze was, dacht ik hoopvol.

Snel liep ik over de overloop naar haar kamer en klopte op haar deur. Na Tanja's 'Ja,' betrad ik haar domein. Met kaarsrechte rug zat mijn zus aan haar bureau in de Bijbel te lezen.

'Heb jij Bente ergens gezien?' vroeg ik. Ze keek op, schudde van "Nee". 'Ze zit toch altijd op jouw bed?'

'Ja, en vanmorgen was ze er nog, maar nu niet meer. En mama heeft haar niet verplaatst, zegt ze. Iemand heeft haar weggenomen, Tanja.' Zwijgend keken we elkaar aan. We hadden allebei een sterk vermoeden wie hier verantwoordelijk voor was, maar we spraken het geen van beiden uit. Mijn twee jaar oudere zus sloeg het Heilige Boek dicht. 'Kom... Ik help je zoeken.'

We doorzochten het hele huis, keken overal in, op en onder, draaiden elk kussen om en trokken zelfs de lichtere meubels opzij om er achter te kijken. Mama mopperde "dat we haar hele huis op zijn kop zetten". Tenslotte vonden we Bente terug op zolder, met uitgestoken ogen en gemillimeterd haar. En ze had zulke prachtige rode lokken gehad!

Tanja pakte de pop op en keek naar de twee groene ogen die op de grond lagen. Ze legde ze op haar handpalm en staarde er naar, verbouwereerd om de totale verwoesting van het stuk speelgoed. 'Misschien kunnen we deze nog terugplaatsen,' probeerde ze me te troosten. Maar aan de aarzelende manier waarop ze het zei, hoorde ik dat ze dat net zo min geloofde als ik.

Al kon ik er niets meer mee doen, toch raapte ik het rode haar bij elkaar. Tanja keek naar mijn verrichtingen. Ze vroeg niets. Zwijgend liepen we samen naar beneden, mijn zus met de gehavende pop in haar armen.

'Nou,' hoonde Kat, die ons de trap zag afkomen, 'die kun je net zo goed weggooien. Jammer, het is een cadeau van je echte vader.' Zowel Tanja als ik hielden bij die woorden onze pas in. Ik vermoedde dat Kaat maar wat zei, maar toch vroeg ik: 'Hoezo?'

'Nou, wat ik zeg,' bitste ze, 'Bente was een cadeau van je biologische vader.'

'Doe niet zo gek. Ik heb haar van Ben.'

'En waarom denk je dat papa's vriend jou een veel duurder cadeau geeft met je verjaardag dan ons?' vroeg ze spottend. Daar had ik niet over nagedacht. Ik haalde mijn schouders op.

'Omdat jij zijn dochter bent!' snauwde mijn oudste zuster, geergerd omdat ik het niet snapte. Mijn groene ogen spoten vuur.

'Ik ben pápa's dochter!'

Katja schudde zo heftig haar hoofd dat haar zwarte piekhaar rond haar gezicht zwierde. 'Je bent papa's stiéfdochter. Dat is de reden dat hij niet dol op je is. Heb je nooit gemerkt dat jouw verjaardagen een kwelling voor hem zijn? Ze herinneren hem aan het feit dat onze moeder, zijn vrouw, hem bedrogen heeft met zijn beste vriend. Ben is jouw echte vader, Car. Daarom is het zo sneu voor je dat je zijn dure cadeau kwijt bent.'

Er lag zoveel hoon in haar stem toen ze die laatste woorden uitsprak, dat ik nu zeker wist dat zij mijn pop vernield had. Ik balde mijn handen tot vuisten, klemde ze om het afgeknipte haar van Bente. Diep van binnen brandde een ongetemd vuur dat maakte dat ik van mijn hoofd tot mijn voeten begon te gloeien. Tanja, die een paar treden achter me stil stond, zag aan mijn gespannen houding hoe laat het was. Ze deed een poging het onheil af te wenden, maar ze kon me niet meer tegenhouden. Ik vloog naar beneden, recht op Kaat af.

Toen ik de derde tree van onderen bereikte, zette ik me af en gooide mezelf met geweld tegen mijn oudste zuster aan. Door de kracht kon Katja haar evenwicht niet houden. Ze wankelde, klapte met haar hoofd tegen de muur, en viel plat op de grond. Met een smak landde ik boven op haar.

Ik had geen centje pijn en krabbelde overeind, maar Kat begon met lange uithalen te janken. Ze tastte naar haar achterhoofd. Tot mijn genoegen zag ik dat er bloed aan haar vingers kleefde. En aan de witte muur. Natuurlijk kwam mama op het kabaal af en kreeg ik een flinke uitbrander. Maar dat gaf niet, mijn wraak was zoet geweest.

Tanja deed verschillende pogingen Bente's ogen terug in haar gezicht te duwen, maar het lukte niet. Omdat het papa altijd teveel leek te zijn als ik hem vroeg of hij iets voor me wilde doen, was de zus die in leeftijd boven me kwam zo lief die avond met de pop naar hem toe te gaan en voor haar deed hij een poging het speelgoed te repareren. Maar het was tevergeefs.

Ik gooide Bente nooit weg. Ik bewaarde haar, evenals de afgeknipte rode lokken, die ik in mijn strijd met Kaat stevig had vastgehouden. Ik legde de pop achter in mijn kast. Het rode haar lag er naast, in een plastic boterhamzakje. Het was alles wat ik nog over had van het cadeau van Ben, die ik zo aardig vond. Mijn oudste zuster beweerde dat hij mijn vader was. Maar dat loog ze natuurlijk.

Katja

Nadat Car over Ben was begonnen, dacht mijn moeder kennelijk dat de druk van de ketel was. Voorzichtig begon ze zo nu en dan tegen papa opmerkingen te maken over zijn gewezen vriend, duidelijk aftastend hoe ver ze kon gaan. Verbijsterd sloeg ik haar gade. Ze had nog niet zo lang geleden haar baby begraven, moesten haar gedachten niet bij het kind zijn in plaats van bij haar voormalige minnaar? Ik keek naar mijn vader, verwachtend dat hij in razernij zou ontsteken, maar hij zei niets negatiefs in reactie op de woorden van zijn vrouw. Daardoor aangemoedigd besloot mijn moeder dat de tijd rijp was om haar kans te grijpen.

Op een avond dat Tanja en Carla al naar bed waren en ik aan tafel huiswerk zat te maken, kroop ze naast papa op de bank en begon met hem te flikflooien. Benieuwd waar dit toneelstukje toe zou leiden, sloeg ik het intieme gedoe vanonder mijn wimpers uit gade.

Mama droeg een diep uitgesneden shirtje dat papa een ruime blik op haar decolleté gunde. Vluchtig streek ze met haar hand over zijn baardloze wang. 'Wat ruik je lekker, Huib.' Een vlinderlicht kusje op zijn lippen. Mijn moeder draaide haar lichaam een beetje, zodat ze haar been op het zijne kon leggen. Het niet al te lange rokje dat ze droeg kroop tot aan haar dijen omhoog. Papa weerde haar aanhaligheden niet af, zoals ik hem de laatste maanden wel had zien doen. Het was duidelijk dat hij begon bij te draaien.

Mama dacht waarschijnlijk dat ik verdiept was in mijn taken en niets hoorde van wat er gezegd werd, maar ik spitste mijn oren toen ze met zachte stem op mijn vader begon in te praten. Hij hield al zijn hele leven van Ben als van een broer, bracht ze hem in herinnering. Was het nu echt zo onvergeeflijk wat hij gedaan had?

Bewegingloos bleef mijn ballpoint boven mijn schrift hangen. Ben had meerdere malen met mijn moeder geslapen, ze had zelfs een kind van hem, en zij vroeg papa waarom dat onvergeeflijk was? Ik moest het mama nageven, ze had lef! Ik verwachtte niet anders dan dat de zoveelste ruzie zou losbarsten.

Maar mijn vader, murw door het verdriet om Hannah, scheen geen greintje fut meer in zijn lijf te hebben. Met een vermoeid gebaar streek hij zijn haar van zijn voorhoofd naar achteren. Mat zei hij, dat hij het weer goed zou maken met zijn vriend en dat hij mama vertrouwde als die zei dat het helemaal over was tussen haar en Ben.

Ik geloofde mijn oren niet. Leerde papa het dan nooit? Mama was niet te vertrouwen waar het die rooie kerel betrof. Waarom dacht mijn vader dat ze hem zo nodig terug in hun leven, hun huwelijk wilde hebben?

'Kaatje' zei mijn moeder, terwijl ze haar echtgenoot met een veelzeggende blik in haar ogen aankeek, 'het is bedtijd.' Ik graaide mijn spullen bij elkaar en stond op. Met grote passen verliet ik de kamer. Geïrriteerd als ik was om de naïviteit van mijn vader zei ik deze avond geen "welterusten" tegen mijn ouders, maar ze waren zo verdiept in elkaar dat ze het niet eens merkten. Ook toen ik met zo'n ruw gebaar de deur openrukte dat die tegen de muur aanklapte en het behang licht beschadigde, keken ze niet op. Stampend van frustratie beklom ik de trap. Waarom liet papa zo met zich sollen? Als ik in zijn schoenen stond...

Driemaal is scheepsrecht. Ik was ervan overtuigd dat papa daar ook achter zou komen.

*****

Luid fluitend verdween mijn vader in de keuken om een koud biertje voor zijn kameraad te halen. Zodra hij de deur van de koelkast hoorde opengaan, stond Ben op van de bank en liet zich op de armleuning zakken van de fauteuil waarin mama zat. Hij boog zich naar haar toe, fluisterde haar iets in het oor wat haar deed blozen. Op dat moment kwam papa de woonkamer weer binnen, geluidloos, net zo geluidloos als hij de deur van de koelkast gesloten had. Zonder te fluiten ook. Was het opzet? Wilde hij zijn vrouw en zijn vriend testen?

Toen hij hen zo samen zag, Ben met zijn hoofd dicht bij dat van mama en zij kleurend tot aan haar haarwortels, bleef mijn vader een ogenblik stokstijf staan. Het volgende moment ontstak hij in woede.

Met een klap werd het flesje drank op tafel gezet. Er golfde wat goudgeel vocht over de rand. 'Is dat geflikflooi met mijn vrouw nou nog aan de gang?!' riep mijn vader. In twee stappen was hij bij Ben. Hij balde zijn rechterhand tot een vuist, haalde uit en sloeg zijn jeugdvriend op zijn gezicht. Door de kracht tuimelde Ben achterover van de stoelleuning en kwakte tegen de grond. Met een schreeuw greep hij naar zijn neus. Ik kon een grijns niet onderdrukken.

Terwijl mama een hand voor haar mond sloeg, kleine Sarah geschrokken gilde en Tanja begon te bidden: 'God, vergeef hen, want zij weten niet wat zij doen,' stond Car bewegingloos naar het tafereel te staren, haar groene ogen groot in haar bleek weggetrokken gezicht. 'Papa, papa,' stamelde ze, in een poging haar vader te stoppen.

'Het is goed, meiske,' mompelde Ben. Omdat hij nog altijd zijn hand voor zijn neus hield klonk zijn stem gesmoord. Moeizaam krabbelde hij overeind. 'Het is goed,' stelde hij mijn zusje nogmaals gerust.

Terwijl ze staarde naar het rode vocht dat tussen zijn vingers doorsijpelde, viel bij Car het kwartje en besefte ze dat het waar was wat ik altijd had beweerd.

*****

Zoals ik al verwacht had dat zou gebeuren, was mijn vader glashard met zijn neus op de feiten gedrukt. Zijn vrouw hield er nog steeds, of opnieuw, een intieme relatie op na met Ben.

Resoluut hakte hij de knoop door. Hij zou mama verlaten en alleen alimentatie betalen voor zijn drie dochters, hoorde ik hem tegen haar zeggen. Ben mocht voor zijn eigen nageslacht zorgen, om te beginnen voor "rooie Carla". Als het nodig was zou hij door middel van een vaderschapstest bewijzen dat hij niets met haar conceptie van doen had.

Terwijl hij zijn koffer pakte, smeekte mijn moeder hem voor de zoveelste keer bij haar te blijven, beloofde ze eens te meer Ben uit haar leven te bannen, papa trouw te zijn. Maar hij had haar een keer te vaak geloofd en had meer dan genoeg van haar leugens en bedrog.

Hij gooide haar voor de voeten dat ze hem alleen nodig had voor het geld, om te voorzien in de eerste levensbehoeften van haarzelf en hun kinderen. En in die van Carla natuurlijk. Die laatste sneer gaf hij haar nog mee.

Natuurlijk hielp ze alles weer de mist in! Tegen beter weten in had ik gehoopt dat ze eindelijk tot inkeer was gekomen. Maar nee, ze kon haar seksuele genoegens niet opgeven. Zelfs niet als het betekende dat haar gezin door haar escapades uiteen zou vallen. Ze was een egoïste eerste klas. Na alle moeite die ik had gedaan om hem te laten blijven, hielp zij hun relatie doodgemoedereerd om zeep. Ik was zo kwaad op haar, ik kon wel uit mijn vel springen! Mijn hoofd bonkte, mijn zicht vertroebelde.

Ik hoorde hoe hij de sporttas uit de kast trok en in gedachten kon ik hem zijn spullen erin zien smijten: wat ondergoed, een lange broek, een paar overhemden. Zijn pyjama zou hij in een hoekje proppen, die mocht gerust kreuken. Zijn scheerspullen en tandenborstel deed hij in een toilettas. Als hij klaar was zou hij het tasje dichtritsen en de koffer sluiten, het gezicht verbeten, droefheid in zijn grijze ogen. En dan zou hij gaan.

Zweetdruppels liepen van mijn voorhoofd naar beneden. Ze beten in mijn ogen. Mijn shirt zat vastgeplakt aan mijn rug, mijn borst. Mijn hart bonkte met zware slagen. Ik zat met mijn handen in het haar, wist niet wat ik doen moest. Hardop vroeg ik me af hoe ik hem kon stoppen. Als een gekooide tijger liep ik heen en weer, steeds weer voor me heen mompelend: 'Hoe kan ik ervoor zorgen dat hij blijft? Hoe kan ik ervoor zorgen dat hij blijft?'

Ik verwachtte antwoord van de stem, een oplossing. Hij zweeg lange tijd. En toen hij eindelijk sprak, zei hij dat ik hem maar moest laten gaan. 'Ze blijft toch steeds weer dezelfde fout maken en hij kan haar niet blijven vergeven. Deze keer is het tij niet te keren.'

Hij had gelijk. Hij had altijd gelijk. Dit keer was de misstap haar fataal.

Deel 2

Katja

Toen ik dertien was, Tanja elf, onze rooie net negen en Sarah nog maar drie, verliet papa ons. Voordat hij ging nam hij mij apart en vertrouwde me toe dat hij niet terug zou komen. Net als ik, ging hij ervan uit dat mama verder zou gaan met Ben. Het zou hem te veel pijn doen, zei hij, om steeds als hij ons kwam halen hen samen te zien. Dus liet hij ons, zijn "oogappeltjes", vallen als bakstenen. Zijn verantwoordelijkheid schoof hij af op mij, door me op het hart te drukken lief voor mijn moeder te zijn en Tanja en Saartje bij te staan in het verdriet dat ze zouden hebben wanneer ze eenmaal begrepen dat ze hem niet meer zouden zien. Over Carla sprak hij niet. Op het moment dat hij daadwerkelijk de deur uitliep, vroeg zij hem, wanneer hij terug zou komen van zijn "zakenreis", maar ze kreeg geen antwoord op die vraag. Papa wendde zijn ogen af van het groepje kinderen dat hem bij de voordeur uitzwaaide, stapte in de auto en verdween zonder nog een laatste keer te groeten.

Mama verweet zichzelf dat wij onze vader moesten missen. 'Dat is mijn schuld,' zei ze die avond tegen me, toen de anderen naar bed waren en wij samen voor de televisie zaten. Net als Tanja in de kerk deed, als de hele congregatie mompelde "door mijn schuld, door mijn schuld, door mijn grote schuld", ramde ze zichzelf met haar vuist op de borst.

Ze zweeg een hele tijd. Niets ziend staarde ze naar het beeldscherm, in haar eigen sombere gedachten verzonken. Toen ze peinzend vervolgde: 'Ik had nooit verwacht dat Huib echt zou gaan, hoe vaak hij er ook mee dreigde,' leek ze er niet eens erg in te hebben dat ik nog in de kamer was. 'Ik blijf achter met vier kinderen,' mompelde ze. 'Hoe moet ik het in 's hemelsnaam redden?' Tja, dacht ik, dat had je je af moeten vragen voor je je broek uittrok.

Tanja en Carla bleven maandenlang wachten, er heilig van overtuigd dat hun vader elke dag terug kon komen. Zeker vijf keer in de week vroeg mijn halfzus met ongeduld hoelang zo'n zakenreis wel niet kon duren, maar net als papa gaf mama daar geen antwoord op.

Ook kleine Saar vroeg op haar manier regelmatig naar haar vader. Als er een auto voor het huis stopte bijvoorbeeld. 'Papa?' vroeg ze dan, met haar goudblonde hoofdje schuin gehouden naar mama opkijkend.

'Nee, pop,' zei mijn moeder, en ik kon het medelijden in haar stem horen, 'papa komt nog niet thuis.' Ze wist niet hoe ze haar kinderen moest vertellen dat hij nooit meer terug zou komen.

Langzaam maar zeker beseften mijn drie zusjes dat we het voortaan zonder een man in huis moesten stellen. Sarah wende als eerste aan de situatie. Met haar drie jaar vergat ze snel en na een poosje vroeg ze niet meer naar papa. Als we het later ooit over hem hadden, zei ze altijd met een zweem van verbazing in haar stem: 'Ik kan me niet eens meer herinneren hoe hij er uitzag.'

'Ik wel,' reageerde Carla dan. Hoewel hij haar echte vader niet was, leek zij papa het meest van ons vieren te missen. Op bijzondere dagen, bijvoorbeeld met haar verjaardag, vroeg ze zich tijdens het cadeaus openmaken hardop af wat papa nu aan het doen was, of hij aan haar zou denken, of hij überhaupt nog wist dat het haar verjaardag was. Dan zei ik dat hij nooit had geweten wanneer ze verjaarde, zelfs niet toen hij nog met ons onder één dak woonde, dat mama hem steevast aan haar verjaardag had moeten herinneren.

Ik had vaak genoeg 's avonds op de trap gezeten om inderdaad ooit te horen dat mijn moeder tegen mijn vader zei dat hij niet moest vergeten dat Carla aan het eind van de week jarig was.

'Vrijdag,' zei mama. 'Feliciteer haar als je beneden komt, Huib. Je kwetst haar als je de verjaardagen van haar zusjes wel onthoudt en de hare niet.'

'Nou,' zei mijn vader onverschillig, 'het kan me weinig schelen of ze zich wel of niet gekwetst voelt. Ik voelde me ook nogal onaangenaam geraakt toen zij ter wereld kwam met die bos vuurrood haar. En elke keer dat ik zie hoeveel ze op Ben lijkt, sta ik ook niet te jubelen.'

'Hè, Huib,' zei mama wrevelig, 'daar kan het kind toch niks aan doen.'

'Het kind niet, nee.'

Ik kon me voorstellen hoe de mond van mijn moeder tot een dunne streep vertrok toen ze vroeg: 'Begin je weer met je verwijten aan mijn adres?'

Voor de ruzie echt losbrak sloop ik de trap op naar mijn kamer.

Die rooie geloofde me niet toen ik beweerde dat papa nooit geweten had wanneer ze verjaarde.

Mijn woorden ketsten op haar af. Ze wilde er nu eenmaal niet aan herinnerd worden dat papa niets om haar gaf. Zelfs niet nu ze wist dat hij niet haar echte vader was.

*****

Als alleenstaande moeder was mama gedwongen met vier kinderen op bijstandsniveau te leven. Papa betaalde wel alimentatie voor zijn drie dochters, maar dat bedrag werd van de bijstandsuitkering afgetrokken. Ben kwam nooit over de brug met de beloofde toelage voor Carla.

Met zijn tong in mama's mond had ik hem horen fluisteren dat hij haar elke maand contant een bedrag zou toeschuiven. 'Dan kun je wat extra's doen.' Maar vervolgens kwam hij elke vier weken met een ander smoesje om er onderuit te komen. De ene keer had hij zijn loon niet op tijd gekregen, een andere keer had hij grote, onvoorziene uitgaven gehad, enzovoort, enzovoort. Omdat mijn moeder hem elke keer om het geld vroeg ("Carla is per slot van rekening niet alleen mijn dochter") begon hij haar te mijden. Na papa's vertrek had hij een tijdje de deur platgelopen bij ons, maar toen mama begon te "zeuren", kwam hij steeds minder vaak. Op een gegeven moment zagen we hem helemaal niet meer.

Mijn moeder kwam niet rond met het geld dat ze had om van te leven, daarom nam ze werkhuizen aan. De mensen bij wie ze poetste betaalden haar zwart. Elke dag om half negen stapte ze op de fiets, op weg naar telkens een ander adres. Daar werkte ze dan een uurtje of vier, om vervolgens naar een andere woning te trappen en daar de boel op te gaan knappen. Volgens haar zeggen, lieten de "rijken" haar echt sloven voor een paar centen en haar tong hing dan ook op haar schoenen als ze thuis kwam.

Zwaar liet ze zich op de bank vallen, haar benen voor zich uitgestrekt, haar armen slap langs haar lichaam. Ik wist dat ze torenhoog opzag tegen de karweitjes die haar nog wachtten. Want ook in haar eigen huis moest er gepoetst, gewassen en gestreken worden. Er moest 's avonds warm gegeten worden en afgewassen. Wij hadden onze taken, maar het leeuwendeel van het werk kwam op mama neer. Dus had ze het te druk voor de kleine probleempjes van Tanja en Carla en had ze geen tijd om Saartje bezig te houden. "Vraag maar even aan Katja", werd een veel gehoorde uitspraak van haar.

Steeds vaker werd de zorg voor de anderen op mijn schouders gelegd. Ik was immers de "grote" zus. Vooral als mama er niet was werd er vanuit gegaan dat ik haar zorgtaken en verantwoordelijkheden overnam. Aan de ene kant vond ik het oneerlijk dat ik altijd de pineut was, aan de andere kant gaf het me de kans mijn drie zusters tot de meest idiote dingen te commanderen. Als ze weigerden te doen wat ik hen opdroeg zouden ze het bezuren, dat gaf ik ze op een briefje. Dan sloot ik hen op of zette hen buiten. Het was alleen irritant dat dikke Daisy zo vaak bij ons was, want ik waagde het niet iets uit te halen met haar in de buurt. Ik had liever geen pottenkijkers bij de uitvoering van mijn snode plannetjes. Gelukkig voor mij kon dat lelijke mormel niet altijd hier zijn.

Op een snikhete zaterdagmiddag stopte mama met tegenzin haar portemonnee in haar handtas en nam vervolgens met een gelaten zucht twee boodschappentassen uit de kelder. 'Ik heb een hele ronde te maken,' zei ze in het algemeen, 'dus het kan wel even duren voor ik terug ben.' Omdat we bijna altijd ruzie hadden als zij weg was, voegde ze er aan toe: 'Denken jullie dat het lukt om in de tussenliggende tijd elkaar én de boel heel te laten?'

'Aan ons zal het niet liggen,' zei Car, op de haar karakteristieke wijze op de bank hangend. Ze legde sterk de nadruk op het woordje "ons" en maakte er een gebaar met haar arm bij dat Tanja, Saar en haarzelf omvatte. Mama deed of ze de insinuatie niet begreep en verliet het huis.

De deur was nog maar nauwelijks achter haar in het slot gevallen of ik beval Tanja onze bejaarde hond Bessie achter op de plaats te zetten. 'En doe de achterdeur dicht zodat ze niet terug naar binnen kan.' Bessie, die haar naam hoorde noemen, keek van de een naar de ander, haar kop schuin.

Met mijn armen over elkaar geslagen stond ik voor de stoel waarop mijn mooie, blonde zusje zat. Ik keek op haar neer. Met mijn blik probeerde ik haar te dwingen mijn orders op te volgen.

Tanja tikte met haar wijsvinger tegen haar voorhoofd. 'Jij bent zeker niet helemaal lekker in je bovenkamer?' informeerde ze kalmpjes. 'Het is buiten vijfendertig graden. In de tuin is geen centimeter schaduw te vinden. Bessie heeft binnen al de tong uit haar bek hangen, als ik haar buitensluit in de gloeiende zon zal haar zwakke hart het begeven.'

Als een wervelwind was daar plotseling onze rooie, die zich verbazend snel vanuit haar half liggende houding omhoog had gewerkt. Ze drong zich tussen Tanja en mij in. Haar mond was venijnig samengeknepen, haar handen waren gebald tot vuisten. 'Smerige dierenbeul!' siste ze me toe. 'Als je Bessie maar een haar krenkt sla ik je op je bek!' Om haar woorden kracht bij te zetten maakte ze boksbewegingen in de richting van mijn gezicht.

Achteloos schoof ik haar opzij en besteedde verder geen aandacht aan haar. Ik was gefixeerd op Tanja. Ik had haar de schuld in de schoenen willen schuiven als de niet meer zo jonge Beagle dood zou gaan en dat zij mijn plannen dwarsboomde maakte me hels. Woedend gaf ik mijn blonde zusje de keuze, óf ze sloot Bessie buiten, of ik zou háár opsluiten in de kelder.

Ze gaf geen krimp, leek ongenaakbaar als altijd. Maar dat veranderde toen ik haar bij een arm greep en van haar stoel trok. Ze zette zich schrap, maar ik duwde haar de hal in, wat niet al te moeilijk ging omdat we een gladde houten vloer hadden en zij haar sloffen aan had. Bessie, zenuwachtig blaffend omdat ik een van mijn zusjes belaagde, volgde ons.

Ik wist Tanja de kelder in te werken en snel smeet ik de deur achter haar dicht. Een paar seconden leunde ik er met mijn volle gewicht tegenaan, zodat zij hem niet meteen weer open kon gooien. Als ze bang was kon mijn zus beresterk zijn en ze was uitermate bevreesd voor het donker. Met mijn hand tastte ik naar de sleutel en draaide die om. Toen de normaal zo stoïcijnse Tanja het knarsen van het slot hoorde, raakte ze volslagen in paniek.

Omdat ze niet zag wat haar belaagde in het duister van de kelder, gilde ze bij het geluid van een paar muizen die langs haar trippelden. Nog geen seconde later krijste ze: 'Er zit een spin vast in mijn haar!' Haar hysterie gaf me een kick. Tanja bonkte met haar vuisten tegen de deur van haar tijdelijke gevangenis, ze kraste met haar nagels over het geverfde hout, maar ik liet haar zitten waar ze zat.

Bessie ging languit op de vloer voor de kelderdeur liggen. Ze snuffelde aan de kier tussen de deur en de drempel, legde de oren plat in de nek en begon zachtjes te piepen. 'Kop houden!' snauwde ik tegen het beest. Vanuit mijn ooghoeken zag ik hoe Car me in de gaten hield, klaar om zich op me te werpen als ik de hond te na zou komen. Ze kwam zelfs al langzaam op me toegelopen, de hal in, kleine Sarah op haar hielen.

De laatste besefte niet goed wat er aan de hand was. Terwijl ze met haar vingertje naar de kelderdeur wees keek ze met grote ogen naar me op. 'Tanja wil eruit,' zei ze, denkend dat ik dat niet begreep. Ik boog mijn bovenlichaam in haar richting.

'Saar,' zei ik streng, 'jij moet je grote mond snel dichtdoen, anders kun je ook op de keldertrap gaan zitten.' Sarah kon de context van wat ik zei niet precies bevatten, maar ze voelde wel aan dat het niet goed met haar zou aflopen als ze nog eens zou zeggen dat Tanja uit de kelder wilde. Zwijgend klampte ze zich aan de benen van Carla vast.

'Je laat haar met rust,' snauwde die me toe. 'Je laat Saartje met rust, hoor je!' Met een ruk rechtte ik mijn lichaam. 'Of anders wát?' vroeg ik. 'Ga jij haar helpen?'

Tanja bespaarde haar jongere zusje een antwoord dat ze niet had, door in te storten. Ze begon fluisterend te bidden. 'In de naam van de Vader, de Zoon en de Heilige Geest...'

Ik snoof om Tanja's geloof en vertrouwen in de heilige Drie-eenheid. Het idee dat drie verschillende Godheden één konden zijn wilde er bij mij niet in. Tanja echter liet zich volledig indoctrineren. Dat lag niet aan mama en papa, want hoewel we uit een katholiek gezin kwamen was het niet zo dat onze ouders het geloof er vanaf onze vroegste jeugd bij ons instampten. We hoefden nooit te bidden voor een maaltijd, noch werden we gedwongen elke zondag naar de kerk te gaan. En mama zei altijd stellig: 'Ik ga dinsdags en zaterdags naar de markt en daar staat een kraam die heel goede vis verkoopt, dus we eten op dinsdag of zaterdag vis. En niet op vrijdag omdat de kerk dat toevallig gebiedt.' Ze trok er een obstinaat gezicht bij. Tanja sloeg een kruis.

Op school kregen we vanaf de eerste klas Godsdienstles, iets waarvan onze moeder beweerde dat het niet erg was als je daar op je rapport een onvoldoende voor had. Mijn twee jaar jongere zus sloeg drie kruizen.

Tijdens de lessen over de katholieke leer kwam er een kapelaan in de klas, gekleed in een lang, zwart priestergewaad. De eerste keer dat Car hem zag dacht ze dat hij een jurk droeg. De priester leerde ons gebedjes, het Onze Vader, het Weesgegroet en de Oefening van Berouw. Hij ging altijd op één van de lessenaars op de eerste rij zitten. Dit tot afschuw van de kinderen die vooraan zaten, want hij sprak met consumptie. Als hij op Tanja's tafeltje zat hing ze aan zijn bloedeloze lippen. Ook was ze van het begin af aan uitermate geboeid door de verhalen die de juffrouw voorlas uit de Bijbel. Ik had twee jaar ervoor bij juf Jette in de klas gezeten en ik kon me levendig voorstellen hoe mijn zus zwijmelde wanneer de lerares het Heilige Boek omdraaide en de plaatjes liet zien die bij de vertelling van dat moment hoorden. Haar ogen zouden de tekeningen van Jezus in zijn lange, witte kleed verslinden. Zij zou niet, zoals ik gedaan had, een vinger opsteken en vragen hoe het kwam dat Jezus blank was, terwijl hij uit Israël kwam. Zij zou niet voor straf in de hoek hoeven te gaan staan. Ze zou ook niet, net als ik, op slag door krijgen hoe het werkte: het systeem trachtte ons te hersenspoelen en wie er tegenin ging werd gestraft.

Mijn zus zette geen vraagtekens bij de wonderen die de Heiland verrichtte. Ze fascineerden haar. Ik vond het een soort sprookjes. En dan ook nog ongeloofwaardige, want welke man kon over water lopen, had een mand met vis die nooit leeg raakte en kon water veranderen in wijn? Mensen die hun hele leven al doof waren konden door een woord van deze Zoon van God plotsklaps horen en lammen liepen als hazen. Daar trapte toch geen zinnig mens in! Na mijn eerdere opmerking was ik zo verstandig op school mijn mond te houden over mijn overpeinzingen.

Tanja nam alles wat haar verteld werd over God en Jezus voetstoots aan. Ons werd wijsgemaakt dat Hij ons kon en zou helpen als dat nodig was en mijn jongere zus geloofde daar heilig in. Als ze in geestelijke nood verkeerde, zoals nu, wendde ze zich tot de Heer. Nou, we zouden eens zien wat dat haar bracht.

Sarah vroeg aan onze rooie wat Tanja toch voor gedichtjes opzei, daar in de afzondering van die kelder. Het waren niet de versjes die mama haar 's avonds voor het slapen gaan voorlas uit haar prentenboek. En wie was toch die vader die haar oudere zus aldoor aanriep? Papa woonde immers niet bij ons.

Car zuchtte diep. 'Het zijn geen versjes, Saar,' begon ze uit te leggen. 'Tanja is aan het bidden. Je weet wel, wat ze ook altijd doet voor ze gaat eten. Alleen doet ze het dan niet hardop.'

'Wat ís bidden?'

Carla, haar voorhoofd gefronst, beet op haar onderlip, dacht na over het antwoord. 'Dat is als je God, die de Vader is van alle mensen, om hulp vraagt,' zei ze tenslotte, verwachtend dat dit antwoord afdoende zou zijn voor Sarah. Maar het kleintje had nog meer voor haar in petto. 'Waarom helpt Hij Tanja dan niet?'

Deze keer duurde het lang voor haar oudere zus antwoordde. Om haar aandacht te trekken trok Sarah aan haar benen. 'Waarom helpt God niet?' drong ze met verheffing van stem aan. Carla, die zich niet kon bewegen met het kind dat als een klit aan haar hing, wankelde. Teneinde zich staande te houden greep ze naar de klink van de kelderdeur, wat maakte dat Tanja stopte met bidden. Toen ze doorkreeg dat ze niet bevrijd zou worden ging ze verder met haar gemompel.

'Carla...' zei Saar zeurderig. Ze rukte nog eens aan de benen van haar zusje.

'Hij zal te druk bezig zijn, Saar,' zei die snel. Onze benjamin nam genoegen met dat antwoord. Tot Carla's opluchting vroeg ze niet verder. Jammer, ik had die rooie graag nog wat langer zien zweten.

Uren liet ik Tanja in de kelder zitten. Terwijl onze moeder naar het postkantoor was, de drogist, de groenteboer, de supermarkt, zat mijn diep gelovige zusje in het donker, verlaten door haar God en met alleen de spinnen als gezelschap, want de muizen waren natuurlijk allang weggevlucht.

Ik had uitgerekend hoe laat mama ongeveer terug zou zijn en vlak voor die tijd deed ik de kelderdeur van slot.

Bessie, dolbij dat de roedel weer compleet was, sprong ondanks haar hoge leeftijd en haar hartkwaal uitgelaten om Tanja heen toen die het twee treden tellende trapje opstrompelde. Het scheelde niet veel of mijn zus, haar ogen blind voor het licht na de duisternis, was over de hond gestruikeld. Terwijl ze moeizaam haar weg naar de woonkamer zocht, prevelde ze voortdurend: 'Dank U, God... dank U, God... dank U, God...'

'Ík heb je er uit gelaten,' grapte ik, 'niet Híj.' Maar ze bleef het herhalen. Toen mama thuis kwam, beladen met boodschappen, fluisterde ze het nog.

'Waar heeft dat kind het over?' informeerde mijn moeder, rijst, aardappelen en groenten uit een tas halend en uitstallend op de tafel . Met een onderzoekende blik keek ze naar haar tweede dochter die met een bleek gezicht op de bank zat, tussen Carla en Saartje in. Die rooie had een arm om haar heen geslagen en onze jongste keek bezorgd naar haar blonde zuster die nerveus met haar mondhoeken trok en aldoor maar de Heer bedankte.

'Ik had gezegd dat ze de afwas moest doen, mama,' zei ik met mijn liefste stem, 'maar ze vertikte het en daarom heb ik haar een paar minuten opgesloten in de kelder, zodat ze tot bezinning kon komen.' Licht haalde ik mijn schouders op. 'Wist ik veel dat ze hysterisch zou worden!'

Nog voor mijn woorden koud waren opende mijn halfzus haar mond, maar gelukkig legde mama haar met een gebaar van haar hand het zwijgen op. 'Bemoei je er niet mee, Car,' snauwde ze, vlees, fruit en brood tevoorschijn halend. Ze wendde zich tot Tanja. 'Je moet naar je oudste zus luisteren. Als ik er niet ben heeft zij de leiding, dat weet je.'

'Dank u, God. Dank u, God. Dank U, God,' stamelde Tanja.

Alsof ze een mantra opzei. Alsof Tanja mama niet hoorde. Alsof ze krankzinnig geworden was van de doorstane angst daar in het donker van de kelder.

Er liep een rilling van genot over mijn rug.

Tanja

Ik was er tot in elke vezel van mijn lichaam van doordrongen dat Kaat niet te vertrouwen was en ik keek als het ware altijd over mijn schouder om te zien of zij me niet stiekem belaagde. Carla en Sarah deden hetzelfde. Toch, hoe voorzichtig we ook waren, lukte het onze oudste zuster telkens weer ons nadeel te berokkenen. Katja was sluw. Vanaf de tijd dat ik naar school ging en daar verhalen hoorde uit de Bijbel, vergeleek ik haar in stilte met de slang uit het paradijs. Die had ook niets goeds in de zin gehad.

Toen papa nog bij ons woonde bemoeide hij zich doorgaans niet met de ruzies tussen zijn dochters. Liever liet hij mijn moeder sussen en bemiddelen. Maar zij trok steevast partij voor haar "Kaatje", en dus hadden mijn jongere zusjes en ik niemand om op terug te vallen. Daarom keerde ik me tot de Heer. Het gaf me troost en van lieverlee begon ik Hem vaker aan te roepen.

Op een gegeven moment was God volledig in mijn leven geïntegreerd. Als ik 's ochtends opstond ging ik op mijn blote knieën naast mijn bed zitten en bad een uur lang. 's Avonds voor ik ging slapen herhaalde ik dat ritueel. Voor elke maaltijd vouwde ik mijn handen en tussendoor bad ik in gedachten. Ik had het nodig. Ik had Hem nodig. Er was niemand anders.

*****

Sinds papa ons had verlaten was Kaat gemener dan ooit. Op een dag dat mama naar haar werk was gebood ze ons het toilet door te trekken nadat zij er haar behoefte op had gedaan.

'Ik zal me daar gek zijn,' zei ik, toen ik als eerste die opdracht kreeg. Ik deed mijn best zo stoïcijns mogelijk over te komen, alsof

Kaats onredelijke eis geen indruk op me maakte. Terwijl ik haar vanaf mijn plekje aan de tafel koeltjes aankeek, hield ik mijn rug recht en mijn hoofd hoog. Naast me zittend trachtte Carla mijn houding te evenaren, maar al na een paar seconden had ze er geen erg meer in en werd haar rug krom als die van een boze kat. Haar schouders bogen naar voren.

'Het is toch niet meer dan normaal dat je zelf doorspoelt als je naar de wc geweest bent.'

Uiterlijk kalm trotseerde ik de stekende blikken van mijn oudere zus, die voor me staand hoog boven me uittorende en me strak aankeek. In tegenstelling tot Car verloor ik niet snel mijn zelfbeheersing. Terwijl Kaat als een strenge schooljuffrouw met haar wijsvinger voor mijn gezicht zwaaide, bracht ik het op vaag te glimlachen. Dat deed ik omdat ik wist dat het haar mateloos ergerde wanneer ze geen vat op me leek te hebben. Van binnen kookte ik, maar ik liet het haar niet merken.

Katja kneep haar donkere ogen tot spleetjes. Haar mond werd een venijnige smalle streep. 'Mama heeft gezegd dat ik de baas ben als zij weg is. Dus moeten jullie doen wat ik zeg.'

'Mama heeft vast niet bedoeld dat Tanja achter jouw kont je stront moet opruimen,' kwam mijn roodharige zusje me te hulp. Zij was de hittepetit van de familie, zoals onze moeder altijd zuchtend zei. Waarna Car steevast haar schouders ophaalde en weerlegde: 'Ik ben gewoon degene met het grootste rechtvaardigheidsgevoel.' Het wás zo, onrecht maakte Carla woest en niet alleen maar als het haarzelf aanging. Ook wanneer het een ander was die oneerlijk behandeld werd kon ze het niet verdragen. Dan sprong ze voor de gedupeerde in de bres. Soms bracht het haar in moeilijkheden.

Ik wierp een snelle blik op onze jongste, die in een hoek van de kamer met haar poppen speelde. 'Carla, alsjeblieft,' zei ik, met een stem die ik nog altijd rustig en ingetogen wist te laten klinken, 'denk een beetje aan je taal.' Op hetzelfde moment draaide Katja haar hoofd naar mijn twee jaar jongere zus toe en zei lijzig: 'Als Tanja mijn hoopje niet weg wil werken dan moet jij het maar doen.' Roodharige Carla stikte bijna van verontwaardiging. Ze sloeg zo hard met haar vuist op tafel dat het koffiekopje dat mama 's ochtends gebruikt had rinkelde op het schoteltje. 'Je ruimt je eigen rotzooi maar op!' riep ze.

Toen, wetend dat ze ons niet harder kon treffen dan de kleine Sarah onheus te bejegenen, richtte onze oudste zus zich tot haar. 'Saartje...' Alleen al het feit dat ze aangesproken werd door de zuster-heks maakte dat onze benjamin wit weg trok. Ze sprong op van de houten vloer alsof ze op een springveer zat en stond in een mum van tijd naast Carla. Kaat boog haar lange, magere lichaam voorover. Ze klapte bijna dubbel. 'Jij wilt vast wel even het toilet voor mij doortrekken, hè?' vroeg ze liefjes.

Carla sprong op, klaar om met Kaat af te rekenen als die ons jongste zusje wilde dwingen het walgelijke klusje te klaren. Saar klemde zich meteen vast aan haar benen, keek om hulp zoekend naar haar op en schudde het goudblonde hoofdje. 'Stinkt,' zei ze, half huilend. Beschermend sloeg Carla haar armen om haar heen. 'Stil maar, Saartje,' suste ze, 'je hoeft het niet te doen.' Met vlammende ogen keek ze naar onze oudste zus. 'Níemand van ons hoeft het te doen en niemand zál het ook doen!'

Met een zwaai van haar bovenlichaam kwam Katja omhoog, in zó'n rechte hoek en zó snel, dat het me verbaasde dat ze haar rug niet ontwrichtte. Ze zette haar handen op de heupen. Haar half-lange, recht afgeknipte haar zwierde langs haar hoekige gezicht toen ze haar hoofd met robotachtige rukjes van de een naar de ander bewoog en ons priemend aankeek. Eerst mij, de ongenaakbare, toen Car, met de hoogrode kleur van kwaadheid en tenslotte Sarah, de beeldige, blonde, doodsbange kleuter.

'Jullie zijn een ongehoorzaam stelletje,' stelde ze vast. 'En jij, rooie...' prikte ze met een puntige vinger in de richting van Carla's borst, 'bent een heetgebakerd type. Ga maar eens een poosje buiten staan om af te koelen.' Katja was op haar gemeenst, dat hoorden we aan haar scheldnaam voor ons roodharige zusje.

Mama beweerde altijd dat Cars rode haar er de reden van was dat ze zo "vurig" was. Toen papa nog bij ons woonde keek hij onze moeder altijd spottend aan als ze dat zei. 'Ik denk eerder dat ze dat licht ontvlambare van haar vader heeft,' reageerde hij steevast op de woorden van zijn vrouw. 'En van hem heeft ze ook dat rode haar en die sproeten.' De blik waarmee mama hem dan aankeek was vernietigend.

In één stap was Kaat met haar lange benen bij ons opstandige zusje. Hardhandig greep ze haar bij een arm teneinde haar de achterdeur uit te werken. Diep boorden haar lange vingers zich in Cars vlees toen ze haar met zich meetrok, de kamer uit, de keuken door. Omdat Sarah nog altijd aan Carla's benen hing werd ze meegesleurd. Mijn halfzus probeerde zich uit alle macht te verzetten, maar ze werd in haar bewegingen gehinderd door het gewicht van Saartje.

Toen het tweetal gilde, begreep onze beagle Bessie dat er iets akeligs met hen gebeurde. Ondanks haar oude, stijve botten vloog ze haar mand uit en liep op een drafje de keuken in. Daar begon ze nerveus rondjes om de kemphanen heen te draaien. Ze hapte naar Kaats trui, kreeg een stuk van de gebreide stof te pakken en in een poging het gevecht te beëindigen trok ze er uit alle macht aan. Katja, woest om de bemoeienis, trapte in de richting van de hond en raakte hard haar kop. Jankend liet Bessie de trui los. Toch, ondanks de pijn, wilde ze nogmaals een poging doen mijn jongere zusjes te verdedigen. 'Rot op, hond!' riep Kat, 'of je krijgt nóg een trap!' Bessie, de staart tussen de poten, keek even onzeker van haar naar de twee anderen en droop toen af.

'Ik vermoord je!' krijste een withete Carla tegen Kaat. 'Ik zweer het je, als Bessie door jou een hartaanval krijgt vermoord ik je!'

'Probeer het maar!' schreeuwde zij terug. Met één hand wist ze de buitendeur open te gooien.

Ik was van nature geen vechtersbaas, maar nu wierp ook ik me in de strijd in een poging mijn zusjes te ontzetten. Katja echter gaf ons alle drie een flinke duw. We struikelden over de drempel, zo de sneeuw in. Ik gleed uit op mijn pantoffels en viel voorover op mijn knieën.

Terwijl ze in lachen uitbarstte graaide Katja naar de klink, trok de deur met een klap dicht en sloot hem af. Toen ik over mijn schouder een blik door de ruit wierp zag ik hoe ze haar hoofd in de nek legde en het uitgierde van leedvermaak.

Car stampte een paar keer hard tegen de buitendeur. Ze had Kat met plezier iets lelijks aangedaan, niet alleen omdat ze ons buitensloot, maar vooral omdat ze Bessie geschopt had. Dat ze niet bij haar kon komen frustreerde haar uitermate. Kaat genoot van de onmacht van ons halfzusje. Bij elke trap tegen de donkergroene verf klonk haar lachen luider.

Ik stond op en klopte de sneeuw van mijn kleren. 'Stop met dat gestamp tegen de deur, Car,' verzocht ik. 'Het helpt niet, je beschadigt alleen maar de verf.' Car deed wat ik vroeg en keek naar Sarah die, geschrokken van hetgeen Katja had gedaan, zacht stond te snikken. Om haar af te leiden wierp ze zich op haar rug in de sneeuw en bewoog haar armen en benen zijwaarts. En weer terug. Toen ze dat een paar keer herhaald had stond ze op. 'Kijk, Saartje...' Ze wees naar de plek waar ze gelegen had. 'Een sneeuwengel.' Met grote, betraande ogen keek Saar naar het figuurtje in de sneeuw dat op een poppetje met vleugels leek. Ze stopte met huilen. Hoewel ze, deels van de kou en deels van de zenuwen, stond te klappertanden, brak er een voorzichtige glimlach door op haar snuitje.

Ik deed mijn trui uit en trok die over Sarah's hoofd, zodat zij twee truien aan had. Toen de kleine nog steeds stond te bibberen gaf Car haar ook de hare. Het kledingstuk was wel een beetje nat geworden van het liggen in de sneeuw, maar we hoopten dat de twee truien die Sarah daar onder droeg het vocht zouden tegenhouden.

Daar stonden we, zonder jas, das, muts of handschoenen, en Carla en ik nu ook zonder trui, in de snijdende wind, tot onze enkels in de sneeuw. Ik had me mijn Kerstvakantie anders voorgesteld.

Katja stond voor het raam van de keuken en keek spottend naar buiten. Ze zette haar handen als een toeter aan haar mond en riep: 'Als één van jullie je bedenkt en doet wat ik wil, dan mogen jullie allemaal naar binnen!'

'Over mijn lijk!' schreeuwde Car met blauwe lippen terug. Maar ik keek naar ons kleine zusje en dacht bezorgd dat het eerder over háár lijk zou gaan. Carla, die mijn bekommerde blik onderschepte, vergat op slag wat ze zojuist gezegd had. Ze had niet alleen een grote mond maar ook een groot hart en ze bood meteen aan zich ter wille van Sarah op te offeren. Gelukkig vond ik een andere manier om ons een weg naar binnen te verschaffen, zodat zij niet de poep van onze oudste zus hoefde door te spoelen.

'Heilige Maria, moeder van God...' Terwijl ik mijn ogen ingespannen over de achterpui van ons huis liet dwalen, op zoek naar een mogelijkheid om binnen te komen, zei ik een Weesgegroetje op. Mijn warme adem maakte dampende wolkjes in de vrieslucht. 'Bid voor ons zondaars en vooral voor mijn oudste zus, want zij is de meest zondige van ons allemaal.' Voor de gelegenheid gaf ik een eigen draai aan het gebed.

'Amen,' zei Carla.

'Gaat moeder Maria nu tegen Katja zeggen dat ze de deur open moet maken?' Ik was kort geleden begonnen mijn jongste zusje verhaaltjes voor te lezen uit de Bijbel en vol vertrouwen keek ze nu naar me op. Ik draaide me om en trok even zachtjes aan één van de goudblonde lokken van de kleuter. 'Ik hoop het, kleintje. Ik hoop het. Al betwijfel ik of Kat zich iets aantrekt van wat iemand zegt, zelfs al is het de Heilige Maagd.'

'Maar... dan komt ze in de hel!' schrok Sarah. Haar onschuldige, blauwe babyogen stonden geschokt in het mooie poppengezichtje.

'En daar zal ze branden als een lier,' deed Car niet zonder genoegen een duit in het zakje terwijl ze haar ijskoude armen probeerde warm te wrijven met haar al even koude handen. 'Ik zou haar maar al te graag tot as zien vergaan.'

Zonder mijn blik van de achtergevel af te wenden vermaande ik Car dat ze er niet zulke wraakzuchtige gedachten op na moest houden, omdat ze dan net zo verwerpelijk was als Katja. 'Ja, ja,' mompelde mijn halfzusje, het helemaal niet eens met deze zienswijze. Zíj had immers niemand zonder pardon met veertien graden vorst buiten gezet!

'Carla...' Als een klacht kwam de naam over Sarah's lippen. 'Ik heb het zo koud.'

'Ik weet het...' In een poging haar wat van de weinige lichaamswarmte te geven die ze nog over had trok Car haar dicht tegen zich aan. 'Ik heb het ook koud.'

Intussen tastte ik nogmaals met mijn ogen de achtergevel af. Er was met geen mogelijkheid binnen te komen. Beneden hield Katja de boel hermetisch afgesloten en onze moeder had boven alle ramen dichtgedaan vanwege de bittere kou. Ik begon nogmaals te bidden. 'Here God...' Op dat moment kwam de sneeuwschuiver die tegen de schutting stond in mijn blikveld. Ik glimlachte en hief mijn gelaat naar de hemel waar witte vlokken uit neer dwarrelden. Er vielen er een paar op mijn wangen die direct smolten.

'Dank u.' Terwijl ik met mijn linkerhand de sneeuwschuiver greep, sloeg ik met mijn rechterhand een kruis. Toen pakte ik met allebei mijn handen de steel stevig vast. Voor de zekerheid prevelde ik een Oefening van Berouw terwijl ik het ding met kracht door de ruit van de keukendeur ramde. Rinkelend viel die aan diggelen. Katja, die de sneeuwschuiver op zich af zag komen, vloog gillend achteruit, haar armen beschermend boven haar hoofd tegen het rondvliegende glas.

Sarah stond roerloos naar me te kijken, haar mond een beetje open van verbazing om deze actie van mij. Ik zette de sneeuwschuiver tegen de muur en tilde het kleintje bij haar smalle middel op. Voorzichtig, om de scherpe glaspunten te ontwijken die uit de sponning staken, droeg ik haar door de kapotte ruit de warmte van de keuken in. Vanuit mijn ooghoeken zag ik dat het gordijn dat voor de deur hing een grote scheur vertoonde. Ik zuchtte. Dat zou me vast en zeker duur komen te staan.

Car kwam vlak achter me aan. Eenmaal binnen wilde ze Katja aanvliegen, maar ik hield haar tegen. 'Gij zult geen kwaad met kwaad vergelden, weet je nog?' vermaande ik.

Intussen liep Bessie opgewonden heen en weer door de keuken, piepend van blijdschap omdat we weer binnen waren. Eén voor één gaf ze ons een ferme lik over de handen. Sarah aaide haar over haar kop en Car klopte haar op de rug. Ze verzekerden haar dat ze braaf was. Zorgelijk zei ik dat we de hond snel uit de keuken moesten zien te krijgen voordat ze door het glas zou lopen en haar poten openhaalde. 'Mama zal niet blij zijn als ze én een nieuwe ruit moet betalen én een rekening van de dierenarts krijgt.'

'Maak dat je weg komt, rothond!' viel Katja daarop uit. Ze strekte haar arm en wees in de richting van de woonkamer. De beagle kromp ineen, de oren plat tegen haar kop, de staart tussen haar poten. Ze durfde zich niet te verroeren.

'Wat jij doet werkt averechts,' zei ik kalm tegen onze oudste zuster. Die snoof, maar moest bakzeil halen toen ik vriendelijk tegen de hond zei: 'Bessie, plaats' en het dier meteen gehoorzaamde. Met op elkaar geperste lippen keek ze toe hoe Bessie de woonkamer in waggelde en zich tevreden in haar mand vlijde.

Op het moment dat knarsend de poort open ging, keerden we ons alle vier in de richting van het geluid en keken naar mama, die een paar seconden als bevroren op de plaats stond en met opengesperde ogen naar de vernielde achterdeur staarde. Toen zette ze zuchtend haar fiets tegen de muur van de schuur en liep met grote passen waaraan haar ergernis af te lezen was op ons toe. De sneeuw knerpte onder haar laarzen terwijl ze luid klaagde "dat ze ons ook geen seconde alleen kon laten". 'Moet je nou toch die deur eens zien!' Hoofdschuddend nam ze een sleutel uit haar jaszak om hem te ontsluiten, wat in dit geval nogal overbodig leek. Maar, liever dan door de puntige glasscherven te manoeuvreren, maakte mama de deur open. 'Wat is er nu weer gebeurd?' informeerde ze en ik hoorde de vermoeidheid in haar stem.

Alle vier begonnen we door elkaar heen te praten. 'Ze luisterden niet naar mij!' klaagde Katja luid en ik verhaalde: 'Kaat was naar het toilet geweest en toen beval ze me...' Zoals mijn gewoonte was praatte ik met zachte stem en de rest van mijn zin ging dan ook verloren omdat Car er doorheen schreeuwde: 'Katja, die vuilak, die liet expres haar stront in de plee liggen en ze schopte Bessie en...'

'Het was zo koud, mama,' lispelde Sarah's stemmetje. 'Maar Tanja en Car hebben me hun truien gegeven. Kijk...' Mama keek op haar jongste neer toen die één voor één de truien optilde om te laten zien dat ze er echt drie aanhad en wendde haar blik vervolgens naar Car en mij. Wij stonden in ons hemd. Letterlijk.

Onze moeder wreef even over haar voorhoofd en gaf toen een stopteken door haar hand op te steken. We zwegen. 'Kom mee naar de huiskamer,' gebood mama, 'daar brandt de kachel en daar zitten alle ramen nog in de sponningen, hoop ik? Sarah, geef je zusjes hun truien terug voordat ze kou vatten.' Terwijl we allemaal onze moeder de woonkamer involgden, begon onze kleinste de bovenste trui over haar hoofd te wurmen. 'Tanja, doe de tussendeur achter je dicht,' redderde mama verder, 'anders vliegt alle warmte weg.' Ze wees naar de bank. Gehoorzaam gingen we alle vier zitten.

Mijn moeder trok haar warme winterjas uit, zette haar muts af en trok de leren handschoenen van haar vingers. Ze hing alles over de rugleuning van een eetkamerstoel en nam plaats in een fauteuil. 'Kaatje,' richtte ze het woord tot haar oudste, 'wil jij me vertellen wat er gebeurd is?'

Natuurlijk, dacht ik, Katja mocht weer het woord doen en ze zou geen waarheidsgetrouwe versie van het gebeurde geven. Mama zou voetstoots aannemen dat ze de waarheid sprak en verder geen van ons haar verhaal laten doen. Ik zuchtte van frustratie. Zo ging het nou altijd.

Zo ging het ook deze keer. Kaat diste een leugen op en wat Carla en ik hadden beweerd werd volkomen door mama genegeerd.

'Ze wilden een sneeuwballengevecht gaan houden, mama. Ik zei nog dat ze binnen moesten blijven met die kou, maar ze luisterden niet. Ze liepen gewoon naar buiten. Tanja nam de sleutel mee en draaide de deur op slot zodat ik binnen het nakijken had. Omdat ze zonder jas, das en muts naar buiten waren gegaan kregen ze het algauw koud, maar toen was de sleutel zoek want die had Tanja verloren en... Ik was zo ongerust om Saartje, mama.' Katja presteerde het om een paar tranen uit haar ogen te persen terwijl ze naar Sarah keek die Car haar trui aanreikte en de mijne begon uit te trekken. De huichelaarster, dacht ik. Ze was geen moment bezorgd geweest. Niet om Sarah en niet om Car of mij.

Met een zakdoek wiste mijn veertienjarige zus over haar ogen. 'Nou...' Ze wees in de richting van de keuken. 'De rest is wel duidelijk, denk ik. O ja...' Met een slinkse blik keek ze vanuit haar ooghoeken naar mij. 'Je sneeuwschuiver is verbogen. Tanja heeft hem door het raam gesmeten.' Terwijl ze sprak liet ze stiekem de sleutel van de achterdeur in de zak van haar jurk glijden. Mama zag het niet, maar Carla wel. Ze sprong op.

'Ze liegt, mama,' zei ze, trillend van onmacht. 'Ze liegt! We waren niet ongehoorzaam, we wilden alleen geen van allen Katja's schijt door de plee spoelen en daar was ze kwaad om en toen heeft ze ons buitengesloten!' Ik sloot even mijn ogen bij haar taalgebruik, maar zij vervolgde onvervaard: 'En Tanja heeft de sleutel niet kwijt gemaakt, die had Kaat zelf en ze draaide er de deur mee op slot zodat we niet naar binnen konden. Kijk maar in haar zak.' Ze wees naar de streepjesjurk. 'Daar heeft ze de sleutel in verstopt. Kijk dan, mama! Kijk nou!' Ze stampvoette haast van frustratie. Katja, die zelf had staan liegen alsof het gedrukt stond, rolde met haar ogen alsof ze wilde zeggen: 'Hoe komt dat kind erbij?'

'Carla, hou op!' zei mijn moeder streng en ik wist dat de boot aan was, want ze noemde mijn roodharige zus alleen bij haar volledige naam als ze het volkomen met haar had gehad. 'Maar mama,' probeerde Car nog, 'als Tanja echt de sleutel had laten vallen, dan moet er in de sneeuw toch een afdruk van te zien zijn!'

Mama's geduld was op. 'Naar je kamer!' keef ze. 'En vanavond geen eten voor jou! Ik wens je niet te zien totdat je morgenochtend naar school moet!' En toen Car niet snel genoeg deed wat ze zei: 'Vooruit, uit mijn ogen!' Hevig beledigd stampte mijn halfzus de trap op. Háár tranen, al waren ze dan van boosheid, waren wél echt.

Beneden wreef mama voor de zekerheid Sarah's borstkast in met verkoudheidsbalsem. Het kleintje stond nog steeds te rillen. 'Nou...' Ze kreeg een liefkozend tikje tegen haar billen. 'Ga maar lekker onder de wol, dan word je snel warm. Ik kom je straks wat kippensoep brengen.' Saar, die zich altijd makkelijk verzoende met haar lot, knikte van "ja, dat is goed", en huppelend verdween ze naar haar bed.

Mama droeg me op mijn spaarvarken stuk te slaan, zodat ze van het geld dat erin zat de gesneuvelde ruit kon laten vervangen en een nieuwe sneeuwschuiver kon betalen. 'En wat de kosten voor een nieuw gordijn zijn laat ik je nog weten,' zei ze stroef. 'Ik ga niet de hele dag huizen poetsen om jouw fratsen te dekken.'

Terwijl ik mijn moeder het geld overhandigde, zei Katja dat ze moest plassen. Ze snelde naar het toilet om haar ontlasting door te spoelen en onder het mom van "ik heb dorst, ik ga een glaasje water drinken" haastte ze zich daarna naar de keuken, waar ze door het gat in de ruit de sleutel een eind de plaats op gooide. Het geluid van het neerkomend stukje metaal werd door het dikke pak sneeuw gedempt. Toen ze met een onschuldig gezicht terugkeerde, zei mama dat zij, omdat ze zich zo goed van haar taak had gekweten en het zo moeilijk had gehad met ons, lekker mocht gaan zitten lezen tot het avondeten.

Behaaglijk, en met een spottende blik in haar donkere ogen naar mij, schurkte Katja zich in een hoekje van de bank, de benen opgetrokken onder zich, het spannende bibliotheekboek in de hand.

Ik vertelde het Carla toen ook ik zonder eten naar bed gestuurd werd. Ik fluisterde, met mijn mond tegen het sleutelgat van haar kamerdeur en mijn ogen op de trap gericht, bang dat Katja achter me aan zou komen sluipen en me bij mama zou verraden. Als één van ons straf had was het de anderen ten strengste verboden contact met haar te hebben. Car zat in haar kamer met haar knieën op het koude zeil en met haar oor tegen het sleutelgat.

Katja had weer gewonnen dacht ik, toen ik me even later naar mijn eigen kamer spoedde. Ze wist alles altijd zo te verdraaien dat zij als slachtoffer gezien werd! Ik balde mijn handen tot vuisten. Dat mama haar nou nooit eens doorzag!

Onrechtvaardigheid... Het went nooit.

*****

In tegenstelling tot wat ik verwacht had, was het niet de frêle Saartje die een ziekte opliep, maar Car. Koortsig lag ze op de bank, onder een dik pak dekens. Saar en ik liepen af en aan met glazen gekoeld sap die ze in één teug leegdronk en teneinde de koorts te verlagen legden we natte washandjes op haar voorhoofd. De ene keer klaagde ze dat ze het koud had en dan legden we nog een deken over haar heen en het volgende moment gooide ze die van zich af. 'Zo warm. Ik zweet peentjes.'

'Dat staat dan mooi bij je haar,' smaalde Kaat. Carla, ziek als ze was, reageerde er niet op.

Ondanks onze goede zorgen sloeg de verkoudheid om in long-ontsteking. Mama besloot Car van de bank naar haar bed te ver-plaatsen zodat ze wat comfortabeler lag. Ik schudde haar kussens op en vermoeid liet ze zich er tegenaan zakken, doodop omdat ze de trap had moeten beklimmen. Sarah legde wat dingen op haar nachtkastje waarvan ze dacht dat ze die bij zich zou willen hebben nu wij na het weekend weer naar school moesten omdat de vakantie voorbij was. Haar boeken, haar borduurwerkje, een puzzelboekje.

'Dank je, Saar.' Carla, met donkere wallen onder haar ogen, glimlachte dapper naar ons jongste zusje en wendde toen haar doffe blik naar onze moeder. 'Mag Bessie vanaf maandag bij me op de kamer liggen, mama? Het zal zo stil zijn zonder Tanja en Saartje. Ik lig hier maar alleen.'

'Ik zal het overleggen met dokter van der Steen,' beloofde mama.

Onze huisarts kwam elke dag langs om zijn patiënte te onder-zoeken. Toen mijn moeder hem Cars verzoek voorlegde keek hij bedenkelijk. Na een ogenblik schudde hij zijn grijzende hoofd. 'Ik zou je het gezelschap van Bessie van harte gunnen, Carla,' richtte hij zich rechtstreeks tot haar, 'maar het is beter dat ze beneden blijft. Bessie's huidschilfers en haren doen je snel geprikkelde lon-gen geen goed.' Mijn roodharige zusje zuchtte van teleurstelling. Ik had met haar te doen. Om haar verdriet wat te verzachten zette ik onze draagbare radio op een tafeltje naast haar bed, zodat ze in elk geval naar muziek kon luisteren.

Die laatste vrijdag van de vakantie sloeg de huisarts Cars groene dekens terug en plaatste de uiteinden van zijn stethoscoop onder haar pyjama op haar borst. 'Dit kan even koud zijn, meisje, maar dat weet je inmiddels wel. Adem eens diep in.' Car deed wat hij vroeg en zelfs vanaf de plaats waar ik stond, bij de deur, hoorde ik haar adem zwoegen.

'Goed zo, adem maar weer uit... En weer inademen, zo diep mogelijk...' Car deed het, piepend en krassend. Er verscheen een frons boven de wenkbrauwen van dokter van der Steen. Hij vroeg mijn zus te gaan zitten en verplaatste de stethoscoop van haar borst naar haar rug. Weer moest ze op zijn commando in- en uit-ademen. Het kostte Carla veel moeite, dat zag ik aan haar gezicht dat een rode blos vertoonde die steeds dieper werd.

Toen de dokter zijn stethoscoop neerlegde stond zijn gelaat ui-termate zorgelijk. 'Het is wellicht beter,' richtte hij het woord tot mijn moeder, die met een angstige trek op haar gezicht naast het bed stond, 'dat ik haar laat opnemen. Ik vind het te lang duren voor er verbetering optreedt.'

Car schudde protesterend haar hoofd. 'Ik wil thuis blijven,' bracht ze met trillende lippen uit. Met twee handen klemde ze zich aan mama's arm vast. Het kostte haar haar laatste restje kracht.

'Tja...' twijfelde de dokter, van haar naar onze moeder kijkend. 'Als ze met tegenzin naar het ziekenhuis gaat is ze misschien niet echt gebaat bij een opname...' Nadenkend tikte hij met een wijs-vinger tegen zijn kin. 'Goed,' besliste hij, 'vooralsnog mag ze thuis blijven. Maar als haar toestand verslechtert moet u direct contact met me opnemen en dan laat ik haar alsnog overbrengen. Zullen we het zó afspreken, Carla?' wendde hij zich tot haar. Mijn zusje knikte. Opgelucht maar uitgeput liet ze zich terug in de kussens vallen.

Die avond riep ze in haar koortsdromen om haar vader. Mijn moeder, die in haar hart bang was dat we Carla zouden verliezen, dacht dat het weleens de laatste keer kon zijn dat het haar dochter vergund was haar vader te zien. Die enige kans wilde ze Carla niet ontnemen. Ben had haar, Trees, dan wel laten zitten, maar daar kon het kind niets aan doen. Mama zette haar trots opzij. Ze liet haar voormalige minnaar weten dat het niet goed ging met zijn dochter en dat ze om hem gevraagd had.

Ben gaf genoeg om mijn zusje om meteen te komen. Hij zat een hele poos aan Carla's bed en streelde liefdevol haar rode lok-ken. 'Kindje...' zei hij steeds weer met verstikte stem. 'Kindje toch...' Eén keer opende mijn halfzusje haar ogen. Ze glimlachte vaag toen ze de man aan haar bed herkende. 'Hoi Ben,' fluisterde ze hees.

'Hoi,' antwoordde hij met zachte stem. Hij glimlachte liefdevol naar haar. Maar toen Carla tegen hem zei: 'Ik wil mijn papa. Waar blijft papa?' moest hij huilen. Hete tranen rolden ongehinderd over zijn wangen toen hij Carla beloofde dat hij zou zorgen dat haar vader nog diezelfde avond zou komen.

'Ik weet niet of het nu wel zo verstandig was haar dat te beloven, Ben,' twijfelde mijn moeder, toen hij haar vertelde wat er gebeurd was. 'Ik denk niet dat je Huib zo ver krijgt. Hij heeft nooit iets om het kind gegeven.' Dat was nog mild uitgedrukt. We wisten allemaal dat papa een grondige hekel aan zijn stiefdochter had.

Verbeten, zijn mond samengeknepen tot een smalle streep, antwoordde Ben: 'Ik zal ervoor zorgen dat hij komt, al moet ik hem hierheen slepen.' Ik heb nooit geweten hoe hij het voor elkaar kreeg, maar inderdaad stond papa een paar uur later aan Carla's bed. Het was echter niet van harte, dat zag ik wel.

Omdat ze zo zwak was durfde mama Carla geen moment alleen te laten, dus waakten zij en ik om beurten bij haar. Ik zat in een grote leunstoel in de hoek van de kamer te bidden voor Carla's herstel toen papa binnen kwam. Ik kon hem net zien bij het zwakke licht van het enige schemerlampje dat brandde in de kamer. Hij stak glimlachend zijn hand op naar mij. Ik beëindigde mijn gebed en glimlachte zwijgend terug.

Papa ging op de stoel naast het bed zitten. Alsof ze voelde dat hij bij haar was opende Carla haar ogen. Ze lachte zo stralend toen ze hem zag dat het me door de ziel sneed. 'Papa,' stamelde ze, 'ik ben zo blij dat je er bent.' Hij zei niet dat hij het ook fijn vond om haar te zien, maar dat scheen Car niet op te vallen. Papa's aanwezigheid leek haar levenslust te geven. Ze tastte naar zijn hand, die ze met hernieuwde kracht omvatte. Daarna viel ze voor het eerst sinds weken in een rustige slaap, de zweem van een glimlach om haar mond.

Toen ze eenmaal diep sliep maakte mijn vader voorzichtig zijn vingers los uit de hare. Hij trok er een gezicht bij alsof hij iets walgelijks van zich afschudde. Het stemde me droevig en boos tegelijk. Carla was een goed kind. Ze verdiende papa's minachting niet.

Behoedzaam, zodat mijn zusje niet wakker zou worden en nogmaals beslag op hem zou leggen, schoof mijn vader zijn stoel naar achteren en stond op. Hij kwam naar mij toe, boog zich voorover en kuste me op mijn wang. 'Dag, Tanja,' fluisterde hij, met ogen vol verdriet op me neerkijkend.

'Blijf je niet?' vroeg ik met zachte stem. 'Het doet Carla zo goed dat je er bent. Ze heeft je nodig.' Hij schudde zijn hoofd. 'Ik kan het niet,' zei hij. Terwijl hij de kamer uitliep, liet ik voor het eerst in mijn leven de gedachte toe dat papa een zwak figuur was. Goed, Carla was niet zijn dochter en ik begreep dat het hem altijd pijn zou doen dat zijn vrouw zwanger was geraakt van zijn beste vriend, maar had hij niet voor één keer het besluit kunnen nemen boven zichzelf uit te stijgen? Het kind was doodziek!

Beneden stak mijn vader zijn hoofd om de deur. 'Nou,' zei hij tegen mama, die aan tafel een late maaltijd gebruikte, 'ik ga er maar weer eens vandoor. Ik heb mijn plicht gedaan.'

'Natuurlijk, Huib,' antwoordde mijn moeder op bittere toon. 'Bedankt voor je medewerking. Het zal een hele opoffering voor je geweest zijn.' Met een blik vol haat keek mijn vader haar aan, maar hij reageerde niet op haar woorden. 'Geef Saartje een kus van me,' zei hij slechts voor hij het huis verliet.

*****

Die nacht sliep Carla rustig door. Ze werd pas wakker toen Kaat, die van mama opdracht had gekregen een blad met eten boven te brengen, om acht uur met veel rumoer de slaapkamer betrad. Ze wreef de slaap uit haar ogen en keek haar oudste zuster stralend aan toen ze vroeg waar papa was. 'Komt hij nu weer hier wonen?'

Terwijl ze de spulletjes die op het nachtkastje stonden opzij schoof en het dienblad ernaast zette, snoof Katja. Ze deed geen enkele poging het zusje dat op het randje van de dood balanceerde te sparen. 'Natuurlijk komt hij hier niet wonen,' zei ze op spottende toon. 'Integendeel, hij is weer met de noorderzon vertrokken. Je sliep nog niet of hij was foetsie. Nu heb je hem voor de tweede keer verloren, heb je weer opnieuw verdriet.'

Vanaf mijn plekje in de stoel keek ik naar haar strakke, onbewogen gezicht. Zelfs nu ons zusje ernstig ziek was kon Kaat het niet laten haar te kwetsen. 'Katja...' zei ik. Maar ze deed alsof ze me niet hoorde. Meedogenloos vervolgde ze: 'En dat is je eigen schuld. Waarom wilde je per se dat hij kwam? Je weet dat hij niets om je geeft.'

Voor één keer was Carla niet de stoere meid voor wie ze zich doorgaans voordeed. Openlijk huilde ze om haar geliefde vader, die haar vader niet was en ook niet wilde zijn. Ze sloeg haar handen voor haar gezicht. 'Papa,' huilde ze erbarmelijk, 'papa, waarom wil je me niet?' Ik vloog overeind uit mijn stoel. In twee stappen was ik bij haar en sloeg mijn armen om haar heen. 'Kaat...' zei ik nog eens waarschuwend tegen mijn oudste zuster.

Ze negeerde me volkomen. Ook Car keurde ze geen blik waardig. Ze leek in haar eigen gedachten verdiept toen ze zei: 'Hoe zou hij om jou kunnen geven, de buitenechtelijke dochter van zijn vrouw? Jij bent het resultaat van het feit dat mama haar benen niet bij elkaar kon houden en ze spreidde voor zijn beste vriend. Weet je nog hoe papa je altijd noemde toen hij hier nog woonde? "Die bastaard van Ben".' Ze lachte smalend. 'En dan was hij nog mild omdat je in de buurt was en hem kon horen. Als je er niet bij was refereerde hij aan je als "Bens kwakje".'

Carla kreeg een inzinking. Haar gezicht zag blauw toen ze slap werd in mijn armen.

'Kaat, hou op!' zei ik met stemverheffing. Verrast door de indringende toon van mijn woorden keek ze voor de eerste keer die ochtend écht naar Carla. Het volgende moment rende ze de kamer uit. 'Mama!' krijste ze boven aan de trap, 'Onze rooie blijft erin!'

Mijn moeder belde dokter van der Steen en hij liet zijn patiënte met spoed opnemen. Het duurde nog vier lange weken voor mijn zusje beter was.

*****

Ik had gehoopt dat Daisy, tegelijk met de lagere school, ook haar kwelgeesten zou kunnen achterlaten. Veel leerlingen echter gingen naar dezelfde middelbare school als wij en op de nieuwe school ging het gepest gewoon door. Dag in dag uit konden leef-

88

tijdgenoten mijn vriendin lastig vallen zonder dat iemand ingreep. Geen leraar of lerares schoot haar te hulp. Nooit zag de conciërge wat er gebeurde. De volwassenen keken liever de andere kant op. Ik schaam me te moeten zeggen dat ook ik te laf was om voor mijn vriendin op te komen. Pas toen Carla ons naar de desbetreffende school volgde, had Daisy iemand die voor haar in de bres sprong.

Op een dag in september stonden mijn vriendin en ik in de pauze op het schoolplein te praten toen we Rolf, in gezelschap van een groepje handlangers, naar ons zagen wijzen. Rolf, met een pocherige trek op zijn gezicht, zei iets en sloeg zichzelf op de borst. De anderen lachten. Dat voorspelde niet veel goeds. Ik zag Daisy verstrakken en wist dat ze op haar hoede was. Maar ze had nooit kunnen vermoeden wat haar aartsvijand van plan was, laat staan dat ze er op kon anticiperen.

Langzaam kwam de bende onze kant op geslenterd, zo nonchalant dat het opviel. Mijn hart klopte wild in mijn borst, niet omdat ik bang was voor mezelf, maar omdat ik vreesde voor mijn vriendin. Ik wist dat zij het doelwit van een ongetwijfeld verwerpelijke actie zou zijn. Ik verwachtte gescheld, getreiter en een pak slaag, misschien zelfs een paar flinke stompen in Daisy's maagstreek, maar ook ik was niet voorbereid op wat Rolf uiteindelijk deed.

Terwijl wij argwanend naar het zwijgende groepje keken, dat een bergje herfstbladeren uit elkaar schopte, maakte hij zich er plotseling uit los. Het volgende moment stormde hij op ons af, bukte, en trok razendsnel Daisy's lange broek en slipje naar beneden. Vervolgens richtte hij zich op, wees naar haar en begon luid te roepen dat ze een slet was. Ook zijn vrienden wezen naar de doodongelukkige Daisy en noemden haar een hoer.

Om ons heen staakten leerlingen hun gesprek en bleven abrupt staan. Anderen volgden hun blikken, draaiden het hoofd om te weten te komen waar zij naar keken. Verbijsterd staarde de halve school naar het meisje dat in het midden van het plein stond, haar broek en slipje op haar enkels. Het duurde niet lang of er ontstond een opstootje. Iedereen keek naar mijn half ontklede vriendin, die vol schaamte en met haar gezicht naar beneden gericht, haar handen voor haar geslacht hield.

Toen de eerste verbazing wegtrok begonnen de jongens elkaar opgewonden aan te stoten. Ze riepen dingen als "Vanavond in het park dan maar? Derde bosje links?" en maakten suggestieve bewegingen met hun heupen. De meisjes smiespelden achter hun handen. Mijn oog viel op Kaat, die tussen de menigte stond. Haar donkere ogen fonkelden.

Ik kon me niet bewegen. Als versteend keek ik toe hoe Daisy ten slotte bukte, teneinde haar slip en spijkerbroek omhoog te trekken. Op dat moment bracht Rolf zijn in een laars gestoken voet omhoog en gaf een ferme duw tegen haar achterste. Mijn vriendin verloor haar evenwicht en viel voorover. Terwijl ze hulpeloos op haar geschaafde knieën zat, overgeleverd aan haar kwelgeest die haar nog een paar harde trappen na gaf, wezen onze medescholieren lachend naar haar en riepen iets over "blubberende billen". Met een vuurrood gezicht en tranen in haar ogen wist ze overeind te strompelen. Gehaast trok ze haar kleren omhoog. Toen baande ze zich met haar ellebogen een weg door de samengedromde tieners. Verblind door tranen rende ze in de richting van het schoolgebouw.

Net zoals ik een moment tevoren had geweten dat ik mijn vriendin te hulp moest schieten maar het niet gedaan had, zo wist ik nu dat ik haar achterna moest gaan om haar te steunen. Maar ook dat deed ik niet. Ik was volkomen geblokkeerd.

Plotseling schoof er een schaduw langs me heen. Als een duveltje uit een doosje sprong Car tevoorschijn. Ze bewoog zo snel, dat ze een wind veroorzaakte die een paar herfstbladeren omhoog deed dwarrelen. Ze haalde uit en trof Rolf vol op zijn gezicht. Met een woedende kreet greep hij naar zijn linkeroog. 'Teef!' Ik kromp in elkaar bij de scheldnaam, maar mijn zus werd er niet warm of koud van. 'Je moet míj eens een keer iets flikken,' beet ze Rolf toe, 'in plaats van iemand van wie je weet dat ze niet terugvecht! Lafbek!'

Helaas had een patrouillerende leraar haar uitval gezien. Het leverde mijn zusje een flink pak strafwerk op wat ze, zoals ze de hele speelplaats met luide stem liet weten, "er graag voor over had".

Ik stond nog altijd als bevroren toen het begon te regenen en iedereen naar binnen vluchtte.

Ik ziedde van woede. Het was genoeg! Deze keer was Rolf te ver gegaan. Ik peinsde en broedde en aan het einde van de schooldag had ik mijn plan klaar.

Toen de bel ging treuzelde ik met het opbergen van mijn spullen. Het was zaak als laatste de ruimte te verlaten. Mijn beste maatje wilde op me blijven wachten, maar ook die wist ik af te schudden. 'Ga maar vast naar huis,' zei ik. 'Ik wil nog even één van de leerkrachten spreken.' Die smoes had het gewenste effect. Uiteindelijk waren alle studenten uit de klas verdwenen. Met mijn schooltas in de hand verliet ik het lokaal.

Het regende nog steeds en omdat ook de gangen vrij van leerlingen moesten zijn wanneer ik me naar het handenarbeidlokaal begaf, rekte ik nog wat tijd door mijn lange, plastic regenjas aan te trekken.

Nu waren alleen de leerkrachten en de conciërge nog aanwezig en ik kon slechts hopen dat ik geen van hen tegen het lijf zou lopen. Het geluk was met me en eenmaal in het handenarbeidlokaal nam ik snel wat ik nodig had.

Ik had het warm met mijn plastic jas aan. Het zweet liep in straaltjes over mijn rug toen ik, voor ik de ruimte verliet, mijn hoofd om de hoek van de deur stak om te kijken of de kust veilig was. Vervolgens holde ik de school uit, het plein over, de straat op. Het had me veel tijd gekost mijn medeleerlingen te ontlopen en nu had ik haast. Ik moest Rolf af-straffen. Vandaag nog.

Wetend welke weg hij liep naar huis nam ik een andere route, want zijn beste vriend, die altijd een stukje met hem mee liep, mocht me niet zien. Met een omweg liep ik naar de T-splitsing waar de wegen van de twee kameraden zich scheidden. Daar aangekomen sloeg ik de weg in die ik wist dat Rolf zou nemen en stelde me verdekt op achter een boom.

Twee minuten later hoorde ik de stem van mijn beoogde slachtoffer toen hij 'Tot morgen!' riep.

'Vergeet het maar,' dacht ik verbeten bij mezelf. 'Als het aan míj ligt zal er voor jou nooit meer een nieuwe morgen komen.'

Een paar seconden later kwam Rolf de hoek om. Hij keek verbaasd toen ik achter de boom vandaan schoot. Achterstevoren liep ik voor de jongen uit, hem opjuttend, uitdagend en nog altijd blind van woede. De adrenaline gierde door mijn lijf.

Rolf, vloekend en scheldend, volgde me. Het kostte me geen enkele moeite hem een gangetje achter wat huizen in te lokken. Ik hoopte dat niemand er toevallig doorheen zou moeten en zou ontdekken wat er zich afspeelde. Tot mijn geluk en Rolfs pech, gebeurde dat niet.

Ik zette mijn tas neer en liep nog een stukje door. Onopvallend haalde ik de meegesmokkelde hamer uit mijn jaszak. Ik handelde snel. Zo snel, dat mijn tegenstander het niet zag aankomen, laat staan dat hij de kans kreeg er adequaat op te reageren. Hij was vlakbij me en dreigde dat hij me "helemaal in elkaar zou trappen". Hij stond zo dichtbij, dat ik spettertjes spuug op mijn gezicht terecht voelde komen terwijl hij die woorden eruit gooide. Te weten dat zijn kwijl met mijn huid in aanraking kwam maakte me hels.

Toen hij zijn boekentas liet vallen en boksbewegingen begon te maken in de lucht, hief ik de hamer boven mijn hoofd en liet die met kracht op Rolfs kruin neerkomen. Een misselijkmakend gekraak bereikte mijn oren toen ik zijn schedel brak. Er ging een schok door zijn lichaam. Ik hief het wapen nog een keer. En nog eens. Bloed spoot tegen de muur van een van de schuurtjes die aan het achterpad grensden. Helaas besmeurde het rode vocht ook mijn jas, maar daar zou ik me later wel zorgen over maken. Nu moest ik eerst mijn tegenstander uitschakelen. Door het dolle heen bleef ik op hem inhakken. Rolf had geen beheersing meer over zijn blaas en zijn darmen en de drek liep langs zijn benen. Ik zag de angst in zijn ogen toen hij in elkaar zakte.

Ik kon niet meer stoppen. Terwijl zijn lichaam aan mijn voeten lag te schokken, ramde ik telkens weer het stuk gereedschap op het hoofd van de jongen, dat daardoor al snel in een blubberige massa veranderde. Het blonde haar plakte aan elkaar. Rood vocht stroomde in kleine riviertjes over Rolfs gezicht. Bloed liep in zijn opengesperde ogen. Het droop in zijn mond die een verstilde "O" vormde. Ik porde een paar keer met mijn voet tegen het roerloze lichaam. Rolf was dood.

Vol minachting keek ik op hem neer. Daar lag hij nu, de rotzak, in zijn eigen vuil en bloed, voorgoed uitgeschakeld. Ik stond vlak naast zijn hoofd en zag hoe de dikke, plakkerige vloeistof die eruit droop langzaam in mijn richting liep. Vóór de donkere brij mij daadwerkelijk bereikte stapte ik opzij. Ik wilde niet ook nog mijn schoenen schoonmaken.

Ik waste mijn handen in een plas water, tastte in mijn broekzak en vond een zakdoek die ik in de plas drenkte. Daarmee wiste ik Rolfs

bloed van mijn mouwen en van de voorkant van mijn plastic regenjas,
tot ik geen druppel of veeg van het rode vocht meer op mijn kleding kon
ontdekken. Vervolgens stopte ik het moordwapen en de zakdoek in de
plastic tas waarin ik mijn brood en pakje vruchtensap had meegeno-
men naar school. Ik knoopte de zak dicht, waste mijn handen nog-
maals in de plas water, spoelde er eveneens het handvat van de plastic
tas in af en verstopte die vervolgens onder mijn jas. Ik liep naar mijn
schooltas. Het was maar goed dat ik hem op een afstandje had neerge-
zet, er zat geen smetje op. Ik pakte hem bij het handvat en snel verliet
ik de plaats delict.

Ik liep niet rechtstreeks naar huis, maar maakte een omweg door het
park. Door het slechte weer waren er niet veel mensen aan de wandel.
Ik zag slechts één man met een hond, maar die was zo ver weg dat hij
geen gevaar voor me vormde. Vanaf die afstand kon hij onmogelijk zien
wat ik deed toen ik het bruggetje over de vijver opliep en in het midden
ervan bleef staan. Evenmin hoorde hij de plons van de tas die het bloe-
derige stuk gereedschap en de zakdoek bevatte. Ik leunde over de reling
en wachtte tot het geheel naar de bodem gezonken was.

Toen ik de volgende dag de speelplaats op kwam was de school in
rep en roer. Op mijn vraag wat er aan de hand was vertelden mijn me-
deleerlingen dat Rolf van de Boom dood was gevonden in een gangetje.
Hij was vermoord. Zijn schedel was ingeslagen. Het moest een lugubere
aanblik gegeven hebben, zeiden ze rillend van afschuw.

Ik sloeg mijn armen om mijn lichaam alsof ik het koud had. Ik grie-
zelde met de anderen mee. En net als de anderen ging ik drie dagen
later naar de begrafenis.

Carla

Kaat beweerde dat er elk moment een paar agenten aan de deur
konden komen om me te ondervragen over de dood van Rolf. De
politie zou er zeker lucht van krijgen dat ik hem op de dag van de
moord op zijn gezicht had geslagen, voorspelde ze, en dan zouden
ze denken dat ik misschien reden had om hem nog iets veel ergers
aan te doen.

Op gebruikelijke wijze lag ik meer op de bank dan dat ik erop zat en mijn zuster keek van grote hoogte op me neer terwijl ze voor me stond, haar voeten iets gespreid, haar armen over elkaar geslagen. Ik zag hoe ze bij voorbaat genoot van het idee dat ik geboeid afgevoerd zou worden. Haar bijna zwarte ogen schitterden.

Zodra ze de poort open hoorde gaan, wat de thuiskomst van mama aankondigde, vloog Katja naar buiten om me te verlinken. Onze moeder kwam vermoeid van haar werk en was warm en zweterig van het fietsen, maar haar oudste dochter gaf haar niet de kans even op adem te komen. Ze slingerde haar verraad aan mij meteen in mama's gezicht. Die had haar jas nog niet aan de kapstok gehangen of ze was al op de hoogte van wat ik gedaan had. Ze was boos toen ze hoorde wat er gebeurd was en wat Kaat haar influisterde dat waarschijnlijk de gevolgen zouden zijn.

'Waarom moet je je altijd overal mee bemoeien?' mopperde ze geërgerd. 'En waarom op zo'n agressieve manier? Je had toch ook met die jongen kunnen praten?'

Mijn ogen werden groot van ongeloof om haar naïviteit. 'Praten?' echode ik, 'met Rolf? Ik kan wel merken dat jij hem niet gekend hebt. Met die etterbak viel niet te praten. Hij heeft Daisy jarenlang getreiterd.'

'Daisy moet leren voor zichzelf op te komen,' zei mama strak. 'Ze zal niet haar hele leven jou in de buurt hebben om de kastanjes voor haar uit het vuur te halen. In ieder geval, zij is mijn dochter niet, jíj bent mijn dochter. Als jij opgepakt wordt zullen de mensen er mij op aankijken. En waarom moet ik het van je zuster horen? Op school een grote waffel en thuis te laf om voor je wandaden uit te komen!'

Ik kon de minachting die uit mama's woorden sprak nauwelijks verdragen. 'Kaat gaf me niet de kans om je zelf in te lichten!' riep ik verontwaardigd. 'Ze stond je gewoonweg op te wachten om kwaad over me te spreken!'

'Ja, geef Kaatje maar weer de schuld!' wuifde mama mijn woorden ongeduldig weg. 'Carla, ik heb voor vandaag genoeg van je gezien! Ga alsjeblieft naar je kamer!'

Kwaad om het onrecht dat me, eens te meer door de schuld

van Katja, werd aangedaan, stond ik op en stampte door de woonkamer. Er lag een triomfantelijke grijns om Kats lippen toen ik haar op weg naar de gang passeerde. Het maakte me nog woester. 'Graag zelfs!' riep ik, de deur met kracht openrukkend. En voor ik hem achter me dichtsmeet: 'Ik kan jullie aanblik toch nauwelijks verdragen!'

'Carla!' hoorde ik mijn moeder waarschuwend roepend.

'Stik er maar in!' schreeuwde ik tegen de dichte deur. Ik verwachtte niet anders dan dat mama me achterna zou komen om me een klap te verkopen, maar kennelijk was ze er te moe voor.

Een tijdlang liep ik op mijn tenen. Nooit zou ik mijn oudste zuster laten merken dat haar woorden me bang gemaakt hadden, maar ik zag mezelf al in de gevangenis verdwijnen voor moord. Ik zou op een harde brits moeten slapen en leven op water en brood. Zouden mijn familieleden op bezoek mogen komen? Zou mama dat eigenlijk wel willen? En papa? Hij was gekomen toen ik ziek was, misschien dat hij ook nu over zijn hart zou strijken.

'Je moet je niets aan laten praten door Kaat,' zei Tanja, toen ik mijn angst met haar deelde. 'Ze wil je alleen maar op de kast jagen. Niemand gaat de politie vertellen dat jij Rolf een afstraffing hebt gegeven. Degenen die actief hebben meegedaan aan het getreiter zullen erover zwijgen zodat hun eigen wandaden niet aan het licht komen. En de andere leerlingen houden ook hun mond dicht, want zij hebben niet ingegrepen en zijn dus eigenlijk even schuldig als hadden ze Daisy zelf gepest. Zelfs de leraren zullen hun lippen stijf op elkaar houden. Ze willen de goede naam van de school niet op het spel zetten. En die zal zeker aangetast worden als ze jou verlinken. Ze weten dat je niet het type bent dat haar mond zal houden over het hoe en waarom van de gebeurtenissen en dat je alles zult vertellen over wat er op school gaande is. Ze kennen je goed genoeg om te beseffen dat je de politie zult vertellen dat de leraren het voortdurende gepest oogluikend hebben toegelaten. Geloof me, er is hen heel wat aan gelegen dat deze zaak in de doofpot verdwijnt.' Bemoedigend klopte ze me op de schouder. 'Maak je maar geen zorgen, je wordt echt niet opgepakt.'

Er ging een week voorbij waarin niemand me op het matje riep.

Toen er nog zeven dagen verstreken waren durfde ik te herademen. Klaarblijkelijk had Tanja gelijk en was niemand van plan me te verraden. Zelfs Kaat niet.

De politie deed een tijdlang onderzoek, stelde routinevragen aan iedereen die Rolf gekend had: zijn familie, vrienden, buurtgenoten, sportmaten. De rechercheurs die met de opdracht belast waren de moordenaar te zoeken bezochten ook onze school, waar ik het Spaans benauwd van kreeg.

De mannen gingen van klas naar klas. Eén van hen posteerde zich voorin het lokaal en verzocht ons om, als we iets wisten over de moord op Rolf van de Boom, als we iemand van dat misdrijf verdachten of andere aanwijzingen hadden, het de politie te vertellen. Niemand werd persoonlijk ondervraagd, wat een hele opluchting voor me was.

Geen mens vertelde de rechercheurs dat Rolf een pestkop was geweest en dus hadden ze geen reden te vermoeden dat de dader op onze school gezocht moest worden. Na verloop van tijd werd het onderzoek gestaakt. Rolfs moordenaar werd nooit gevonden.

Deel 3

Katja

Mama had "kennis aan een man". 'Hij heet Edwin.' Toen ze de naam noemde, wist ik wie hij was, al had ik hem nog nooit gezien. Hij was die kerel van wie ze al weken in katzwijm lag.

Sinds de scheiding ging zij elke week een avond uit met haar vriendin en moest ik op mijn zusjes passen. Dat uitje had ze nodig, vond mama. Het was per slot van rekening niet gemakkelijk om in je eentje vier kinderen op te voeden. Een verzetje op zijn tijd verdiende ze wel.

Toen ze een tijdje geleden met Dorien een café binnenstapte trok een man die aan de bar zat direct mama's aandacht. Hij was helemaal haar type met zijn blonde haar en helderblauwe ogen. Ik snoof toen ze het zei. Wie was níet haar type? Mijn vader had donker haar, haar voormalige minnaar was rossig en nu dus deze blonde Casanova. Vanaf het allereerste moment dat ze hem zag, had mijn moeder haar zinnen op hem gezet.

Sinds die dag bezochten mama en haar vriendin de gelegenheid elke woensdag. De rest van de week zaten ze samen aan de telefoon over de smakelijke vent te kletsen. Mijn moeder kwijlde zowat de hoorn onder. Het was duidelijk dat ze tot over haar oren verliefd op deze "Eddie" was. Ik werd misselijk van haar puberale gedrag.

Nu was het haar kennelijk gelukt de kerel te strikken. Geen sinecure voor een alleenstaande vrouw met vier dochters. Maar ja, mijn moeder kon zich als een slet gedragen als ze zin had in een man. Dat had ik zelf gezien toen ze wat met Ben had.

De dag kwam, dat mama de nieuwe man in haar leven mee naar huis nam om hem aan ons voor te stellen. Het was zaterdagmiddag en we zaten op een rijtje op de bank, ongeduldig zijn komst afwachtend, ons afvragend wat voor iemand hij was en hoe hij eruit zou zien.

'Knap, denk ik,' fantaseerde Carla. 'Mama houdt van mooie mannen.'

'Nou,' smaalde ik, 'dat zou je niet zeggen als je jouw vader ziet.'

'Alsof de jouwe verkozen zal worden tot meest sexy man van het jaar,' pareerde mijn roodharige zus. Daar had ze een punt. Verbolgen kneep ik mijn lippen samen en zweeg.

'Wat maakt het uit hoe hij eruit ziet,' kwam ons heilig boontje. 'Als hij maar goed is voor mama.'

Kleine Sarah keek een beetje zorgelijk. 'Ik hoop maar dat hij van kinderen houdt,' sprak ze timide haar diepste wens uit.

'Vast wel,' stelde Carla haar gerust. 'Als hij niet lief zou zijn voor kinderen zou mama hem niet in onze buurt willen hebben.' Ik snoof.

'Onze moeder denkt anders doorgaans eerst aan haar eigen genoegens en dan pas aan het welzijn van haar dochters,' zei ik. Die rooie, kwaad omdat ik Saar nog zenuwachtiger maakte dan ze al was, keek me met een vernietigende blik aan, maar dat kon me niet schelen.

Omdat we op dat moment het geluid hoorden van een sleutel die in het slot werd gestoken, werd verdere discussie in de kiem gesmoord. Het heldere lachje van onze moeder echode door de hal, die ze samen met haar metgezel overstak. Wat klonk ze jeugdig nu ze verliefd was. Ze straalde toen ze de kamer binnenkwam, hand in hand met de man die, als het aan haar lag, deel zou gaan uitmaken van ons leven. 'Meisjes, dit is Edwin. Eddie, mijn dochters... Sarah, Carla, Tanja en Katja.' We stonden op en hij schudde ons één voor één de hand. De volgorde aanhoudend waarin mijn moeder ons voorgesteld had begon hij bij de jongste, dus ik had de gelegenheid hem eens goed te bekijken voor hij bij mij aanbelandde.

Vanuit mijn ooghoeken zag ik dat Carla haar best deed mijn blik te vangen, maar ik deed net of ik het niet merkte, want ik moest toegeven dat hij inderdaad aantrekkelijk was, de zoveelste man aan wie mama haar hart had verloren. Hij was groot en slank. Felle blauwe ogen stonden open en eerlijk in een gaaf gezicht en het golvende blonde haar glansde. De eenvoudige spijkerbroek en het witte T-shirt dat hij droeg stonden hem uitermate goed. Ik was aangenaam verrast door zijn knappe verschijning.

Maar ik was ook geschokt. Mama had ons niet verteld dat haar nieuwe liefde zeker tien jaar jonger was dan zij, wat inhield dat hij net zoveel in leeftijd met haar verschilde als met mij. Stel dat het echt iets werd tussen hen, hoe kon ik deze jongen dan ooit als mijn stiefvader gaan zien?

Tanja, Carla en Sarah aanvaardden het grote leeftijdsverschil als een vaststaand feit en schonken er verder geen aandacht aan. Ze mochten Edwin meteen. Ik ook. Ik was op slag verliefd.

Edwin nam mijn hand in de zijne en mijn vingers begonnen te tintelen. Het leek wel of er stroom van zijn vingertoppen naar de mijne vloeide. Zijn opvallende kijkers hielden mijn blik vast. 'Hallo, Katja,' zei hij met een warme, melodieuze stem die me week maakte. 'Leuk kennis met je te maken.' Hij glimlachte gul naar me. Mijn knieën knikten. 'Ik vind het ook leuk om jóú te leren kennen,' zei ik ademloos, terwijl ik naar hem staarde. Ik kon mijn blik niet van hem losrukken. Car grinnikte besmuikt.

Die avond bewees Edwin niet alleen van buiten een mooie man te zijn. Hij bleek ook een leuk karakter te hebben. Mijn gevoelens van verliefdheid verdiepten zich met de snelheid van een raket.

De vriend van mijn moeder stond er op voor ons te koken. Hij ging naar de supermarkt, kocht twee volle tassen ingrediënten en verdween ermee in de keuken. We mochten hem geen van allen volgen om te helpen. 'Nee, nee,' weerde hij mama , die toch achter hem aan liep, uit zijn tijdelijke domein, 'ík zorg vanavond voor het eten.'. Voorzichtig pakte hij haar bij de schouders en met een verontschuldigende glimlach schoof hij haar weg van de deur die hij achter haar sloot. Wat was hij knap met dat vage lachje om zijn heerlijke mond!

Mama keerde zich naar ons toe, haar konen blozend van opwinding. In een kinderlijk gebaar sloeg ze haar handen tegen elkaar. 'Is hij niet verrukkelijk?' fluisterde ze. Mijn twee blonde zusjes, naast elkaar op de bank gezeten, knikten eensgezind. 'Hij is... hemels,' zei Tanja, mijn religieuze zus die in stijl bleef maar met haar veertien jaar oud genoeg was om op te merken dat Edwin uitzonderlijk veel charisma bezat.

'Ik vind hem leuk,' bekende Sarah, met van verlegenheid blozende wangetjes.

'Ik hoop maar dat hij een beetje kan koken,' relativeerde Car, die op haar buik over de rugleuning van de bank hing, haar hoofd met het halflange rode piekhaar fel afstekend tussen de blonde kopjes van haar zussen.

Vanaf mijn plekje in een diepe fauteuil keek ik zwijgend van mijn zusjes naar mama. De laatste staarde terug, een zorgelijke frons tussen haar wenkbrauwen. 'Wat vind jíj van hem, Kaatje?' vroeg ze, verontrust omdat ik mijn mening nog niet gegeven had. Ze hoopte zo op mijn goedkeuring dat ze vergat Carla een standje te geven omdat ze de meubels vernielde. Wanneer werd mijn moeder eens volwassen als het om haar liaisons ging? In plaats van een vrouw van zesendertig leek ze wel een tienermeisje dat bang was dat haar ouders haar vrijer niet mochten!

'Hij ziet er goed uit, maar het is nog te vroeg om verder iets van hem te vinden,' reageerde ik koeltjes.

'Ik heb honger,' kwam Carla, met haar neus in de lucht de heerlijke geuren opsnuivend die ons, ondanks de gesloten deur, uit de keuken bereikten. Ze keek op de klok. 'Het is al half zes. Anders eten we altijd om vijf uur. Zou het nog lang duren?' Mama haalde haar schouders op. 'Goed werk heeft tijd nodig, Car,' antwoordde ze.

Anderhalf uur later merkte mijn roodharige zus op dat Edwin kennelijk goed werk aan het verrichten was. 'Ik verrek van de honger.'

'Laten we de tafel vast dekken,' stelde Tanja voor. Mijn moeder, die dit kennelijk als een speciale gelegenheid beschouwde, nam het prachtige, wit damasten tafelkleed uit de kast dat we anders nooit gebruikten. Het was een huwelijksgeschenk geweest van mama's peettante toen zij met papa trouwde en ze was er heel zuinig op. Ik kon me niet heugen dat ik het ooit tijdens een maaltijd op tafel had zien liggen, zelfs vroeger niet, als we met een etentje de zoveelste verjaardag van het huwelijk van onze ouders vierden. Maar straks zou het in al zijn glorie onder Edwins gerechten prijken. Ik kon een smalend glimlachje niet onderdrukken. Mijn ogen puilden uit toen ook het dure tafelzilver, eveneens een huwelijkscadeau maar dan van mama's grootouders, tevoorschijn werd gehaald. Het was duidelijk dat mijn moeder zich van haar beste kant wilde laten zien.

Om half acht gooide mama's nieuwe liefde eindelijk de deur open. 'We kunnen aan tafel, dames.' Hij bracht twee dampende schalen naar binnen en nadat hij die op tafel had gezet haalde hij er nog twee uit de keuken. Ze verspreidden een aroma dat me deed watertanden. We hadden nog nooit zo vlug onze plaatsen aan tafel ingenomen.

'Ik heb een verschrikkelijke honger.' Car, die met haar twaalf jaar flink in de groei was en voortdurend trek had, wreef nog maar eens over haar maag.

Met een licht kleurend gelaat van gêne ten opzichte van de kok voor die avond, keek mama haar derde dochter waarschuwend aan. Maar Edwin lachte hartelijk. 'Mooi zo,' reageerde hij, bij ons aanschuivend. 'Ik houd er van als mijn kookkunst eer wordt aangedaan.'

Tanja vouwde haar handen en terwijl zij haar gebed mompelde, kwebbelden wij zoals gewoonlijk lustig door en bedienden ons ruimschoots uit de schalen. Edwin daarentegen boog zijn hoofd. Hij liet zijn handen in zijn schoot rusten en wachtte respectvol tot Tanja klaar was. Het leverde hem een dankbare blik op van mijn mooie, blonde zuster. Hij glimlachte naar haar en schepte hoffelijk wat eten voor haar op, uit elke schaal een beetje.

De rest van ons was al "aangevallen", zoals mijn moeder het altijd noemde. Carla zat gewoonweg te schransen, mama at met smaak en zelfs onze zesjarige benjamin die normaal gesproken at als een vogeltje, lepelde het eten vlot naar binnen. Ook mij smaakten de gerechten meer dan goed. Al was het feit dat ik met liefde at daar natuurlijk debet aan.

Aan tafel was mama's vriend een gezellige prater. Hij maakte ons regelmatig aan het lachen met zijn opgewekte verhalen en schonk ons, zusjes, ieder evenveel aandacht. Mijn moeder was de enige voor wie hij meer belangstelling toonde. In mijn ogen was hij veel te veel met haar bezig. Zijn blik leek aan haar gelaat vastgeplakt te zitten. Geen glimlach van haar ontging hem. Elke minieme handbeweging werd door hem geregistreerd. Hij was duidelijk bezeten van haar. Het maakte dat ik haast barstte van jaloezie. Ik was op het eerste gezicht verliefd geworden op Edwin, maar hij had alleen maar oog voor mijn moeder. Onder tafel balde ik mijn handen tot vuisten. Het was niet eerlijk! Ik had nog nooit een vriendje gehad en mama, die in mijn ogen al middelbaar was, kon er tien aan elke vinger krijgen. Nog steeds.

*****

Van meet af aan deed ik mijn best een wig te drijven tussen mijn moeder en haar nieuwe partner. Ik wilde Edwin voor mezelf en probeerde hem mama tegen te maken. Ik begon er die eerste avond nog mee. Zodra hij weg was kaartte ik een paar dingen aan. Ik zat tegenover mama op de bank, mijn ene been over het andere geslagen. Nonchalant wiebelde ik met mijn voet. 'Hij is wel erg jong, hè?'

Mijn moeder zat in de diepe fauteuil. Haar hoofd rustte tegen de rugleuning. Bij mijn woorden glimlachte ze zelfverzekerd. Ik had die lach met plezier van haar gezicht geslagen. 'Zesentwintig, dat is oud genoeg om te weten wat je wilt, Katja. En hij wil míj.'

Dat deed pijn. Om mama niet te laten merken hoe haar woorden me raakten, nam ik pluk voor pluk mijn haar tussen mijn vingers en deed of ik het controleerde op gespleten punten. Het kostte me de grootste moeite mijn stem in bedwang te houden toen ik langs mijn neus weg informeerde: 'Heeft hij kinderen?' Ontkennend schudde mijn moeder haar hoofd.

'Hij is zelfs nooit getrouwd geweest.'

'Nou,' legde ik mijn tweede kaart op tafel, 'dan zal hij nog wel een kindje van zichzelf willen als je ooit het geluk mocht hebben dat hij met je wil trouwen.' Dat laatste was hatelijk bedoeld, maar mama glimlachte gelukzalig.

'Hij heeft me al gevraagd.'

Het sloeg in als een bom. En net zoals een bom alles aan flarden slaat, reet dit mij in stukken. Mijn hart versplinterde. Mijn hoofd leek uit elkaar te barsten. Ik vergat de pluk haar die ik tussen mijn vingers hield te inspecteren. Ik vond geen woorden.

'En als hij nog een kind wil...' vervolgde mijn moeder, die mijn verwarring niet opmerkte, 'Ach, het lijkt me wel leuk, nog zo'n kleintje erbij. Jullie zijn alweer zo groot.' Haar gezicht stond dromerig. Ze zag het helemaal zitten, een baby! Mocht Tanja's God verhoeden dat het ooit zo ver kwam! Ik had er geen enkele behoefte aan op nóg een kind te moeten passen.

Ik herstelde me, streek mijn haar uit mijn gezicht en speelde mijn troefkaart uit. 'Je loopt tegen de veertig, mama. Op deze manier zit jij nog steeds in de luiers als wij volwassen zijn.'

'Dat zal me jong houden, Kaat.'

'Ja,' snoof ik afgunstig, 'jij moet je natuurlijk jeugdiger voordoen dan je bent, met zo'n jonge dekhengst.' Maar wat ik ook zei, het had geen vat op mama. Zij wilde nu eenmaal van al haar minnaars een kind hebben.

*****

Eddie, zoals mijn moeder hem noemde (de rest van ons zei gewoon "Edwin"), kwam steeds vaker over de vloer. Was hij er in het begin een paar uurtjes per week, al vlug werd dat elk weekend. Na een maand of twee kwam hij iedere avond. Nu woonde hij praktisch bij ons in.

Aan de ene kant vond ik het heerlijk dat ik voortdurend in de onmiddellijke nabijheid kon zijn van de man op wie ik heimelijk verliefd was, aan de andere kant kon ik het nauwelijks verdragen me dag in dag uit met Edwin in hetzelfde huis te bevinden en hem niet de mijne te mogen noemen. Ongewild was ik getuige van elke verliefde blik die hij met mama wisselde, iedere kus die hij haar gaf. Wanneer hij haar hand in de zijne nam, wendde ik mijn blik af.

's Avonds, alleen in mijn bed, kon ik de slaap niet vatten. Jaloers vroeg ik me af wat het stel beneden aan het doen was, tot ik hen samen de trap hoorde beklimmen. Mama giechelde gesmoord. Ik stelde me voor hoe Edwin haar plagend betastte, haar achterste, haar borsten en hoe zij haar lachen onderdrukte om ons niet te wekken. Terwijl ik onrustig lag te woelen, zag ik hen in gedachten de slaapkamer betreden, kussend en liefkozend. Ik dacht dat hij eerst haar zou uitkleden en daarna zichzelf.

In mijn fantasieën zag ik hem voor me, mooi, gespierd, licht gebruind. Ik raakte opgewonden bij het idee van een naakte Edwin.

Maar als de harde waarheid zich dan aan me opdrong, namelijk dat het mijn moeder was naast wie hij zich onder de lakens vlijde en niet ik, bekoelde ik snel. Ik had me nog nooit zo eenzaam gevoeld.

*****

Mama liet Edwin een tijdje zweten voor ze zijn huwelijksaanzoek aannam. Ze wilde niet te gretig lijken, vertrouwde ze me toe. Het kon geen kwaad als een man het idee had dat hij moeite voor je moest doen. Nou, dacht ik, daar had ze bij Ben nooit zo over nagedacht.

In de maanden dat ze Edwin liet wachten, vroeg hij haar nog drie keer ten huwelijk. Dat verbaasde me uitermate. Ik deed mijn best te ontdekken wat die oogverblindende jonge man zag in de eenvoudig geklede moeder van vier kinderen, van wie er één al bijna volwassen was. Wat maakte haar, in zijn ogen, zo'n geweldige vangst dat ze het zich kon permitteren hem zo lang aan het lijntje te houden?

Stilletjes observeerde ik mama terwijl ze de vloer dweilde. Ik bekeek haar terwijl ze aan tafel stond en zuchtend de was opvouwde. Ik bespiedde haar toen ze in de keuken met haar gezicht boven de dampende pannen hing. Ze zweette als een otter. Met een hand veegde ze de vochtige krullen weg van haar voorhoofd. Haar bruine ogen stonden vermoeid in haar afgetobde gelaat. Wat vond Edwin er áán? Mama was niet mooi, zoals Tanja, die een klassieke schoonheid bezat.

Mijn zus leek van binnenuit verlicht te worden. Ze straalde en zag er sereen uit. Wanneer ze je aankeek, met die mooie diepblauwe ogen van haar, had je de indruk dat ze tot op je ziel kon kijken. Haar lange blonde haar zag er altijd uit alsof ze het pas gewassen had en glansde zilverig.

In het verleden had papa zich weleens hardop afgevraagd van wie zijn tweede dochter dat aantrekkelijke uiterlijk had. Met een wat verbaasde uitdrukking in zijn ogen tastte hij een tijdlang haar fijne gezichtje af. 'Ze moet het van een verre voorouder hebben, Trees,' concludeerde hij tenslotte, 'want jij en ik zien er op zijn best gezegd gewoontjes uit.' Omdat hij dat zei, bekeek ik hem aandachtig.

Papa's grijze ogen keken altijd ietwat schaapachtig de wereld in. Als hij uit bed kwam zag zijn gezicht er gekreukt uit en wanneer hij 's ochtends voor de spiegel in de badkamer stond trok hij gekke bekken om de oneffenheden weg te werken. Wij, Tanja en ik, sliepen dan nog half en zagen er de humor niet van in, maar wakkere Carla stond naast papa naar hem te kijken en vond het uiterst vermakelijk. Ze lachte zich slap.

Zonder zijn blik ook maar een seconde in haar richting te wenden, nam mijn vader het ronde kwastje ter hand waarmee hij zijn wangen inzeepte. Het witte schuim bedekte zijn halve gezicht, wat reden te meer was voor Car om te gillen van plezier. Papa pakte het scheermes en quasi dreigend maakte hij een stekende beweging in de richting van mijn roodharige zus. Carla, die op haar klompen aanvoelde dat dit niet echt een grapje was, stopte abrupt met lachen. Maar ze week niet van zijn zijde. Mijn vader verwijderde zwijgend zijn stoppelbaard.

Soms schoot hij tijdens het scheren uit met het scherpe mesje en sneed zichzelf in zijn wang of kin. Dan uitte hij een reeks vloeken die Tanja haar ogen ten hemel deed slaan en mama riep vanuit de slaapkamer: 'Nou, nou, er is weer geen woord Engels bij!'

Mijn vader smeerde het wondje in met aluin en onze rooie greep snel het pakje vloeitjes dat op de wastafel lag. Met haastige vingers trok ze er een uit en overhandigde het aan de man die ze papa noemde. Hij plakte het dunne velletje papier op het sneetje. Trouwhartig keek papa's stiefdochter naar hem op, hopend op een goedkeurende blik, een dankbaar glimlachje. Ze kwam bedrogen uit. Er kon zelfs geen miniem knikje met het hoofd vanaf.

Na zijn baard was papa's steile, bruine haar aan de beurt. Hij deed er flink wat brillantine in en kamde het achterover. Gedurende de dag vielen de strengen haar terug naar voren en dan streek hij met zijn hand de boel weer glad. Ja, mijn vader was gewoontjes, maar ik vond hem er altijd nog beter uitzien dan mama.

Mijn moeder had een beetje een bol gezicht, dat omlijst werd door dikke, bruine krullen, waarover ze altijd klaagde dat die niet in bedwang te houden waren. Ze had geen perfect figuur. Ze had tenslotte vijf kinderen gedragen en gebaard. En nu was ze, met haar zesendertig jaar, ook geen jonge blom meer te noemen. Wat maakte haar zo speciaal voor Edwin?

Was ze bijzonder intelligent? Beslist niet.

Had ze speciale vaardigheden? Nauwelijks.

Bezat ze geld? Nee.

Het moest de seks zijn, dacht ik wrang. Ik had gezien wat mama met Ben deed en wat ze hem toestond met haar te doen. Zo had ze natuurlijk ook de zesentwintigjarige Edwin stapelgek gemaakt. Dat alleen kon de reden zijn dat hij er niet de brui aan had gegeven toen ze hem keer op keer liet wachten op haar antwoord.

Hoe dan ook, de man die ik begeerde was voor de zoveelste keer op zijn knieën gegaan voor mijn moeder en zij had "Ja" gezegd. Ze vertelde het me in geuren en kleuren. 'Het was zo romantisch, Kaat!' Ze sloeg haar handen ineen. Ze bloosde aller charmantst. Ik haatte haar. Zij had niets in de gaten en vertelde opgewekt verder. Het liefst had ik mijn handen voor mijn oren gehouden, want ik wilde niet weten hoe Edwin haar gevraagd had. Ik was echter veroordeeld tot het aanhoren van ieder klein detail. Wreed kerfden mama's woorden diepe wonden in mijn hart.

"Eddie" had zijn vierde huwelijksaanzoek gedaan tijdens een romantisch etentje. Er waren rode rozen aan te pas gekomen en champagne. Buiten de gouden ring die hij mijn moeder bij het eerste aanzoek al had gegeven, schonk hij haar nu ook een prachtige ketting met bijpassende armband. Ze waren ingelegd met kleine edelsteentjes.

Mama was helemaal vertederd geweest bij het aanschouwen van de knappe jonge man die midden in de eetgelegenheid voor haar op de knieën ging. Ze had besloten dat ze het aanzoek deze keer maar moest aannemen.

De stem van mijn moeder vervaagde. Ik hoorde nog hoe ze verhaalde over de aanwezigen in het restaurant, die spontaan waren gaan applaudisseren en daarna nam ik niets meer op. Ik kon er alleen maar aan denken dat de kogel nu door de kerk was. Ik was er kapot van.

*****

Nadat ze mij van de trouwplannen had verteld, riep mama mijn zusjes erbij. Gedrieën kwamen ze de trap af. Tanja liep achteraan, rustig, beheerst. Je kon haar voetstappen nauwelijks horen. Haar blauwe ogen waren op Sarah gericht, die voor haar uit trippelde. Voorop, luidruchtig als altijd, ging onze rooie. Hard bonkten haar voeten op de houten treden. Ze brak haast haar nek om als eerste beneden te zijn. De gelijkenis met Ben viel me eens te meer op. Hij bewoog zich ook altijd als een dolle stier. En ook zíjn kop wedijverde in kleur met zijn haardos.

Ze hoopte maar dat het belangrijk was, zei Tanja, toen ze in navolging van haar zusjes de woonkamer betrad. Mama had haar gestoord bij het voorlezen uit de Bijbel.

'Ja.' Terwijl ze plaats maakte, zodat haar oudere zuster tussen haar en Car op de bank kon gaan zitten, knikte Saartje ijverig. 'Het was best een eng verhaal.'

'Eng?' Car sperde haar groene ogen open. 'Ik was blij dat het onderhand een beetje spannend werd!' Ze wendde zich tot mama. 'Kaïn wilde net Abel gaan vermoorden.'

Met een afwerend gebaar legde mama haar dochters het zwijgen op. 'Vergeet Kaïn, vergeet Abel, vergeet de hele Bijbel,' zei ze ongeduldig. 'Wat ík te vertellen heb is veel interessanter.' Tanja fronste. Mama merkte het niet. Ze stond in het midden van de huiskamer en keek op het drietal neer. Een geheimzinnige glimlach plooide haar lippen. Zuchtend vroeg ik me af waarom ik twee keer van het "heuglijke feit" op de hoogte gesteld moest worden. Kwam er dan nooit een eind aan deze kwelling?

Mama's wangen vertoonden een bekoorlijk blosje toen ze mijn zusjes het grote nieuws vertelde. Haar bruine ogen straalden terwijl ze zei dat ze binnenkort met Eddie ging trouwen. Ze toonde haar dochters de ring die ze eindelijk aanvaard had en die nu aan haar vinger prikte, en de jaren leken van haar af te vallen.

'O!' Als een ekster vloog Saar op het sierraad af. 'Wat mooi!' Voorzichtig ging ze met een vingertje over het edelmetaal.

'Kijk...' Mijn moeder opende een blauw fluwelen doosje waarin de halsketting en de armband in al hun dure glorie lagen te schitteren. 'Deze horen erbij.' Saartje was helemaal in extase. 'Ben je nu rijk, mama?' Mijn moeder lachte. Ze tilde haar jongste op, en beaamde: 'Schatrijk! Ik voel me net een koningin.'

Tanja, oneindig waardig naast haar enthousiaste zusje, stond op van haar zitplaats. Ze bekeek de juwelen en kon de afkeer die ze voelde voor deze overdadige luxe maar met moeite verbergen. Ze mocht van haar God niet om opsmuk geven. Ringen, kettingen, armbanden en broches waren taboe voor mijn jongere zusje, evenals make-up. IJdel zijn was de eerste en ergste van de zeven zonden, leerde het katholicisme ons.

Om mama een plezier te doen complimenteerde mijn twee jaar jongere zus Edwin met zijn keuze. 'Ik moet toegeven dat het allemaal heel smaakvol is.' Bij zichzelf dacht ze waarschijnlijk dat haar toekomstige stiefvader het pad naar de hel voor zijn bruid aan het plaveien was.

Mijn moeder streek haar shirtje glad over haar borsten. Ze liet haar blik naar beneden over haar lichaam gaan. In reactie op Tanja's woorden zei ze: 'Dat wisten we toch al, dat Eddie smaak heeft?' Een golf bittere gal kwam omhoog in mijn keel. Ik slikte het vocht door. Het leek een gat in mijn maag te branden.

Op hetzelfde moment dat ik een pijnlijk gezicht trok, wierp Car een vluchtige blik op mama's fonkelende ring en de kleinoden in het blauwe doosje. 'Wel mooi, ja,' gaf ze vaag haar mening.

"Blinkende dingen", zoals ze bijouterieën altijd noemde, deden mijn roodharige zusje niets. Zij was door het dolle heen over iets anders. Ze klapte nog net niet in haar handen toen ze haar stralende snuitje naar mama ophief en zei: 'Als jij met Edwin trouwt, dan hebben we weer een vader.' Ja, dat zou dan haar derde worden.

Mijn zusters, om onze moeder heen groeperend, vroegen honderduit. Wanneer zou de bruiloft plaatsvinden en trouwden Edwin en mama ook voor de kerk? Zou zij een heuse prinsessenjurk aantrekken? Kwam er een groot feest?

Ik was als enige op mijn stoel blijven zitten. Mijn blik gleed van mijn moeder, die met een vrolijke lach alle vragen beantwoordde, naar mijn zusjes. Zij waren duidelijk blij met het feit dat mama met Edwin ging trouwen. Beseffend hoezeer ik buiten dit groepje viel, voelde ik me plotseling eenzaam. Mijn verliefdheid voor de bruidegom maakte van mij een vreemde eend in de bijt.

Toen Edwin 's avonds thuiskwam van zijn werk, bedelde Saartje juist bij mama of ze bruidsmeisje mocht zijn. 'Ik wil ook een prinsessenjurk.' Mijn moeder keek vragend naar Edwin en hij zei: 'Waarom niet? Dan heb ik twee bruidjes.' Hij tilde onze jongste op en gooide haar hoog in de lucht, wat haar deed schateren van plezier. Geen moment was ze bang dat haar toekomstige papa haar zou laten vallen. Ze had nu al het grootste vertrouwen in hem.

Mijn zusjes hadden nog steeds niet door dat vaders doorgaans geen blijvertjes waren. Zeker Carla had beter moeten weten. Zij was eerst door haar stiefvader verlaten en daarna door haar echte vader. Hun vertrek had littekens op haar ziel achtergelaten. Zou ze het te boven komen wanneer ook Edwin mama en haar kroost in de steek liet? Want dat ging gegarandeerd gebeuren. Ik zou er hoogstpersoonlijk voor zorgen dat dit huwelijk niet lang zou duren. Jammer voor Carla.

Carla

Terwijl ik naar de sieraden keek, dacht ik dat mijn moeder eindelijk iets had dat ze altijd voor zichzelf had gewenst.

Mama hield van dure, chique dingen, maar met vier kinderen en alleen een vader die geld binnenbracht, hadden we het in het verleden niet breed thuis. We hadden voldoende te eten al was het geen vetpot en onze kleren waren schoon en heel, maar van enige luxe was geen sprake.

Op onze zesde verjaardag kregen we een fiets en met Sinterklaas waren er altijd cadeaus, maar minstens de helft daarvan bestond uit nuttige dingen zoals ondergoed, sokken, een extra trui, schoolspullen en voor ieder een netje mandarijnen en noten. Wij wisten niet beter en waren tevreden, ook al bezaten klasgenootjes mooiere spulletjes dan wij.

Zonder jaloezie bewonderden we dure poppen of echte keukentjes en waren blij als we er van vriendinnetjes mee mochten spelen, maar zonder ooit bij papa of mama te zeuren of wij dat ook kregen. Thuis was daar geen geld voor, dat was een gegeven dat we zonder morren aanvaardden.

Mama had wat meer moeite met de situatie. Altijd als zij tegen papa klaagde dat ze ook weleens zo'n mooie armband wilde hebben net als één van haar vriendinnen onlangs van haar man had gekregen voor de zoveelste verjaardag van hun huwelijk, of zo'n moderne handtas, zei hij strak dat het hem al genoeg moeite kostte ons allemaal aan het eten te houden. Bij het woordje "allemaal" bleef zijn blik steevast op mij rusten, wat mama snel deed inbinden. Maar een week later was ze het weer vergeten en zei ze met verlangen in haar stem dat die of die toch zo'n prachtige, wollen winterjas had gekocht.

Eens had ze het in haar hoofd gehaald veertien dagen met het hele gezin naar het buitenland te gaan.

'Stel je eens voor,' mijmerde ze voor zich heen, 'uitrusten onder een strakblauwe hemel, in de warme zon, de zee kabbelend aan mijn voeten... Ja, twee weken vakantie, daar ben ik wel aan toe.' Trouwhartig sloeg ze haar bruine kijkers op naar papa. 'Vergeet niet dat ik dag in dag uit voor vier koters zorg, Huib.'

'Ja,' antwoordde papa, 'en ik ga dag in dag uit om half zes mijn bed uit om geld te verdienen voor diezelfde vier koters, waarvan er één niet eens van mij...' Hij ving mijn blik op en slikte de rest van zijn woorden in. 'Afijn,' veranderde hij van onderwerp, 'twee weken op reis dat kun je wel vergeten en naar het buitenland daar hoef je in de verste verte niet eens aan te denken. Een dagje pretpark van de zomer, dat zou misschien net kunnen. Saartje mag daar nog gratis naar binnen.'

Mama zuchtte van teleurstelling, maar wij, kinderen, waren verrukt van het idee. We waren nog nooit in een pretpark geweest. Wekenlang leefden we er naartoe. Steeds weer vroegen we: 'Hoe lang nog, mama?'

Op een zonovergoten dag in augustus was het dan eindelijk zo ver. Katja, Tanja en ik waren uitgelaten. Met name ik liep met een rode blos op mijn wangen rond. Saartje met haar anderhalf jaar snapte nog niet wat we precies gingen doen. Verbaasd om de algehele opwinding gleden haar grote, blauwe ogen van de een naar de ander. 'We gaan naar een pretpark,' vertelde Tanja haar. 'Dat is een hele grote kermis. En Sarah mag in de draaimolen. Wil je dat, Saartje?'

'Ja,' zei de peuter stellig, met haar goudblonde hoofdje knikkend. Ze wist niet wat een kermis was en van een pretpark had ze nooit eerder gehoord, maar aan ons gedrag las ze af dat het iets leuks was wat we gingen doen, dus wilde zij het ook.

Opgetogen huppelde ik naar de auto. Net op dat moment zette papa een koelbox achter in de kofferbak. Door de openstaande achterklep werd ik voor hem aan het oog onttrokken. Hij dempte dan ook geenszins zijn stem toen hij op geïrriteerde toon tegen mama zei: 'Ik snap niet dat ik degene ben die de hele dag dat gebroed van Ben moet vrijhouden. Ik onderhoud haar het hele jaar, kan haar verwekker haar dan niet wat geld toestoppen als we een dagje weggaan?' Ik wist toen nog niet dat Ben mijn biologische vader was en kon de context van papa's woorden niet geheel doorgronden, maar ik wist dat hij het over mij had. Ik voelde het gewoon.

Het was net of de lucht betrok. De zon leek te verdwijnen en een zacht briesje deed me rillen in mijn dunne zomerjurk. Kouwelijk sloeg ik mijn armen om mijn lichaam en bleef op een afstandje van de auto staan. Mama, die mijn aanwezigheid opmerkte en mijn beteuterde gezicht zag, gaf papa een waarschuwend stootje met haar elleboog. Snel praatte ze over zijn woorden heen. 'Vooruit,' wenkte ze bedrijvig, 'allemaal in de auto.' Ze zette Sarah in haar stoeltje en nam plaats naast haar echtgenoot die nog wat napruttelde. Dat Ben wel eens had kunnen aanbieden een dagje op zijn nakomeling te passen, dat hij, papa, dan maar voor twee kinderen die peperdure entree had hoeven betalen.

'En zíj is straks natuurlijk weer degene die om frites en limonade vraagt terwijl we een koelbox vol eten bij ons hebben,' voorspelde hij, na een schuine blik naar achteren waar ik tussen Tanja en Katja in zat. 'Papa,' imiteerde hij me op een zeurderig toontje, 'mogen we een ijsje? Mama, ik heb zo'n zin in een suikerspin.'

Ik voelde me ongemakkelijk onder zijn duidelijke afkeuring en besloot niet om eten of drinken te vragen, al zou ik dood neervallen van honger of dorst en al zag ik nog zo veel lekkere dingen.

'Hè, Huib,' snibde mijn moeder, 'schei toch eens uit met je gehak op dat kind.'

Geërgerd sloeg ze haar armen over elkaar, wendde haar hoofd van hem af en ging demonstratief uit het zijraampje zitten kijken. Nog steeds mopperend startte papa de auto.

Hoewel we als haringen in een ton zaten, zo met ons drieën achterin naast Sarah's stoeltje, mocht dat de pret voor mijn zusjes niet drukken. Katja en Tanja schenen de ijzige sfeer waarin we wegreden niet op te merken en joelden omdat we eindelijk ons grote avontuur tegemoet gingen. Sarah deed haar zusters na en juichte mee. Ik zweeg bedrukt. Voor míj was de lol er vanaf.

Katja

Edwin zag me niet staan. Hoe lief ik ook tegen hem deed, hoe mooi ik me ook maakte, hij had niet eens erg in me. Dat was de harde waarheid. De trouwdatum kwam steeds dichterbij en ik was ten einde raad. Ik kon nog maar één ding bedenken om dit huwelijk tegen te houden.

Omdat onze moeder 's avonds doodmoe was, had Edwin voorgesteld dat zij na het eten lekker op de bank ging liggen, terwijl Tanja, Car en ik om de beurt Edwin hielpen met de vaat.

'En ík?' vroeg Saartje, 'Wat moet ík doen?' Hij kietelde haar tot ze het uitgilde, terwijl hij besliste dat zij nog een jaartje niet hoefde te helpen omdat ze nog zo klein was. Zij mocht mama gezelschap houden.

Wij protesteerden niet tegen Edwins maatregel, zeker ik niet. Dit was een onverwachte kans om af en toe met hem alleen te zijn, bedacht ik verheugd. Misschien zou het me brengen waar ik zo vurig op hoopte.

Op een avond, ik waste en hij droogde, vroeg ik mijn toekomstige stiefvader langs mijn neus weg of hij vrienden had. Hij antwoordde bevestigend.

'Wie is je beste vriend?' informeerde ik verder, terwijl ik voorzichtig een wijnglas afsopte.

'Wouter,' zei Edwin met een glimlach. 'Hij is al mijn boezemvriend sinds de middelbare school.'

'Ik zou hem maar niet mee naar huis nemen als je eenmaal getrouwd bent met mijn moeder,' schoot ik mijn gifpijl af. 'Dan ben je binnen de kortste keren zowel haar als je vriend kwijt.'

Vanuit mijn ooghoeken zag ik hoe Edwin stokte in zijn beweging. De droogdoek lag stil in zijn handen toen hij op me neer keek. 'Doel je nu op je moeders affaire met Ben?' vroeg hij, 'de vader van Carla?'

Hij wist het! Met een ruk van mijn hoofd keek ik naar Edwin op. 'Je bent je er van bewust dat je vriendin een overspelige vrouw is en je trouwt tóch met haar?' vroeg ik ongelovig. Hij schokschouderde. 'Iedereen maakt fouten, Katja. Dat is menselijk. En je moeder heeft me verzekerd dat ze er van geleerd heeft.'

Ik wendde mijn blik van hem af. Ruw bewoog ik de afwasborstel over een vuile ovenschaal zodat het vettige sop op het aanrechtblad spatte. 'Ja,' zei ik bits, 'dat zei ze ook altijd tegen papa, maar ze deed het elke keer opnieuw.' Nogmaals keerde ik mijn gezicht naar hem toe. 'Je toekomstige vrouw kon haar eerste man niet trouw blijven, waarom denk je dat het bij jou anders zal zijn?'

Er kwam een zachte blik in zijn ogen. Hij legde de droogdoek op het aanrecht, plaatste zijn handen op mijn schouders en draaide me naar zich toe. Heel even had ik de haast bovennatuurlijke sensatie dat dit mijn moment was, dat Edwin me wilde kussen, míj wilde in plaats van mijn moeder.

Ik trok mijn handen terug uit het warme afwaswater. Verlangend hief ik mijn gezicht op naar de man op wie ik hopeloos verliefd was. Wat was het een anticlimax toen hij zei: 'Ik begrijp dat je het liefst zou zien dat je vader en moeder weer bij elkaar zouden komen, Katja. Dat is wat ieder kind wil, dat zijn of haar ouders samen zijn. Maar Trees is klaar met Huib en naar ik begrepen heb is het andersom ook zo. Je vader komt niet meer terug, dat is een feit dat je voor je eigen gemoedsrust het beste zo vlug mogelijk kunt accepteren.'

Hij zweeg even. Toen hij glimlachte, las ik medelijden in zijn lichte ogen. 'Maar,' vervolgde hij, 'van nu af aan heb je mij. Ik beloof je dat ik mijn best zal doen voor ieder van jullie.'

Wat bedoelde hij? Hij wilde mijn vader zijn?! Dat was wel het laatste wat ik van hem nodig had!

Ik duwde zijn handen van mijn schouders. 'Je begrijpt er niks van!' Tranen van wanhoop welden op in mijn ogen. Om ze voor hem te verbergen wendde ik me van hem af en teneinde me een houding te geven stak ik mijn handen weer in het sop. Met een ruk trok ik er de ovenschaal uit, die ik met trillende vingers op het afdruiprek zette.

'Leg het me dan uit, Katja,' zei Edwin, geduldig als een engel. Ik schudde mijn hoofd. 'Dat kan ik niet,' antwoordde ik met verstikte stem. De toekomstige echtgenoot van mijn moeder nam de droogdoek van het aanrecht en vroeg niet verder.

*****

Edwin trouwde onze moeder op een prachtige lentedag. Zo'n dag die alle goeds lijkt te voorspellen.

Tanja en Carla hadden voor de gelegenheid een nieuwe jurk gekregen. Onze rooie was uitermate in haar sas met de hare, een donkergroene, die tegen mijn verwachting in prachtig kleurde bij haar haardos. Het kledingstuk deed haar ogen een tint dieper van kleur lijken. Doorgaans gaf mijn zus niets om damesachtige kleding en liep ze het liefst rond in een degelijke spijkerbroek. Maar vandaag draaide ze, voor we naar het stadhuis vertrokken, eindeloos pirouettes voor de grote passpiegel in de hal, zodat de wijde rok rond haar benen zwierde.

'Houd er eens mee op, Car,' zei mijn moeder, die samen met Dorien op weg naar boven was om zich te kleden voor de plechtigheid. Bezorgd wierp ze een blik op de sierlijke schoentjes die haar roodharige dochter droeg. 'Zo meteen breek je je hakken nog.'

Aan Tanja was niet te merken of ze blij was met haar nieuwe spullen, een lichtblauw japonnetje dat haar goed stond en een paar witte schoenen. Dat mocht ze niet laten blijken van God. Elke vorm van ijdelheid zou na haar dood bestraft worden. Zedig zat ze in de woonkamer naast haar vriendin Daisy op de bank, haar knieën tegen elkaar geperst, haar handen gevouwen in haar schoot. Ze leek tien jaar ouder dan de jaren die ze in werkelijkheid telde en was een toonbeeld van deugdzaamheid. Het zou me niet verbazen als ze na haar dood heilig verklaard zou worden. Alleen zou kleefpleister Daisy haar dan niet kunnen volgen, want ik was er zeker van dat zij lesbisch was en de katholieke leer wees homoseksualiteit af.

Ik had geweigerd de stad in te gaan om me in het nieuw te steken. 'Ik trek gewoon mijn zondagse kleren aan,' zei ik tegen mama. 'Het kost veel te veel geld om voor ons alle vier iets nieuws te kopen. Die bruidsmeisjesjurk van Saar hakt er nogal in, en mijn lichtgele pakje is nog prima.' Goed genoeg voor haar huwelijk met de man die ik begeerde. Ik wilde degene zijn die de bruidsjapon droeg en als dat niet kon dan maar helemaal geen nieuwe jurk. Mama dacht echt dat ik spaarzaam wilde zijn en schonk me een dankbaar glimlachje. Ik had haar kunnen wurgen.

Toen Edwin aanbelde, huppelde Sarah naar de voordeur, op de voet gevolgd door Iris, een meisje met wie ze bevriend was geraakt op de kleuterschool. Saars jurk, een kopie in het klein van die van mama, ruiste om haar benen.

'Kijk eens wie we daar hebben,' grapte de bruidegom, die er in zijn zwarte pak begerenswaardig knap uitzag, 'mijn bruid.' De twee meisjes giechelden.

Mama had ons verrast met de mededeling dat we allemaal een vriendin mochten uitnodigen voor de bruiloft. Daisy de onafscheidelijke was uiteraard de gast van Tanja en Car had geïnformeerd of ze in plaats van een vriendin een vriend mocht vragen. Vervolgens hield ze een uur lang de telefoon bezet om alle bijzonderheden voor de grote dag met Paul te bespreken. Ze lag op haar rug op de bank, met opgetrokken benen. Terwijl ze de hoorn met haar rechterhand tegen haar oor hield, wikkelde ze keer op keer gedachteloos het snoer ervan om de wijsvinger van haar linkerhand. Intussen tetterde ze er lustig op los. Paul moest wel aan één kant doof worden, dacht ik.

Donkerharige Iris was uitermate opgetogen toen ze hoorde dat ze mocht komen, want ze had nog nooit een bruiloft bijgewoond. Sinds de uitnodiging hadden zij en Sarah urenlang zitten dromen over sprookjesprinsen en -prinsessen die met elkaar in het huwelijk traden.

Zodra mijn moeder met het voorstel kwam had ik besloten dat niemand me zou vergezellen naar het feest waar ik als een berg tegenop zag. Het was al erg genoeg dat ik ten opzichte van de andere genodigden de hele dag zou moeten doen alsof ik het allemaal o zo leuk vond, die trouwerij, ik moest er niet aan denken dat ik ook nog gezellig moest zijn voor een vriendin.

'Mama is jouw bruid,' weerlegde mijn jongste zusje nu Edwins woorden. Met haar vinger wees ze in de richting van de tussendeur, waar onze moeder blozend en met een gelukkige uitdrukking op haar gelaat, op haar toekomstige man stond te wachten. Ik werd verscheurd door jaloezie.

Mama trouwde in het wit. Spottend had ik daar een paar dagen geleden een opmerking over gemaakt tegen Tanja. Met mijn ogen de Hemel aanduidend, vroeg ik: 'Hoe zal het hierboven opgenomen worden dat mama zo'n maagdelijke bruidsjurk draagt denk je?' Mijn zuster hield zich op de vlakte. 'Dat is iets tussen mama en de Schepper,' was haar veilige antwoord. Ik snoof.

Met tegenzin moest ik toegeven dat mijn moeder er prachtig uitzag. Haar zijden trouwjurk had een strak lijfje, dat net genoeg van haar decolleté vrij liet om sexy maar niet ordinair te zijn. De wijd uitlopende rok kwam tot op haar kuiten. De kapster, die 's ochtends in alle vroegte geweest was, had haar weerbarstige, bruine krullen tot een kunstig kapsel getransformeerd, waarin een bloementak gevlochten was. De kleine, witte bloemetjes kwamen terug in het bruidsboeket van rode rozen, dat Edwin in zijn hand hield.

Mama's bruidegom was duidelijk onder de indruk van haar

verschijning. 'Theresa,' fluisterde hij hees. Verliefd als hij was noemde hij haar altijd Theresa terwijl ze gewoon Trees heette. Mijn zusjes moesten er steeds weer verstolen om lachen, maar ik zou iedere keer dat ik het hoorde kunnen janken. In mijn zoetste dromen noemde Edwin mij "Katharina", maar in werkelijkheid werd het nooit intiemer dan "Kaat".

De man die ik liefhad liep op mama toe en overhandigde haar het boeket. Met een warme blik keek hij haar diep in de ogen, nam haar in zijn armen en kuste haar. Ik wendde me af, kon het niet aanzien.

'We moeten gaan,' haalde mijn moeder haar verloofde algauw bij de les. 'Als we te laat komen wordt er vandaag niet getrouwd.'

'Dat kunnen we niet hebben,' zei Edwin. Hij legde zijn hand in haar rug en duwde haar met zachte dwang in de richting van de deur. Mama lachte.

Met zijn allen liepen we naar de speciaal voor de gebeurtenis gehuurde limousine die intussen voor was komen rijden, ik als enige met lood in mijn schoenen bij de gedachte aan de lange dag die voor me lag. Mijn zusjes slaakten bewonderende kreten bij het zien van het immense voertuig en Iris wreef zelfs even voorzichtig met een vinger over de glanzende lak.

Galant hielp Edwin mama met instappen. Toen deed hij hetzelfde bij mijn twee jongste zusjes en Iris, die met de "prinsessenwagen" mochten meerijden. Zijn hoffelijkheid zorgde voor veel gegiebel. Intussen nam de rest van ons, onder leiding van Dorien, plaats in de taxi die achter de bruidsauto geparkeerd stond.

Een halfuur later was ik er getuige van dat een hevig verliefde bruidegom mijn moeder zijn jawoord gaf. Mijn hoofd bonkte, zwaar van de ingehouden tranen die achter mijn oogleden brandden. Mijn hart versplinterde.

Zodra de plechtigheid voorbij was vielen mijn zusjes mama om de hals. Met een stralende lach nam ze hun felicitaties in ontvangst. Ik bleef wat achteraf staan en toen die drie uitgejubeld waren, de een wat uitbundiger dan de ander, gaf ik mijn moeder een ijskoude hand en wenste haar veel geluk. Ik meende er geen letter van.

Terwijl mama omhelsd werd door haar vriendin, wendde ik me tot haar kersverse echtgenoot, al mijn moed bij elkaar rapend om ook hem te feliciteren met dit huwelijk. Met geen mogelijkheid kan ik het gevoel beschrijven dat op dat moment door me heen ging. Nog nooit had ik me zo ellendig gevoeld.

Met een glimlach die dwars door mijn ziel sneed, nam de man die nu mijn stiefvader was mijn handen in de zijne. 'Katja,' zei hij zacht, zich naar me toebuigend, zodat ik hem wel op de wang moest kussen. Ik probeerde een "proficiat" te forceren, maar ik kreeg geen woord mijn dichtgeknepen strot uit. Mijn lippen raakten zijn huid en tijdens dat bitterzoete moment kon ik er alleen maar aan denken dat hij niet van mij was. De tranen, die ik tot dat moment had weten te verdringen, sprongen nu in mijn ogen en opdat hij ze niet zou zien maakte ik snel mijn vingers los uit zijn stevige, warme greep, plaats makend voor Dorien die op haar beurt wachtte om hem geluk te wensen.

Het liefst had ik me zo klein mogelijk gemaakt en was ik in een hoekje weggekropen, in stilte mijn wonden likkend. In plaats daarvan moest ik doen alsof ik blij was met deze verbintenis, want de gasten voor de receptie begonnen binnen te druppelen. Ik knipperde mijn tranen weg en plakte een glimlach op mijn gezicht. Die voelde zo onecht aan, dat ik me afvroeg of de bruiloftsgasten niet aan me konden zien hoe het me te moede was terwijl ik hun welgemeende felicitaties in ontvangst nam. Maar ik zette de charade stug door. Ik schudde handen en lachte mijn neplach.

Na de receptie gingen mama en Edwin weg om foto's te laten maken. Wij vertrokken alvast naar de feestzaal, waar we broodjes geserveerd kregen die me niet smaakten. Niemand anders klaagde er over, maar het was alsof ik in een stuk karton beet.

Later was er feest in de uitbundig versierde zaal, waar slingers aan het plafond hingen en met helium gevulde ballonnen vrolijk rond zweefden. Dorien stond bij de ingang van de ruimte en reikte elke nieuwe gast enkele rolletjes serpentines aan, die prompt door het vertrek geworpen werden. Al gauw was de vloer bedekt met lange slierten gekleurd papier. Enkele mannelijke genodigden gooiden de rolletjes zo hoog, dat de serpentines in de opgehangen slingers bleven hangen.

Sarah en Iris droegen ieder een rieten mandje aan hun arm, waaruit ze opgerolde papieren fluitjes uitdeelden. Toen het bruidspaar tenslotte binnen kwam, werd er op geblazen dat het een lieve lust was en de rolletjes vouwden zich luid toeterend uit.

De feestvierders vormden een kring om het bruidspaar heen en Car gooide handenvol confetti naar mama en haar nieuwe echtgenoot. Ze werden eronder bedolven. Het kwam in hun lachende monden en hun gemodelleerde haar. Bruid en bruidegom werden door enkele mannelijke genodigden op hun armen getild. Er werd "Lang zullen ze leven" gezongen. Ik voelde geen enkele behoefte luid "Hoera!" mee te joelen, maar om niet op te vallen volgde ik de meute en gooide mijn armen de lucht in.

Het feest barstte los en behalve ik leek iedereen het naar de zin te hebben. Het bruidspaar stond voortdurend op de dansvloer, dicht tegen elkaar aan. Tanja en Daisy zaten samen aan een tafeltje. Ze waren verdiept in wat een boeiend gesprek leek te zijn. Sarah en Iris huppelden rond en waren druk met het proeven van alle hapjes en Car zette met Paul een polonaise in. Zelfs Dorien had iemand gevonden om mee te proosten. Alleen ik stond in mijn eentje in een hoekje van de zaal en had geen greintje plezier. Onopvallend schoof ik in de richting van de zelfbedieningsbar, waar ik stiekem een paar grote glazen bowl achterover sloeg. Ik hoopte dat het me wat zou ontspannen, maar het hielp niet echt. Mijn verdriet was te groot.

Nog nooit had een avond zo lang geduurd. Het was een onbeschrijflijke opluchting toen het feest afgelopen was. Eindelijk gingen we naar huis, waar ik me kon opsluiten in mijn kamer, alleen met mijn trieste gedachten. Ik huilde tot ik geen tranen meer had.

Die nacht trok ik mijn kussen over mijn hoofd, teneinde de geluiden die uit de slaapkamer van het nieuwbakken echtpaar kwamen buiten te sluiten. Ik had willen sterven.

Een paar maanden later werd duidelijk dat Edwin mijn moeder in de huwelijksnacht bezwangerd had.

Edwin was te zeer vervuld van mijn moeder om het te merken en ook zij had blijkbaar niets in de gaten, maar ik zag wel dat mijn oudste zuster verliefd was op onze stiefvader. Sinds hij in ons leven was gekomen gedroeg Katja zich anders. Ze was zich bijvoorbeeld duidelijk meer bewust van haar uiterlijk. Had ze nooit veel om moderne kleding gegeven, nu schafte ze regelmatig iets modieus aan. Een diep uitgesneden truitje, of een paar dure nylons met een opvallende print. Hoge hakken eronder en daar liep Kaat door het huis te pronken met haar lange, slanke benen.

Van haar zakgeld spaarde ze elke cent om een nieuw tasje aan te schaffen of een leuk kettinkje. Ze kocht zelfs andere make-up. Normaal gebruikte ze altijd sombere tinten: zwarte oogschaduw en lippenstift en een bleke kleur poeder voor op haar wangen. Nu kwam ze thuis met fel roze en schreeuwerig rood en bracht dat met kwistige hand aan. Carla, in wie de werkelijke reden voor Kats veranderde gedrag geen moment opkwam, merkte smalend op "dat Kaat zeker voor clown studeerde".

Mama zei er niets van dat haar oudste opeens zo'n totaal andere smaak leek te hebben. Het viel haar kennelijk niet op dat Katja korte rokjes was gaan dragen in plaats van de gebruikelijke jeans. Er ging wel meer aan haar voorbij. Hoe de donkere ogen van mijn zuster Edwin voortdurend volgden, bijvoorbeeld. Waar hij ook maar ging, elke beweging van zijn lichaam werd door haar geregistreerd. Gulzig dronk ze zijn beeltenis in, elke zin die hij uitsprak werd in haar geheugen gegrift, vooral als het woorden waren die hij tegen haar uitte. Ze dweepte met hem, verafgoodde hem.

Waarschijnlijk weet mama het aan de leeftijd dat mijn zus zich plotseling als een volwassene gedroeg en met een vrouwelijk gebaar haar zwarte piekhaar achter haar oren streek. Misschien vond ze het normaal dat Katja, wanneer ze op de bank zat, regelmatig haar benen over elkaar sloeg waardoor haar slanke dijen zichtbaar werden. Wellicht vond ze het een gezonde factor in het proces van meisje tot vrouw dat haar oudste dochter geaffecteerd lachte als

Edwin iets grappigs zei. In elk geval scheen ze zich niet te ergeren aan het gedrag van haar Kaatje.

Als Kat zich tegenwoordig stootte, leek dat haar veel meer zeer te doen dan vroeger. Ze slaakte een verschrikt kreetje, trok een pijnlijk gezicht en greep naar het beschadigde lichaamsdeel. Car rolde met haar ogen. 'Kaat heeft weer eens last van acute aanstelleritis.' Maar Edwin, die onze zuster niet zo goed kende als wij, boog zich bezorgd naar haar toe en vroeg of het wel ging. Zijn stiefdochter schudde ontkennend haar hoofd en hij haastte zich naar het medicijnkastje in de badkamer en kwam terug met een pleister. Zorgzaam plakte hij die op het schrammetje op haar been. Mijn zuster, geslaagd in haar opzet, genoot van zijn aandacht en van zijn aanrakingen en verlangde naar meer.

Op een avond dat Saartje al naar bed was en Carla en ik met mama en Edwin televisie zaten te kijken, kwam Kaat de huiskamer in gehinkt. Ze liep naar een fauteuil en liet zich er zwaar op neer, zuchtend alsof ze de marathon had gelopen. 'Ik denk dat ik mijn enkel verstuikt heb,' richtte ze zich rechtstreeks tot onze stiefvader.

Edwin sprong meteen op van zijn zitplaats en holde naar boven om een rol rekverband te halen. Weer terug trok hij een stoel tegenover die van Katja. 'Denk je dat je je been kunt optillen?' Mijn zus knikte dapper en legde haar voet op zijn bovenbeen. Voorzichtig, zodat hij haar zo min mogelijk pijn deed, trok Edwin haar schoen en sok uit. Deze onschuldige handeling maakte gevoelens wakker in zijn stiefdochter waar hij geen idee van had. Ze genoot toen hij het verband zorgvuldig rond haar enkel wikkelde.

Halverwege stopte Edwin even. Een van zijn handen rustte op de blote huid van Kaats enkel. 'Zit het niet te strak?' Mijn zus, die haar stem niet vertrouwde, schudde haar hoofd en Edwin ging verder tot het rolletje op was.

'Zo...' Hij gaf een licht klopje op haar tenen die onder het verband uit piepten. 'Als het morgen nog pijnlijk is moet je even langs de huisarts gaan.' Maar de volgende dag waren Kats kneuzingen als bij toverslag verdwenen. Het deed Car opmerken dat Edwin dokter had moeten worden.

Mijn oudere zus was een tijdje in de zevende hemel, maar toen Carla zich bezeerde en haar dezelfde vaderlijke vriendelijkheid ten deel viel, besefte Kaat dat Edwins belangstelling voor haar niet verder ging dan gewone menselijkheid. Haar ogen versomberden en haar glimlach bevroor op haar lippen.

Hoewel ik geen medelijden kon opbrengen voor Katja, iets waar ik elke zondag voor te biecht ging, wist ik wel precies hoe ze zich voelde. Ook ík had kort geleden liefde opgevat voor iemand, een liefde die kost wat kost geheim moest blijven. En het onderwerp van mijn gevoelens was misschien nog wel onbereikbaarder dan die van mijn oudste zuster.

Op een zwoele middag in de late lente zaten Daisy en ik in mijn slaapkamer huiswerk te maken. Mijn vriendin, mollig als ze was, kon slecht tegen warmte. Ik had het raam voor haar opengezet, maar omdat er geen zuchtje wind naar binnen kwam hielp dat niet veel. Menigmaal ging ze met een papieren zakdoekje over haar bezwete hals en gezicht. Ze had al bijna een heel pakje opgebruikt.

Daisy zag er lusteloos uit en klaagde dat ze moe was. Op een gegeven moment liet ze haar pen uit haar hand vallen. Die rolde over het blad van mijn bureau, weg van haar. Mijn vriendin zuchtte alsof ze de Mount Everest aan het beklimmen was toen ze met haar arm gestrekt over het bureau probeerde de pen te pakken te krijgen. Bij die handeling kwam een gedeelte van haar borsten boven haar shirtje uit. Het waren twee volle bollen waarvan de strakgespannen huid glansde en in de gleuf die ze van elkaar scheidde zag ik een druppeltje zweet langzaam naar beneden rollen.

Ik bleef naar die twee heuvels staren. Ik kon mijn blik er niet van afwenden. Een rilling van verlangen trok door me heen. Ik kreeg de opwelling mijn vriendin beet te pakken, haar tegen me aan te drukken, te kussen, te betasten, de druppel zweet op te likken. Nog terwijl ik me in opperste verwarring afvroeg waarom ik me zo voelde, flitste het antwoord door mijn hoofd. Ik viel op vrouwen.

De wereld stond stil toen ik me van mijn geaardheid bewust werd. Het leek of de grond onder mijn voeten wegzakte. Ik was verdoemd. Net als over de Bijbelse steden Sodom en Gomorra zouden zwavel en vuur over mij neerdalen als ik toegaf aan deze zondige gevoelens. Als ik gehoor zou geven aan mijn verlangen zou de Heer me straffen, net als hij de vrouw van Lot had gedaan. Toen zij haar verdorven woonplaats verliet, verbood God haar ernaar om te zien. Ze deed het toch en Hij veranderde haar in een zoutpilaar.

Eens zou ik gewoon met een aardige jongen trouwen en zijn kinderen ter wereld brengen, zoals Hij van me verlangde. Maar de gedachte dat een man met me zou doen wat mannen nu eenmaal met vrouwen doen om een kind te verwekken (en soms niet eens daarom, maar alleen voor het plezier), had me nooit aangetrokken. En nu ik wist hoe dat kwam, gruwde ik er nog meer van.

Ondanks mijn goede voornemen zat ik sindsdien danig met mezelf in de knoop, want ook al was ik vastbesloten haar te weerstaan, ik was verliefd op mijn beste vriendin. Als zij me alleen maar aankeek kreeg ik het al warm. Wanneer ze het woord tot me richtte bloosde ik tot aan mijn haarwortels. Ik was voortdurend bang dat ze het zou merken, en zich afvroeg wat er met me was. Tot Kaat een keer spottend opmerkte dat ze zeker wist dat Daisy "van de vrouwenliefde was".

Hoewel ik haar nog nooit met meer dan gewone belangstelling naar een jongen had zien kijken, had ik er niet bij stilgestaan dat ook Daisy lesbisch zou kunnen zijn. Wild vlamde de hoop in me op. Even wenste ik dat ik mezelf ten opzichte van mijn vriendin zou verraden, want het werd steeds moeilijker mijn zelfbeheersing te bewaren, maar meteen daarna berispte ik mezelf. Het vlees was zwak, maar ik mocht niet voor de verleiding bezwijken.

Die avond knielde ik zoals altijd voor ik ging slapen naast mijn bed. Ik vouwde mijn handen en bad om kracht. '... en leid ons niet in bekoring, maar verlos ons van het kwade...'

Sarah

'Je moet niet zo liegen, Sarah,' mopperde mama. Bestraffend zwaaide ze met haar wijsvinger voor mijn gezicht. 'En je moet zeker geen mensen vals beschuldigen.' Maar dat deed ik niet. Katja had echt gestolen.

Omdat ik op woensdagmiddag niet naar school hoefde zorgde mama altijd dat ze dan thuis was, zodat Katja, die al zo vaak moest oppassen, ook een keer tijd had om iets voor zichzelf te doen. Maar vanmiddag had mijn moeder een afspraak bij de huisarts, want ze had een naar hoestje en ze wilde geen risico nemen nu ze zwanger was.

Omdat Tanja door een klasgenootje uitgenodigd was voor een tuinfeest en Carla 's woensdags op judo zat, vroeg mama of Kaat, die had afgesproken te gaan winkelen met haar vriendinnen, mij voor deze ene keer kon meenemen. Ik wist dat ik het de hele lange middag zou moeten bezuren als mijn zuster me op sleeptouw nam, dus zei ik snel: 'Ik kan best een uurtje alleen thuis blijven, mama.'

'Ik dacht het niet,' zei mijn moeder.

Ik gaf het nog niet op. 'Dan ga ik wel met jou mee naar de dokter.'

Kat maakte een eind aan de discussie door nonchalant mijn woorden weg te wuiven. 'Je gaat gewoon met míj mee, Saartje.' Maar achter mama's rug trok ze een lelijk gezicht.

Een uur later sleurde ze me aan mijn hand mee over straat, winkel in, winkel uit. Zij en haar vriendinnen hadden veel langere benen dan ik en waren niet bereid hun tempo aan te passen aan een klein kind of, zoals zij het uitdrukten, "dat wurm". Mijn zus rukte mijn arm zowat uit de kom omdat ik naar haar idee niet snel genoeg opschoot en ik struikelde meerdere keren over mijn eigen voeten. De hele middag snauwden en grauwden de drie tegen me en wanneer ze een kroketje of ijsje kochten sloegen ze mij over.

'In 's hemelsnaam, Katja,' klaagde Ellen, het papier van haar ijsco verwijderend, 'moest je persé op die uk passen vanmiddag? Had je jezelf er niet uit kunnen kletsen?'

'Waarschijnlijk wel,' gaf mijn zus toe, terwijl ze kalmpjes aan het ijs likte waar ik op dat moment een moord voor had willen doen, 'maar ik moet mijn moeder een beetje te vriend houden.'

'Te vriend houden?' Monique nam het wisselgeld van de ijsco-man aan en stopte het in haar beurs. 'Wat bedoel je daarmee?'

Katja lachte. 'Vraag maar niet verder Moon, ik vertel je toch niks. Trouwens, laten we onze tijd niet verdoen met praten over dat mens.'

Dat mens. Daar bedoelde ze mijn moeder mee. Jammer dat mama haar niet kon horen.

We hadden al twee uur onafgebroken gelopen toen we een lunchroom passeerden. De vriendinnen besloten wat te gaan drinken. Ik was opgelucht, want ik had het verschrikkelijk warm van al dat geren en mijn keel brandde van de dorst. Een lekker glaasje limonade zou wel smaken. Maar eenmaal binnen bestelde mijn zus drie cola en ik begreep dat ik niets zou krijgen.

Even later werden de drankjes in grote glazen met tinkelende ijsblokjes op tafel gezet. Ik staarde er begerig naar. Wat hunkerde ik naar dat ijskoude nat. Het zag er zo aanlokkelijk uit in die matte glazen waarop de vochtdruppels straaltjes vormden en langzaam naar beneden liepen. Met moeite overwon ik mijn tegenzin ergens om te bedelen bij mijn oudste zuster.

'Katja...' vroeg ik met schorre stem, 'mag ik een slokje? Ik heb zo'n dorst.' Met een blik waaruit haar weerzin jegens mij sprak keek ze op me neer. 'Je denkt toch zeker niet dat ik jou aan mijn glas laat lebberen? Op het toilet is een kraan. En ga meteen even plassen voordat je onderweg moet.' Ze pakte het glas dat voor haar stond, zette het aan haar mond en dronk het in één keer leeg. Ze keek me aan en smakte met haar lippen. Ik slikte en liet me van mijn stoel glijden. Met mijn hoofd onder de kraan dronk ik op het toilet zo veel water dat ik er de hik van kreeg.

Toen ik terug de lunchroom in kwam en op mijn plaats aan het tafeltje ging zitten, beëindigde Kaat het gesprek dat ze voerde met haar vriendinnen. Met een zijdelingse blik naar mij zei ze: 'Ik heb dus een plan, maar ik vertel niet wat het is. Jullie zullen het mettertijd wel merken. Hoe minder je van alles op de hoogte bent, hoe beter. Wat je niet weet kun je ook niet per ongeluk verraden, zie je.' Ze glimlachte vaag, als een sfinx. Ik vroeg me af wat ze in haar schild voerde.

Na nog een rondje cola voor de drie vriendinnen, ging het verder. We liepen een groot warenhuis binnen en ik werd van afdeling naar afdeling gesleept en de roltrap op en af geduwd, zonder dat iemand zich erom bekommerde of ik wel veilig terecht kwam. Het drietal paste kleding, bekeek tassen en schoenen, maar kocht niets. Ik keek toe en wachtte vol ongeduld tot ze er genoeg van kregen protserige kettingen om hun hals te hangen en lachend rare hoedjes op te zetten. Ik voelde me eenzaam en wilde naar huis, naar mama en mijn twee andere zusjes, die vast al thuis waren.

Eindelijk verlieten we de winkel. Toen we weer buiten kwamen gebeurde het. Voor het warenhuis stond een kraampje met allerlei spullen van leer, zoals portefeuilles, handtassen en riemen. Mijn zus liep erop af, negeerde tot mijn verbazing de damesaccessoires en nam de een na de andere herenportemonnee in haar handen. Ze vouwde ze open en keek hoeveel vakjes er in zaten. Ik vroeg me af wat ze ermee moest.

Monique en Ellen waren meer geïnteresseerd in de handtassen. Ze hingen ze om hun schouder, vroegen elkaar hoe ze stonden en informeerden bij de verkoopster naar de prijs. Monique schafte een tas aan, maar Ellen koos na lang wikken en wegen toch voor een riem, want "die zal zo mooi staan bij mijn nieuwe jeans".

Katja kocht niets, maar toen we ons van de kraam afwendden liet ze een portefeuille in haar jaszak glijden. Ik was de enige die het zag. De verkoopster was druk bezig met een klant en ook de vriendinnen van mijn zus, opgetogen babbelend over hun gloednieuwe aankopen, merkten het niet. Omdat ik met open mond ontzet naar haar staarde, had Kaat door dat ik haar betrapt had. Ze gaf een harde ruk aan mijn arm en kneep hard in mijn vlees. Ze keek me zó waarschuwend aan, dat ik niets durfde te zeggen.

'Zo,' zei ze, toen we een paar meter van de kraam verwijderd waren, 'ik houd het vandaag voor gezien. Ik koop nog een bosje bloemen voor mijn moeder en dan ga ik naar huis.' Ze wierp haar vriendinnen een samenzweerderige blik toe. Monique lachte, en Ellen vroeg spottend of ze de volgende keer dat ze gingen winkelen twéé "wurmen" bij zich zou hebben, gezien het feit dat mama elk moment kon bevallen.

'Geen vragen stellen, Ellie,' zei mijn zuster met zachte stem, 'geen vragen stellen. Je wilt de antwoorden namelijk niet horen.' Ze wuifde naar haar vriendinnen en trok me hardhandig mee in de richting van de bloemenwinkel. Daar zocht ze de grootste en duurste bos bloemen uit die ze hadden. Het kostte haar een groot deel van haar zakgeld voor die maand maar, zei ze met een vreemd glimlachje tegen mij, "dat zal het waard zijn". Dat was het inderdaad.

Eenmaal thuis overhandigde mijn zus het gemengde boeket aan mama. 'Kijk eens... Omdat je zo'n goede moeder bent.' Ik kreeg braakneigingen. Mijn moeder echter was uitermate vereerd. Ze bloosde van genoegen. Mijn mond viel open toen Kaat vervolgens de portefeuille uit haar jaszak haalde en hem mama liet zien. 'Ik heb ook een kleinigheidje gekocht voor Edwin,' beweerde ze zonder blikken of blozen.

'Wat attent van je!' riep mama uit, blij dat haar Kaatje Edwin eindelijk leek te accepteren als haar nieuwe vader. Vond ze het niet vreemd dat de portemonnee niet in papier verpakt was? Er zat niet eens een plastic zakje om met de naam van het bedrijf er op! Maar mama gaf geen blijk van enige argwaan. Ze vroeg zelfs of Kat nog onkosten had gemaakt voor mij.

'Ach...' Mijn zuster haalde nonchalant haar schouders op en keek mij intussen indringend aan. 'Ze heeft een ijsje op en een portie frites. O, ja, en twee glazen cola. Maar het is niets, dat heeft ze van mij.'

'Nee, nee.' Beslist schudde mijn moeder haar hoofd. Ze nam haar beurs uit haar tas. 'Hier...' Ze overhandigde haar oudste dochter wat papiergeld. 'Dekt dat de schade ongeveer?'

'Dat hoeft echt niet,' zei Kaat afwerend.

'Jawel...' Vastberaden stopte mama de briefjes in Katja's hand. 'Pak aan.' Als met tegenzin, ze was een uitstekend actrice, nam mijn zus de bankbiljetten aan. Mijn moeder zag de valse glimlach op haar gezicht niet.

Katja's leugens leken een gat in mijn ziel te branden. Ik wist dat ik geen rust zou hebben voor ik mama de waarheid verteld had, maar omdat mijn zuster voortdurend dicht bij me in de buurt bleef durfde ik het niet.

Toen ik die avond in bed lag en mijn moeder me nog even welterusten kwam wensen kon ik het echter niet langer voor me houden. Terwijl ze het laken, dat ik door mijn onrustige gewoel losgetrokken had, bij het voeteneind instopte, vertelde ik haar dat ik helemaal niets had gekregen van de dingen die Kaat had opgenoemd. 'Ze heeft alleen voor zichzelf frites en cola gekocht en die portefeuille heeft ze niet betaald, die heeft ze gestolen!'

Ik wist dat Katja morgen wraak zou nemen als ze hoorde dat ik haar verraden had, maar op de woede waarin mijn moeder ontstak had ik niet gerekend. Als een wraakgodin richtte ze zich in haar volle lengte op. 'Sarah,' verhief ze haar stem, 'het is erg lelijk om je zuster te beschuldigen van stelen en het oplichten van haar eigen moeder!'

'Maar mama, het is echt waar!' Mijn moeder schudde haar hoofd. 'Je bent gemeen, Sarah!' En toen ik mijn mond opende om te protesteren: 'Ik wil er niets meer over horen! Welterusten!' Ze draaide zich om en verliet de kamer. Met een nadrukkelijke klik trok ze de deur achter zich in het slot.

De tranen sprongen me in de ogen. Waarom geloofde mama me niet? Katja, die echt oneerlijk was, vertrouwde ze wél. Dát was nog eens gemeen!

*****

Twee weken later werd de baby geboren. 'We noemen haar Anna,' vertelde mijn moeder ons met een glimlach. 'Eddie heeft ermee ingestemd de traditie voort te zetten. Onze dochter krijgt een naam met twee A's erin, net als haar zusjes.'

Kaat snoof. 'Natuurlijk is "Eddie" ermee akkoord gegaan,' spotte ze achter mama's rug. 'Hij is net een reu die met zijn tong uit zijn bek achter een teef aanloopt. Als mama zegt "Zit!" gaat hij zitten en geeft een pootje. Hij kwijlt nog net niet.'

Anna was een mini mensje dat het grootste deel van de dag sliep, het mondje geopend, de handjes gebald tot vuisten. Ik vond haar een wonder zoals ze haast bewegingloos in haar wieg lag. Alleen het kleine borstje rees en daalde met haar ademhaling. Ze zag er zo vredig uit, ze werd zelfs niet wakker als ik het roze dekentje met de witte, wollige schaapjes rechttrok. Alleen haar vuistjes bewogen even ongecontroleerd door de lucht.

Af en toe mocht ik mijn babyzusje vasthouden van mama, maar ik was altijd bang dat ik haar per ongeluk pijn zou doen. Ze zag er zo kwetsbaar uit. Mama lachte als ik dat zei. 'Ze is niet van suiker, hoor!' Maar ik bleef het een beetje eng vinden.

Katja

Ik was woedend op mijn moeder!

Toen ik een paar weken geleden de stevige, echt lederen porte-feuille op het kraampje had zien liggen, had ik meteen geweten dat ik hem moest hebben. De beurs die Edwin gebruikte was ver-sleten. Steeds weer viel zijn kleingeld eruit. Hij had in de super-markt al eens zijn munten van de vloer moeten rapen, had ik hem horen klagen tegen mama. Schouderophalend antwoordde ze dat een nieuwe portemonnee er op het moment spijtig genoeg niet aan zat. Dit was mijn kans om een wit voetje bij Edwin te halen. Hij zou zijn nieuwe portemonnee van míj krijgen.

Het ding kostte een klein vermogen. Geld dat ik niet had, want zoveel zakgeld kreeg ik niet. Maar niets was me teveel in de strijd Edwin voor me te winnen. Zelfs diefstal niet. In liefde en oorlog...

De man van wie ik hield was oprecht blij met het cadeautje. Zijn mooie gelaat begon te stralen toen hij het uit het geschenkpapier haalde dat ik er omheen gewikkeld had. 'Kaatje,' zei hij verrast, 'wat mooi.' Het koosnaampje dat mama altijd voor me gebruikte deed een warme gloed door mijn lichaam gaan nu hij het uitsprak. Het trok van mijn hoofd naar mijn voeten.

'Hoe wist je zo precies wat ik nodig had?' vervolgde mijn stief-vader, die niet in de gaten had wat zijn woorden met me deden. Ik opende mijn mond om te zeggen dat ik altijd wist wat hij nodig had, maar met een gebaar van zijn hand legde hij me het zwijgen op. 'Laat maar. Je moeder natuurlijk.' Mijn geluksgevoel smolt als sneeuw voor de zon. Waarom moest hij háár er nu weer bij halen! Ze had hier helemaal niets mee te maken!

Glimlachend keek de man die ik liefhad op me neer. 'Ik ben er erg blij mee, Katja. Bedankt.' Hij boog zich naar me toe en drukte een voorzichtige kus op mijn wang.

Dit ging niet zoals ik had gehoopt. In mijn dagdromen had Edwin me op en heel andere manier gekust. Zijn mond had de mijne beroerd, warm en teder. Zijn tong had mijn lippen geopend en was langs de mijne gestreken. De kus had eindeloos geduurd en toen hij zich tenslotte van me terugtrok, had Edwin gezegd dat ik veel beter dan mijn moeder wist waar hij behoefte aan had.

In werkelijkheid haastte de man van mijn dromen zich naar diezelfde moeder om haar opgetogen te vertellen dat hij zo blij was met het cadeautje "dat ik van onze oudste dochter heb gekregen". En terwijl hij zijn stem wat dempte, voegde hij er dankbaar aan toe: 'Fijn dat je haar ingefluisterd hebt wat ze het beste kon kopen, liefste, anders was ze misschien met iets totaal nutteloos thuisgekomen.'

Mama zette het misverstand niet recht. Ze glimlachte, alsof het idee inderdaad van haar kwam. Ik had haar kunnen wurgen.

*****

Edwin adoreerde zijn dochter. Om zijn aandacht op me te vestigen deed ik alsof ik ook dol op haar was. Het kostte me moeite om elk moment van de dag geloofwaardig over te komen, maar ik deed wat nodig was om zijn hart te veroveren en mama van haar troon te stoten.

In werkelijkheid had ik de pest aan het wicht dat Edwin bij mijn rivale verwekt had en liever dan de hele dag met haar rond te struinen had ik gezien dat ze nooit geboren was. Als ze uren aan een stuk jammerlijk lag te janken werkte ze me op de zenuwen tot ik haar de strot wel kon dichtknijpen en een keer legde ik daadwerkelijk mijn handen om dat tere keeltje.

Die dag had Edwin onze moeder mee uit eten genomen, want "ze verdiende wel een verzetje". Of ik het erg vond een avondje op de kleintjes te passen? Braaf schudde ik van "Nee". Ik wilde hem immers niet tegen me in het harnas jagen.

De man die ik aanbad schonk me een dankbaar glimlachje dat me met mijn lot verzoend zou hebben, ware het niet dat, zodra hij en mama hun hielen gelicht hadden, Anna begon te krijsen als een mager varken. Het was geen zielig huilen dat ze produceerde, maar een woedend gebrul. Ze was het duidelijk ergens niet mee eens, al kon ik niet ontdekken wat er mis was. Honger had ze niet, want ik had haar net een flesje gegeven. Ik verschoonde haar luier, maar vieze billen bleken ook niet de reden van haar ontevredenheid. Ze schreeuwde nog steeds de longen uit dat kleine lijfje.

Een uur lang kwam geen van mijn zusters informeren wat er aan de hand was, maar dat was mijn eigen schuld. Ik was immers degene die altijd voor Anna zorgde. Zij wisten niet dat ik dat alleen maar deed om Edwin te paaien.

Even dacht ik erover die schreeuwlelijk in haar eentje in haar kamer te laten liggen en met een boek beneden op de bank te kruipen. Als het maar lang genoeg duurde zou dat mormel zichzelf wel in slaap huilen. Maar een van de anderen zou het beslist tegen onze "vader" en moeder overbrieven als ik Anna aan haar lot overliet. Ik hoorde het die rooie bemoeial al zeggen zodra ze een voet over de drempel zetten: 'Anna heeft de hele avond gehuild, mama.' Met een verwijtende blik naar mij. Nou, dan had ik wat uit te leggen. Mijn moeder zou mijn smoesjes onmiddellijk geloven, maar Edwin was een ander verhaal. En om hem draaide het allemaal.

Ik werd horendol van het gegil van de baby en wilde haar hoe dan ook tot zwijgen brengen. Als ik mijn handen om dat dunne nekje zou leggen en een klein beetje kracht zou zetten dan zou het voorgoed afgelopen zijn, dacht ik, mijn vingers om het halsje sluitend. Op dat moment kwam slaafse Daisy op het gehuil af.

Ik vond de vriendin van mijn zuster een vreemd kind. Ze gedroeg zich als de deurmat, iedereen kon zijn of haar voeten aan haar afvegen. Het was echt zo'n onderdanig type. En zoals ze mijn zus naar de ogen keek, dat was niet normaal. Tanja hoefde maar langs neus en lippen te zeggen dat ze iets graag zou willen hebben of Daisy vloog al om het voor haar te gaan halen. Niet dat mijn zus daar op aanstuurde, God zou niet willen dat ze andere mensen voor haar karretje spande, maar die dikke meid met haar uilenbril en het futloze zandkleurige haar was er voortdurend op uit haar te plezieren. Ik was er zeker van dat ze verliefd op mijn zuster was.

Ook deze keer kwam ze omwille van haar geliefde, want zodra ze de deur opende stamelde ze: 'Tanja vraagt zich af waarom Anna al zo lang huilt.'

Snel nam ik mijn handen weg van het nekje van de baby. Ik begon wat aan de halsopening van haar hemdje te frunniken. Alsof de duvel er mee speelde stopte Anna op dat moment met huilen. Haar kleine lichaampje sidderde toen ze nog wat nasnikte. Over mijn schouder wierp ik een blik op rare Daisy. 'Ik denk dat haar rompertje wat te strak om haar nek zat,' zei ik.

Die tuthola bleef in de deuropening staan en staarde naar me met een blik die zei dat ze me niet geloofde. Het duurde eindeloos. Tenslotte keerde ze zich om en verdween. Gelukkig repte ze met geen woord over wat er gebeurd was tegen mama en Edwin. Ik dacht zelfs dat ze niets had gezegd tegen Tanja, want die kwam niet op de proppen met de een of andere Bijbelse spreuk in de trant van "Laat de kinderkes tot mij komen".

Deze keer was het goed afgelopen, maar in het vervolg moest ik zulke voorvallen zien te vermijden. Ik kon niet het risico lopen mezelf te verraden. Het werd tijd mijn plan aan te scherpen. Ik moest de zaken krachtdadiger aanpakken en de situatie meer naar mijn hand zetten. Ik boekte veel te langzaam vooruitgang. Niet langer was ik van plan de tweede viool te spelen. De man op wie ik verliefd was moest eindelijk eens gaan inzien hoeveel ik deed voor zijn dochter. Hij moest me erom bewonderen, liefhebben. Hij moest mij gaan zien als de moeder van zijn kind. Mama mocht Anna dan negen maanden gedragen hebben, ik was degene die de meeste tijd in haar stak. In feite voedde ik Anna op. Ja, het werd tijd spijkers met koppen te slaan.

Mijn stiefvader kwam altijd om vijf uur thuis van zijn werk en voortaan zorgde ik dat ik met de kleine voor het raam stond, uitkijkend naar hem. Wanneer hij het tuinpad opfietste en mij zag staan met zijn dochter in mijn armen, lichtte Edwins knappe gelaat op. Ik nam het handje van de baby in de mijne en liet haar zwaaien. Vrolijk zwaaide haar papa terug.

Bij binnenkomst kwam Edwin meteen naar ons toe. Hij had zijn jas nog aan en rook lekker fris naar buitenlucht. Hij streek over de donzige haartjes van de baby en soms raakte hij daarbij per ongeluk mijn arm aan, wat me op slag in de zevende hemel deed belanden. Helemaal perfect was het als hij het kind voorzichtig een kus op het voorhoofdje drukte en ik zijn adem op mijn blote huid voelde. Dan kon ik een rilling van genot ternauwernood onderdrukken.

En eindelijk kreeg ik respons van de kersverse vader. Steeds vaker legde Edwin een hand op mijn arm, bedankte hij me voor mijn goede zorgen voor Anna. Als zijn ogen dan met een warme blik over mijn gezicht gleden, wist ik dat mijn plan grote kans van slagen had. Door Anna zou ik Edwin voor me winnen. Via zijn dochter zou ik zijn hart veroveren. Hij zou mama verlaten en met mij trouwen.

Bleef er één probleem over, waar ik vooralsnog geen oplossing voor had. Wat gebeurde er na de scheiding met Anna? Edwin zou haar niet opgeven. Temeer omdat ik al die tijd zo overtuigend moedertje gespeeld had, zou hij aannemen dat ik best voor die kleine kon zorgen. Maar ik wilde haar niet. Ik zag me al voortdurend met mijn zusje opgescheept zitten. Daar had ik geen zin in. Ik wilde dat Edwin mij zijn onverdeelde aandacht schonk. Ik had hem al veel te lang moeten delen. Hoe liet ik dit probleem verdwijnen?

Sarah

In tegenstelling tot mij zat Katja uren met kleine Anna op de arm. Terwijl ze haar donkere ogen voortdurend op het gave gezichtje gericht hield wiegde ze haar en met zachte stem zong ze kinderliedjes. Ik had de indruk dat de baby haar grote zus nu al herkende, de klank van haar stem, de geur van haar huid, het vertrouwde gevoel van door haar vastgehouden te worden. Wanneer ze huilde hoefde Kaat maar op sussende toon "Stil maar" te zeggen, of haar uit haar bedje te pakken en Anna kalmeerde direct.

Kat was meer met de kleine bezig dan mama. Nog voor mijn moeder 's ochtends haar ogen opende, had haar oudste dochter de baby al in bad gedaan en in schone kleertjes gestoken. Als Anna honger had, maakte zij vóór mama het kon doen een flesje warm en begon haar te voeden. Ze bracht het kleintje naar bed en ze haalde haar eruit. Ze verschoonde zelfs haar luier! Ze was zo vaak met de baby in de weer dat Carla klaagde dat zij ons kleine zusje nooit eens kon vasthouden omdat Katja haar altijd opeiste. En Tanja vertelde onze moeder met bezorgdheid in haar stem dat Kaat regelmatig ten opzichte van de baby aan zichzelf refereerde als "mama". 'Dat is toch niet normaal?' Mijn moeder hield zich doof voor de argumenten van die twee. Dat zou haar nog opbreken.

Omdat we 's zondags niet naar school hoefden, mochten we op zaterdag langer opblijven dan op doordeweekse dagen. Dan dronken we gezamenlijk koffie of thee met iets lekkers erbij en maakten het ons gemakkelijk. Ik vond dit het gezelligste moment van de week.

Deze zaterdag zat ik aan tafel met een puzzel. Er stond een tijger op afgebeeld en hij bestond uit duizend stukjes. Ik had er al een paar dagen aan gewerkt en ik had hem bijna af. Ik hoopte er vanavond de laatste hand aan te leggen.

Om tien uur keek mama op de klok. 'Het is tijd om Anna haar laatste voeding te geven,' zei ze. Omdat haar stem uitzonderlijk vlak klonk, keek ik op. Mama was moe, ik zag het aan de kringen onder haar ogen. Dat was ook niet gek, ze ging nog steeds elke dag uit werken. Zodra Katja thuiskwam uit school en de zorg voor de baby op zich kon nemen, stapte mama op haar fiets om bij een van haar cliënten het huis te gaan poetsen.

Voor ze met hem trouwde had Edwin haar beloofd dat ze, als ze eenmaal zijn vrouw was, niet meer zou hoeven werken. Maar hij had zich verkeken op de uitgaven van een gezin met vijf kinderen. Hij deed echt zijn best om ons te onderhouden, maar hij was jong en had geen groot salaris. Van wat hij verdiende kwam mijn moeder niet rond. Ze moest dus nog steeds bijspringen.

In haar "vrije tijd" wachtte mama een huishouden van zeven personen, geen sinecure. Daarbij had ze gebroken nachten, want stipt om twee uur zette Anna het op een huilen omdat ze honger had. Katja had aangeboden het kleintje 's nachts te voeden, zodat mama door kon slapen, maar dat wilde Edwin niet hebben. 'Jij hebt ook je slaap nodig,' zei hij, 'je moet naar school. Ik vind het prima dat je overdag helpt, maar 's nachts doen je moeder en ik het om de beurt. Anna is tenslotte óns kind.' Er kwam een vreemde trek op Katja's gezicht bij die laatste woorden. Alsof ze pijn had.

Op zaterdag deed mama de karweitjes waar ze door de week niet aan toe kwam. Boodschappen, ramen zemen, de badkamer uitdoen, ze bewaarde het tot het weekend. Het was geen wonder dat ze vanavond uitgeput op de bank hing.

Verlangend dat iemand aan zou bieden de baby eten te geven keek mijn moeder van de een naar de ander. Meestal was mijn oudste zus haar voor met Anna uit haar bedje halen, maar deze avond had ze geen aanstalten gemaakt om naar boven te gaan. Ook nu vloog ze niet, zoals gewoonlijk, op van haar stoel. Met haar hoofd gebogen over haar schoolopdrachten zei ze gedempt dat ze een half uur geleden nog bij de kleine had gekeken en dat die toen sliep als een roos. 'Ze zal dus nog geen honger hebben.'

'Dat is vreemd...' Tanja, die bij ons aan tafel zat, keek op van haar Bijbel. 'Toen ik twintig minuten geleden door de hal liep, hoorde ik haar boven geluidjes maken.' Mijn oudste zuster zuchtte. Net als mama keek ze het kleine kringetje rond. 'Ik heb nog zoveel huiswerk, kan iemand anders haar vanavond een keer een flesje geven?' Tanja, alweer gefixeerd op een tekst in haar Bijbel, antwoordde niet. Geluidloos vormden haar lippen de woorden die ze las. Haar wijsvinger gleed over de bladzijde, de regel volgend. Daisy, die een paar dagen bij ons logeerde omdat haar moeder in het ziekenhuis lag, zat naast haar en bladerde door de televisiegids. Ook zij zweeg. Maar Daisy zei sowieso nooit veel. Ze was altijd bang dat wat ze zei verkeerd was.

Edwin zat naast mama op de bank. Met zijn ellebogen op zijn knieën gesteund zat hij voorover gebogen geïnteresseerd naar de televisie te kijken waar een haai een vrouw verslond. 'Ik doe het zó,' zei hij in reactie op Katja's vraag. 'Dit is bijna afgelopen.' Het was kennelijk het verkeerde antwoord, want mijn moeder fronste. Mijn stiefvader zag het niet, die was verdiept in de documentaire.

Car, half zittend, half liggend in de fauteuil, zag het wel. Ze mikte haar puzzelboekje en potlood op het salontafeltje en werkte zich omhoog. 'Als jij denkt dat je geen ontwenningsverschijnselen krijgt,' zei ze tegen Kaat, 'dan wil ik het wel van je overnemen.'

Mijn oudste zuster keek een moment lang op van haar lesboek, haar donkere ogen twee ondoorgrondelijke poelen. Roodharige Carla grijnsde breed naar haar en verdween naar boven.

'Dank je, Car!' riep mama haar na. Met een zucht van opluchting schurkte ze zich behaaglijk in een hoek van de bank en verloor zich in een liefdesroman.

Ik had een opdracht gekregen waar ik tegenop zag. Maar ik mocht de stem niets weigeren, dus deed ik mijn plicht.

Op een avond dat de hele familie bij elkaar in de woonkamer zat, sloop ik in een onbewaakt moment naar boven. Ik was zenuwachtig en onzeker en in de halfduistere hal raakte ik mijn focus kwijt. Omdat de trap van links naar rechts leek te bewegen dacht ik dat ik op de tweede tree stapte, maar het moet de eerste geweest zijn, want die kraakte zoals gewoonlijk toen ik mijn gewicht erop liet rusten. Mijn hart klopte luid en ik hield mijn pas in, half en half verwachtend dat er iemand de hal in zou komen om te kijken wat ik aan het doen was. Ik had immers gezegd dat ik naar het toilet ging en daar hoefde ik niet voor naar boven.

De anderen waren echter allemaal met hun eigen ding bezig en niemand nam de moeite me te volgen. Of ze hadden het gekraak gewoon niet gehoord.

De trap leek in het luchtledige te zweven en nog voorzichtiger vervolgde ik mijn weg. Eenmaal boven keek ik op de overloop schichtig over mijn schouder om te controleren of er nog steeds niemand achter me aan kwam.

De muren van het huis schemerden voor mijn ogen. Ze golfden en leken dichterbij te komen. Het maakte me bang. Ik dacht dat ze het op me gemunt hadden, dat ze me wilden insluiten, fijn drukken. Ik greep me vast aan de balustrade, kneep er zo hard in dat mijn knokkels wit wegtrokken. Ik kon mijn eigen angstzweet ruiken.

Ik liet de balustrade los en draaide me om, van plan terug naar beneden te rennen, naar de relatieve veiligheid van een groep mensen. Juist op dat moment bewogen de wanden zich weer van me af. Ik herademde. Mijn zicht verbeterde en ik keek langs de treden naar beneden. Ik werd niet gevolgd.

Ik keerde mijn rug naar de trap en liep naar de kamer waar ik mijn slachtoffer wist, wachtend op mij. Behoedzaam opende ik de deur. Op mijn tenen liep ik naar binnen. Het volgende moment stond ik oog in oog met degene die ik zou gaan doden. Ik aarzelde. Maar dat duurde slechts een fractie van een seconde want de stem begon meteen op me in te praten, zei dat het nodig was dat ik dit deed. Toen ik nog steeds twijfelde begon hij harder te spreken, tot hij tenslotte gilde: 'Doe het!' Even later was het proces onomkeerbaar voltrokken.

Onzichtbaar als een geest verdween ik van de plaats delict. Onhoorbaar zweefde ik de trap af. Beneden nam ik mijn plaats tussen de anderen weer in. Niemand had me gemist. Mijn taak was volbracht.

Sarah

'Wie heeft er zin in lekkere melk?' Met een glimlach opende Carla de deur van de babykamer en stak haar hoofd om de hoek. Meestal als het tegen etenstijd liep werd Anna wakker en begon geluidjes te maken en met haar mollige beentjes te trappelen. Deze keer bewoog ze echter niet. Toen Car een blik in de wieg wierp, had Anna haar oogjes niet open.

'Ik wist eigenlijk meteen dat er iets niet in orde was met haar,' zei mijn roodharige zus later. 'Anna lag te stil. Zelfs voor een slapende baby lag ze te onbeweeglijk. Mijn hart sloeg een slag over toen ik besefte dat ik haar niet zag ademen. Ik stopte een vinger in mijn mond en hield die vervolgens voor haar neusje, maar ik voelde niet het minste zuchtje lucht. Ik boog me wat dichter naar haar toe en het viel me op dat haar huid een beetje blauw zag.

Ik raakte haar gezichtje aan en voelde hoe koud het was. Toen ik mijn hand op Anna's buikje legde en het kleine lijfje heen en weer schudde, was het of ik een lappenpop bewoog. Ik zei haar naam, eerst zacht, toen harder, tot ik hem bijna schreeuwde.'

Toen de baby nog altijd niet wakker werd begon Carla om mama te roepen.

*****

Het was rustig in huis, want om mijn twee oudste zusters niet te storen had Edwin het geluid van de televisie uitgezet. De documentaire die hij keek was toch ondertiteld, zei hij.

In die doodse stilte klonken Carla's kreten des te luider. 'Mama! Mama! Anna wordt niet wakker!' Eén moment bleef mijn moeder als verstijfd op de bank zitten terwijl ze stamelde: 'Nee, niet weer.' Het volgende moment brak er paniek uit.

Zonder er rekening mee te houden dat ze het boek van een vriendin had geleend, gooide mama het aan de kant. Het kwam nogal ongelukkig op de salontafel terecht en de rug begaf het. Mijn moeder, die toch al geen geld had, zou een nieuw exemplaar moeten kopen. Ik wilde er haar op wijzen, maar op hetzelfde moment sprong ze op van de bank en rende de gang in, op de voet gevolgd door Edwin.

Met een ruk van haar hoofd keek Tanja op van haar Bijbelse lectuur. 'O, God,' fluisterde ze, haar ogen groot van plotselinge angst. Ze trok wit weg en sloeg een kruis. Daisy, verschrikt van de een naar de ander kijkend, zag net zo bleek als zij. Ik zag het kippenvel op Katja's armen toen ze mompelde: 'Déjà vu.'

Er klonk gestommel van boven, gevolgd door een ijselijke kreet van mama. Even later kwam Edwin de trap af, met Anna in zijn armen. Verwilderd keek hij om zich heen. Hij leek niet te weten waar hij was, laat staan wat hij moest doen. Zijn knappe gelaat was vertrokken van verdriet. Mijn moeder, die achter hem aan kwam, verfrommelde een zakdoekje. In de korte tijd dat ze boven was geweest leek ze tien jaar ouder geworden. Ze had diepe groeven bij haar neus die ik er voorheen nooit gezien had. In noodsituaties verloor ze altijd haar kalmte en dat zou ze ook nu gedaan hebben, als Katja haar niet resoluut bij de arm genomen had en rustig had gezegd: 'Kom mama, ga even zitten.' Ze leidde haar naar een stoel. Verdwaasd liet mijn moeder zich er op neer, terwijl ze stamelde: 'Waarom moet mij dat nu wéér gebeuren? Waarom? Waarom?' Ze bleef het maar herhalen. 'Waarom?' Tanja ging achter haar stoel staan en legde een hand op haar schouder. 'Gods wegen zijn ondoorgrondelijk, mama.' Het leverde haar een por in haar rug op van Katja.

Omdat ik destijds zelf nog een zuigeling was had ik de dood van Hannah niet bewust meegemaakt, maar door wat de anderen zeiden begreep ik dat Anna net als mijn tweelingzusje het tijdelijke voor het eeuwige verwisseld had.

Carla kwam als laatste de trap afgestrompeld, met een vuurrood gezicht en bitter huilend. Mijn hart stroomde over van medelijden. Zij had de dode baby gevonden, dat moest niet makkelijk voor haar zijn. In een poging haar te troosten liep ik naar haar toe, nam haar hand in de mijne en gaf er een bemoedigend kneepje in. Alsof ze op het punt van verdrinken stond en ik de enige was die haar kon redden, zo omklemde ze mijn vingers.

Tanja keek een moment naar het kind dat slap in Edwins armen lag en sloeg nogmaals een kruis. Toen belde ze de weekendarts. Die bevestigde twintig minuten later wat we allemaal al wisten, Anna was overleden. 'Het spijt me,' zei hij met zachte stem tegen mama en Edwin, 'maar ik zal u wat vragen moeten stellen.'

Op hun afwezig maar instemmend hoofdknikje vroeg hij of Anna ziek of koortsig was geweest, of ze goed dronk, veel huilde, hoe haar ontlasting was. 'Er was niets mis met haar,' snikte mama. 'Toen ik haar na de voeding in bed legde, mankeerde ze nog niets. Het is net als met Hannah. Zij was ook zomaar ineens dood terwijl ze een uur daarvoor nog kerngezond leek.'

'Hannah?' Niet begrijpend trok de dokter zijn wenkbrauwen op.

Met ogen vol verdriet keek mama hem aan. 'Ik heb al eens een kind verloren.'

'Ach,' zei de arts, 'dat is spijtig. En waaraan is Hannah gestorven?'

Toen hij vernam dat het wiegendood was geweest, vroeg hij niet verder. Wat hem betrof was de oorzaak van Anna's overlijden vastgesteld. Maar ík wist dat iets anders er de oorzaak van was dat ons jongste zusje nooit meer wakker zou worden. Of liever gezegd, íemand anders.

Toen ik Edwin zag staan, totaal verloren, zijn door mij vermoorde kind in zijn armen, kreeg ik bijna spijt van wat ik gedaan had. Zijn verdriet was zo diep, zo rauw, en zijn knappe gelaat toonde zo'n totale ontreddering dat het me door de ziel sneed. Maar al snel vermande ik me. Ik móést het wel doen, de stem had gezegd dat het een hoger doel diende.

Ik dacht terug aan het moment suprême, het moment dat ik Anna gedood had. Ze lag rustig te slapen toen ik haar kamertje binnen kwam. Ik keek in haar bedje en zag haar borstje onder de dunne deken bewegen, op het ritme van haar ademhaling. Ze was zo klein en weerloos, hoe kon ik haar leven nemen?

Maar de stem tolereerde niet dat ik van mijn plan afzag. Van zíjn plan afzag. 'Doe het,' zei hij. 'Doe het, doe het, doe het!' Elke keer dat hij het uitsprak klonk het dringender. Op het laatst spuwde hij de woorden haast uit.

Niet bij machte hem te negeren, boog ik me over het ledikant. Met de duim en wijsvinger van mijn rechterhand kneep ik het neusje van de baby dicht. Het was zo klein dat mijn vingers bijna van het zachte vlees afgleden. 'Druk harder,' beval de stem.

Anna's ademhaling stokte. Een seconde later vlogen haar ogen open. De kleine hapte naar adem. Haar mondje vertrok en, bang dat ze zou gaan huilen, legde ik er snel mijn vrije hand over. Anna, nu van alle levenslucht afgesneden, begon te kronkelen in doodsnood.

Bijna had ik mijn handen teruggetrokken, maar de stem moedigde me aan door te gaan met waar ik mee bezig was. 'Het duurt niet lang,' verzekerde hij me. 'Het zal zo voorbij zijn.'

Het was inderdaad snel voorbij. Anna kronkelde steeds minder. Tenslotte bleef haar lichaampje bewegingloos liggen. Opdracht voltooid.

Sarah

De officiële verklaring voor Anna's dood mocht dan "wiegendood" zijn, ík was ervan overtuigd dat de baby vermoord was. Ik wist ook wie deze misdaad begaan had.

Een tijdlang liep ik rond met mijn vermoedens, wetend dat ik ze met mama moest delen. Ze had er recht op de waarheid te horen. Wat me echter tegenhield was de overtuiging dat ze me niet zou geloven. Katja was immers haar oogappel.

Ik besloot Tanja in vertrouwen te nemen. Zij was altijd zo verstandig, wellicht zou ze me goede raad kunnen geven. Terwijl ik me naar haar kamer begaf voelde ik me al enigszins opgelucht vanwege mijn voornemen. Ik klopte aan en op Tanja's 'Ja,' opende ik de deur.

Zoals altijd als ik het hokje van mijn zuster betrad, viel het me op hoe Spartaans het was ingericht. Naast een bed, stonden er slechts een bureau waaraan ze haar huiswerk kon maken, een hardhouten stoel met een rechte rugleuning, een krukje, waar Daisy altijd op zat als de twee vriendinnen samen huiswerk maakten en een kledingkast. Waar aan de wanden van mijn kamer vrolijk gekleurde schilderijtjes van mijn lievelingsdieren hingen, prijkten aan de muren van mijn Godsdienstige zuster slechts een poster van Jezus die zijn Heilig Hart toonde, en een Mariabeeldje op een houten sokkel. Mijn moeder probeerde haar tweede dochter er altijd toe te bewegen haar kamer wat gezelliger en comfortabeler te maken, maar voor de vrome Tanja was luxe synoniem aan zonde.

Ooit had mama een prachtig blauw vloerkleed voor haar gekocht. 'Om op het koude zeil te leggen,' zei ze. 'Lekker warm aan je voeten als je 's ochtends opstaat.' Tanja antwoordde ingetogen dat ze zichzelf niet wilde verwennen, dat nog nooit iemand slechter was geworden van een beetje zelfkastijding. Kaarsrecht stond ze tegenover onze moeder, haar handen in elkaar gehaakt voor haar slanke lichaam. Ze droeg een iets uitlopende rok met een verticaal gestreepte blouse erop en zag er eenvoudig en toch elegant uit. De winterzon, die bescheiden door het raam van de woonkamer scheen, viel van achteren op haar lange, blonde haar en deed het glanzen. Ze leek wel een engel met dat aureool om haar hoofd. Omdat een gedeelte van haar gelaat in de schaduw bleef werd het litteken dat haar voorhoofd ontsierde aan het zicht onttrokken. Zo leek ze nog mooier dan ze al was.

'Jezus had ook geen warme, hoogpolige kleden,' zei ze sereen.

'Jezus woonde in een stal,' weerlegde mama. Ze legde het kleed opgerold over haar schouder en zeulde het licht hijgend de trap op, ervan overtuigd dat haar op één na oudste dochter van gedachten zou veranderen als ze zag hoe het haar domein opfleurde. In Tanja's slaapkamer rolde ze het uit op de vloer. We kwamen er allemaal omheen staan om het effect te bewonderen. De kamer leek inderdaad warmer zo.

'Kijk eens hoe mooi het kleurt bij dat lichtblauwe behang en je gordijnen,' wees mama, voldaan in het rond kijkend. Maar Tanja rolde het kleed zwijgend op en gaf het aan Carla, die er verguld mee was ook al vloekte het korenblauw met haar groen ingerichte slaapkamer.

Katja snoof. 'Dat kleed had beter bij míjn spulletjes gepast,' snibde ze.

'Wat moet jij met een blauw kleed?' vroeg Tanja. 'In jouw kamer is alles zwart.'

'Nou...' Nuffig stak Kaat haar neus in de lucht. 'Daar staat blauw altijd nog beter bij dan bij groen.' Smalend keek ze naar Carla, maar die trok zich niets aan van de hatelijke woorden. Haar ogen bleven stralen.

Ik gunde Car het kleed van harte, was blij dat iemand een keer als eerste aan háár dacht.

In het verleden, toen papa nog bij ons woonde, had ze hevig geleden onder het feit dat zij ten opzichte van ons altijd achter gesteld werd door hem.

'Ik snap trouwens niet,' pruilde Katja verder, 'waarom we niet alle vier een mat krijgen, in plaats van alleen Tanja.'

Mama trok zich het verwijt van haar oudste dochter aan. De volgende dag kreeg Katja een zwart vloerkleed, en ik een roze. Voor Carla bracht ze een groen kleed mee, maar mijn zusje liet het blauwe ook liggen. Wat Katja de spottende opmerking ontlokte "dat ze een bonte kermis van haar kamer maakte".

'En jij bevindt je vóór je tijd in een mortuarium,' kaatste Car de bal terug. Haar groene ogen schoten vonken. Kaat, die wist dat dat geen goed teken was, deed er het zwijgen toe.

Ik zette de herinnering van me af en stapte op Tanja's versleten zeil haar kamer binnen. Mijn zus zat op haar bed en las geboeid in de Bijbel. Ze was er zo door gefascineerd dat ze niet eens opkeek toen ik binnenkwam en de deur achter me sloot.

'Tanja, heb je even tijd? Ik moet je wat vertellen.' Door de ernstige toon waarop ik het zei trok ik haar aandacht, en ze sloot het boek en legde het naast zich op de blauwe sprei. Ik begon mijn verhaal.

Geduldig, haar handen gevouwen op haar schoot, hoorde mijn

zus me aan. Slechts heel even zag ik haar ogen groot worden bij mijn woorden, toen had ze zich weer hersteld. Zodra ik uitgesproken was zei ze bedaard dat mama dit moest weten. We zouden het haar samen vertellen.

Mijn handen begonnen onbeheerst te trillen. 'Ze zal kwaad worden,' voorspelde ik, en mijn stem klonk schor omdat mijn mond zo droog was. 'Ze zal niet kunnen en niet wíllen geloven dat haar lievelingsdochter haar jongste kind iets heeft aangedaan.'

In haar blik las ik dat Tanja dat ook dacht, maar terwijl ze opstond en haar rok glad streek zei ze: 'We mogen dit niet verzwijgen, Saartje, daar is het te groot voor.' Ze kwam naar me toe en legde een hand op mijn arm. 'Ik doe het woord wel.' Het klonk geruststellend, maar toch was het met tegenzin dat ik mijn op één na oudste zus de trap af volgde naar de woonkamer.

Tanja

In de hemel zijn veel engelen,
op de aarde zijn er geen.
Maar al waren er op de aarde,
dan was jij er zeker een.

Terwijl Sarah sprak dacht ik terug aan het moment dat ze het versje met onhandige, grote letters in mijn poëziealbum had geschreven. Ze zat aan tafel in de huiskamer, de pen krampachtig tussen haar vingers geklemd. Het puntje van haar tong stak uit haar mond van inspanning om zo netjes mogelijk te schrijven, wat voor haar met haar prille zeven jaar nog een moeizaam proces was. Toen ze klaar was pakte ze een potlood en tekende rechtsonder in de hoek een engel. Daarna kleurde ze het plaatje zorgvuldig in.

Voor het lange haar gebruikte Saar geel, zodat het heilige wezentje blond was, net als ik. Het droeg een lichtblauw jurkje, mijn lievelingskleur en de vleugels kleurde Saartje niet in, want die moesten doorzichtig lijken. Ik glimlachte, omdat ik begreep dat dit haar manier was om me te laten weten dat ze me lief vond.

Die glimlach werd nog breder toen ik zag hoe onstuimige Carla stond te wachten tot ons jongste zusje klaar was met haar artistieke bezigheden, zodat zij haar bijdrage aan mijn album kon leveren. Hoewel ze al twaalf was trappelde ze zowat van ongeduld. Haar opgewonden gezicht wedijverde in kleur met haar rode haar.

'Ik weet zo'n leuk versje,' verklapte ze. 'Wanneer is Saartje nou eens klaar?' Maar die antwoordde, in navolging van wat mama altijd zei: 'Goed werk heeft tijd nodig.' Toen ze eindelijk tevreden was over haar prestaties, gaf ze het boekje aan haar oudere zus door.

Die liet zich zo onbesuisd op de eerste de beste eetkamerstoel vallen dat het meubelstuk protesterend kraakte. Het zou me niet verbaasd hebben als één van de poten het begeven had. Ik vreesde al voor mijn poëziealbum, maar Car schoof het, uiterst behoedzaam voor haar doen, over de tafel naar zich toe. Met ogen die fonkelden van opwinding boog ze zich er overheen, de dubbele bladzijde afschermend met haar handen. 'Niet kijken, Tanja. Pas als het af is.'

Ik ging naar mijn kamer zodat zij in alle rust een kunstwerk kon creëren. Later vond ik het album beneden op de eettafel terug. Benieuwd wat ze geschreven had sloeg ik het open.

Op de rechter pagina had Carla, in de haar karakteristieke hanenpoten, een gedicht neergepend. Het was een heel ander soort gedicht dan dat van Sarah.

Toen Tanja nog een baby was
en mama haar moest wiegen,
tilde ze beide beentjes op
en liet er eentje vliegen.

Ze had er overvloedig veel plaatjes bij geplakt. Ze was ook niet bescheiden bezig geweest op de tegenoverliggende bladzijde. De meeste mensen die iets in mijn boekje plaatsten herinnerden me op die plek fijntjes aan hun verjaardag. Ook Saartje had geschreven: "Vijf april is de dag die je niet vergeten mag". Versierd met een schattig poëzieplaatje van een klein meisje dat de kaarsjes op een verjaardagstaart uitblaast.

Carla had van punt naar punt twee strepen over de linker pagina getrokken die elkaar in het midden kruisten. Daarop prijkte in het rood op de ene lijn de tekst: "Al moet ik er dwars doorheen gaan", en op de andere: "toch wil ik in je album staan". En wat kleiner had ze nog onderaan de bladzijde vermeld: "Tip, tap, top, ík sta erop". Dit was Carla ten voeten uit.

Omdat Katja snuivend vanaf de bank de verwoede pogingen van de anderen aanschouwde en haar minachting voor "zo'n balboekje" niet onder stoelen of banken stak, vroeg ik haar niet om iets in mijn album te schrijven. Terwijl Carla en Saar hun best deden iets moois te creëren, probeerde zij hen van hun à propos te brengen door ter plekke onnozele rijmpjes te verzinnen en die hardop te declameren.

Kaat zou nooit iets nalaten om iemand nadeel te berokkenen, daar was ik aan gewend. Toch was ik geschokt toen ik hoorde waar Sarah haar van verdacht.

*****

Stilletjes zat mama in de brede leunstoel, bewegingloos, haar ogen gesloten, verdiept in haar eigen trieste gedachten. Ik raakte licht haar schouder aan. 'Mama,' zei ik zachtjes. Ze opende haar ogen, keerde langzaam terug van in welk niemandsland ze ook geweest was. Met een doffe, nietszeggende blik keek ze me aan en een ogenblik vroeg ik me af of ze me wel herkende. 'We moeten met je praten.'

Ik wenkte Sarah, die timide in de deuropening was blijven staan. Aarzelend kwam ze dichterbij, alsof ze een vreemde was, te gast in haar eigen huis. Ik begreep dat ze bang was voor de woede die haar woorden bij onze moeder zouden oproepen en terwijl ik een gebaar maakte naar de bank, ten teken dat ze tegenover mama moest gaan zitten, glimlachte ik geruststellend naar haar. Toen ze zat nam ik naast haar plaats, schoof zo ver mogelijk naar voren op de zitting en boog me naar mijn moeder toe.

Heel voorzichtig herhaalde ik wat mijn zusje gezegd had, vertelde ik mama dat er reden was aan te nemen dat haar oudste dochter de dood van de baby op haar geweten had. Ik was zo tactvol mogelijk, koos mijn woorden met zorg, want als ík al geschokt was, hoe geschokt moest onze moeder dan wel niet zijn door Saartje's verdenking.

Terwijl ik sprak zag ik hoe mama's lichaam zich spande. Had ze daarnet wat ineengezakt op de donkerbruine stoel gezeten, nu strekte ze haar rug. Ze leek zeker tien centimeter langer te worden. Net als ik, toen Sarah mij vertelde wat ze dacht dat de waarheid was, hield ze haar handen op haar schoot, maar die van haar waren gebald tot vuisten.

Mama was laaiend en ze kon haar woede slechts met moeite beheersen. Toen ze kil informeerde hoe ik op het idee kwam dat Kaatje een moordenares was, hoorde ik de boosheid ook in haar stem. Ik wendde me tot mijn zusje. 'Vertel het mama maar, Saartje,' moedigde ik haar aan.

Terwijl zij nogmaals haar verhaal deed, hakkelend dit keer, brak het zweet uit elke porie van haar lichaam. Haar shirt werd donker onder haar armen toen ze nerveus vertelde hoe ze Katja een poosje terug iets tegen haar vriendinnen had horen fluisteren over een geheim plan. 'Ze beweerde dat Monique en Ellen er maar beter niet teveel over konden weten zodat ze niets konden verraden. En het plan had iets met Anna te maken, mama.'

Al die tijd dat Saar aan het woord was zag ik dat mijn moeder steeds kwader op haar werd. Had ze toen we binnen kwamen in en in wit gezien, nu kleurde een vurige blos haar ingevallen wangen. Toen haar jongste dochter uitgepraat was schudde ze bestraffend haar vinger tegen haar, zei dat ze Kaat altijd aan het beschuldigen was "eerst van diefstal en nu van moord" en dat ze haar niet geloofde.

Nerveus wreef mijn zusje haar klamme handen. 'Het is echt waar, mama! Vraag het dan na bij Monique en Ellen,' zei ze wanhopig. Maar mama antwoordde dat ze beslist niet achter Katja's rug haar vriendinnen ging uithoren. Als de strakgespannen veer, waar haar lichaam aan deed denken, sprong ze op van de bank. 'Je bent ronduit verachtelijk bezig!' beet ze Sarah toe voordat ze met grote passen weg liep, de woonkamer uit. Met een klap sloeg ze de deur achter zich dicht.

In de daaropvolgende dagen probeerde ik meerdere malen onze moeder tot rede te brengen. 'Het was toch niet normaal hoe Katja met de baby omging toen die nog leefde,' zei ik indringend. 'Zo ís ze helemaal niet, mama, zo zorgzaam. Begrijp je dan niet dat het allemaal toneelspel was? Heeft ze zich ten opzichte van Sarah ooit zo liefdevol gedragen? Liep ze met háár op de arm door het huis? Gaf ze háár een flesje, verschoonde ze háár luier? Zong ze slaapliedjes voor haar? Als je eerlijk bent, moet je toegeven dat Kaats gedrag na de geboorte van Anna op zijn minst vreemd te noemen was. We hadden moeten weten dat ze iets in haar schild voerde. Als we meer alert waren geweest hadden we de dood van de baby kunnen voorkomen!'

Maar mama luisterde niet.

*****

Ook al wilde ze het niet toegeven, ik was ervan overtuigd dat mama in haar hart heel goed wist dat de ongelukken die mij en mijn jongere zusjes steeds weer overkwamen geen toeval waren, maar dat Katja ze met opzet veroorzaakte. Mijn oudste zuster had feilloos door hoe ze ieder van ons het hardst kon treffen. Van mij wist ze dat ik voor twee dingen doodsbang was, duisternis en vuur. Ze zou nooit een kans laten schieten me daarmee te kwellen. Mijn gedachten vlogen terug naar het moment dat ze me een litteken op mijn voorhoofd bezorgd had.

Mama had Car en mij opgedragen om schoenen te poetsen en was zelf naar boven gegaan om de bedden op te maken. Saartje was bij ons aan de keukentafel aangeschoven, omdat ze ook "wilde leren schoenen poetsen". Ze zat op haar knieën op een stoel en bestudeerde aandachtig onze verrichtingen, haar ellebogen op het witte formica blad van de tafel, haar goudblonde hoofdje steunend in haar handen.

Kaat, die al een poosje doelloos door de keuken liep, trok verveeld een la open en nam er een doosje lucifers uit. Om en om draaide ze het doosje in haar handen. Toen schoof ze het open en haalde er een lucifer uit die ze weloverwogen afstreek. Met het brandende stokje tussen haar vingers kwam ze naar me toe en begon het uitdagend voor mijn gezicht heen en weer te bewegen. Ik voelde de warmte van het kleine, zwaaiende vlammetje op mijn huid. Om het gevaar te ontwijken wilde ik opstaan van mijn stoel en wegvluchten, maar Katja greep met een plotselinge beweging mijn bovenarm beet en hield me op mijn plek. Met haar andere hand stak ze razendsnel mijn haar in brand. Omdat ik mijn hoofd nog net schielijk opzij wist te trekken, vatte alleen mijn pony en het haar aan de linkerkant van mijn gezicht vlam.

Carla en Saar zaten een moment roerloos te kijken, hun monden open van ongeloof. Ik echter raakte volslagen in paniek. In een poging de vlammen te doven sloeg ik er wild naar met mijn vrije hand, maar het zuchtje wind dat door die beweging veroorzaakt werd wakkerde het vuur alleen maar aan. Toen ik gilde van angst ontwaakte Car uit haar verstarring.

'Rotmeid!' Haar stem sloeg over. Als blikken konden doden, had mijn oudste zuster op dat moment het loodje gelegd. Saartje, verschrikt starend naar mijn hoofd, waar de vlammen steeds hoger uit opschoten, begon te huilen.

Terwijl ze me losliet, lachte Katja om de algehele consternatie. Ze blies de lucifer uit en deponeerde hem nonchalant in de afvalemmer. Ze liep terug naar het aanrechtblok en legde het doosje op zijn plekje in de la. Op haar gemak, de armen over elkaar geslagen, ging ze daarna wijdbeens staan kijken hoe mijn haar steeds meer door het vuur verteerd werd. Geen moment maakte ze aanstalten in te grijpen, ook niet toen ik begon te jammeren omdat de vlammen aan mijn wangen likten.

Carla liet haar poetsdoek op tafel vallen, schoof met een krassend geluid haar stoel naar achteren en rende de keuken uit. In het voorbijgaan verkocht ze Kat een flinke stomp op haar gezicht. Door de kracht knalde Katja's achterhoofd tegen een keukenkastje en met een luide vloek greep ze er naar. Dit keer, bezeten als ik was door de vrees levend geroosterd te worden, zei ik er niets van dat een van mijn familieleden de naam van God misbruikte.

Car holde de woonkamer door, de hal in. 'Mama!' kreet ze onder aan de trap, 'Mama! Kaat heeft Tanja in de fik gezet!' Mijn moeder liet de bedden in de steek en rende in vliegende vaart naar beneden. Intussen wist mijn roodharige zusje verdere schade te voorkomen door een pan met water te vullen en die over me leeg te storten.

De plotselinge kou deed me naar lucht happen als een vis op het droge. Toen Kaat dat zag, vergat ze haar bonkende hoofd en barstte in lachen uit. Carla, de pan nog in haar handen, schopte haar tegen de schenen, zodat het lachen haar snel weer verging.

Op het moment dat mama de keuken binnenkwam, opende mijn oudste zus direct haar mond om te klagen over Car, maar die keek met zo'n stekende blik in haar groene ogen naar haar op, dat ze er het zwijgen toe deed. Terwijl ze haar kijkers geen moment van haar gelaat afwendde, zette mijn jongere zus de lege pan met een klap op tafel. Daarna nam ze een stapel handdoeken uit de keukenkast en dweilde verbeten het water op.

Ook al had Carla adequaat gereageerd toen ze zag hoe de vlammen over mijn gezicht kropen, toch zou ik een lelijk litteken overhouden aan dit voorval. En wat ik het ergste vond, was dat mama me met de fiets naar de EHBO stuurde, alleen, en me ook nog instrueerde dat ik tegen de hulpverleners moest zeggen dat hetgeen Katja had gedaan een ongelukje was geweest. 'Want dat is zo, toch Kaatje? Je hebt het per ongeluk gedaan.' Kaatje knikte overtuigend van "Ja". Carla zag eruit alsof ze elk moment kon ontploffen.

Intussen maakte ik me er zorgen over dat God het me zou aanrekenen dat ik in het ziekenhuis loog over de toedracht van mijn verwondingen. Liegen was een zonde. Ik kon alleen maar hopen dat Hij de schuld bij de juiste persoon zou neerleggen.

Toen ik weer thuis was plaatste mijn moeder een stoel in het midden van de keuken en zei dat ik erop moest gaan zitten. Langzaam trok ze de la open waarin haar oudste dochter het doosje lucifers had gevonden en nog langzamer haalde ze de schaar, die ernaast lag, eruit. Ze keek naar het ding alsof ze het voor het eerst zag. Toen richtte ze haar blik op mijn eens zo mooie haar. Ze zuchtte diep voordat ze één voor één mijn lokken tussen haar vingers nam en heel voorzichtig, om zo min mogelijk de gekwetste huid te raken, het geruïneerde haar van lang naar stekeltjes knipte.

Sarah, vanuit de deuropening toekijkend, snikte weer zachtjes, van medelijden dit keer. Maar Kat, die met haar rug tegen het aanrecht geleund stond, schaterlachte "dat ik wel een jongen leek". Vanaf haar plaats aan de tafel schopte Carla venijnig in de richting van onze oudste zuster. Die hield haar echter met succes af door opzij te springen. Mama stopte heel even met knippen en sommeerde Car op strenge toon onmiddellijk naar haar kamer te gaan.

'Ja, nou...' protesteerde mijn roodharige zusje verongelijkt. Met een priemende vinger wees ze naar Katja. 'Het is háár schuld, hoor, dat Tanja er uit ziet om op te schieten!' Ze bedoelde het goed, maar het vijzelde mijn zelfvertrouwen niet bepaald op.

'Naar je kamer,' herhaalde mama met nadruk en Car schoof met een luid geschraap haar stoel over de tegels naar achteren, beende met grote passen de woonkamer door en stampte woedend de trap op. 'Carla!' riep mijn moeder waarschuwend.

Met een klap werd boven een deur dichtgeslagen. Zuchtend bracht mama haar hand weer naar mijn verkoolde hoofd en deed een poging de stekeltjes op gelijke lengte te knippen.

Toen ik later voorzichtig het verband, dat een verpleegster had aangebracht, een beetje optilde en mijn gezicht in de spiegel bekeek, deinsde ik terug voor mijn eigen aanblik. Er was me altijd verteld dat ik een knap meisje was om te zien, maar nu schrok ik van het gelaat dat me aanstaarde. De huid op mijn voorhoofd zag vuurrood en aan de manier waarop het rauwe vlees aan de linkerkant van mijn gezicht afzichtelijk trok kon ik aflezen dat ik voor de rest van mijn leven getekend was. Ik dacht dat niemand me nog langer mooi zou kunnen noemen.

De tranen sprongen me in de ogen. Maar ik beet op mijn tanden, want ijdelheid was één van de zeven hoofdzonden.

Carla

Ik kon maar moeilijk over het plotselinge overlijden van Anna heen komen. Vierentwintig uur per dag droeg ik het beeld van de beweginglozе baby met me mee. Het wilde niet uit mijn gedachten verdwijnen. Elke nacht weer droomde ik dat ik dat kamertje binnen kwam, in dat bedje keek. Steeds opnieuw beleefde ik die nachtmerrie van het aanschouwen van dat levenloze kindje.

Toen Tanja en Saar me vertelden wat zij vermoedden, kwam dat dan ook aan als een mokerslag. Tanja had het laatste woord nog niet uitgesproken of ik roffelde de trap al af en stevende naar de woonkamer, waar ik wist dat Kaat was.

'Car!' In een poging me tegen te houden holde mijn blonde zus me achterna. Ik luisterde niet. Als de onbesuisde driftkikker, die mama altijd beweerde dat ik was, rukte ik in de gang de deur open, klaar om Kaat ter verantwoording te roepen.

Mijn oudste zuster stond met haar rug naar me toe door het raam naar buiten te kijken. Bij het geluid van de deur, die met kracht opengegooid werd en tegen de muur klapte, keerde ze zich om. Misprijzend staarde ze naar het beschadigde behang. 'Daar zal mama niet blij mee zijn, Car,' zei ze. Ik schonk geen aandacht aan haar woorden, noch aan het feit dat er een scheur in het bloemetjesbehang zat.

Met grote passen, die zij altijd "uiterst onvrouwelijk" noemde, liep ik op Katja af. Vlak voor haar bleef ik staan. 'Saar zegt dat jij de baby vermoord hebt.' (Mama verzuchtte altijd dat ik zo tactvol was als een boer op klompen). 'Is het waar?' Ik hield mijn handen gebald in de zakken van mijn spijkerbroek. Mocht Kaat zichzelf maar met één blik verraden, dan zou ik haar meteen op haar bek slaan. Kat wees op haar voorhoofd en informeerde of ik dat kleine beetje verstand dat ik van Ben had geërfd, ook nog verloren had.

Intussen hadden ook Tanja en de tengere Sarah de benedenverdieping bereikt. Hijgend en met een bleek snoetje, bleef de laatste in de deuropening staan, bang voor de toorn van onze oudste zuster. Toen die naar haar toe liep week ze achteruit tot ze de muur van de kamer in haar rug voelde en niet verder kon.

Net zoals ik even tevoren bij háár gedaan had, bleef Kat vlak voor Sarah staan. Ze leek oprecht verontwaardigd toen ze onze jongste vroeg waarom ze dacht dat zij Anna vermoord had. Als een Godin der wrake stond ze daar, rechtop, haar lange lijf stram als een plank, haar armen krampachtig tegen haar zijden gedrukt.

Haar handen waren, net als de mijne, tot vuisten gebald. Ze was één brok ingehouden woede.

Als altijd stond de verlegen Saartje een beetje in elkaar gedoken. Ze kromp nog wat meer ineen onder de kilte die de ander uitstraalde. Terwijl haar wangen rood kleurden, verzamelde ze al haar moed. Haar stem trilde en ze struikelde over haar woorden, toen ze Kaat herinnerde aan datgene wat ze tegen haar vriendinnen gezegd had. 'Toen we in het winkelcentrum waren vroeg Ellen of je de volgende keer twee kinderen bij je zou hebben in plaats van één. Jij zei, dat ze geen vragen moest stellen, omdat ze het antwoord niet wilde horen. Je had een plan, vertelde je.'

Katja hief haar handen ten hemel en rolde met haar ogen. Verbijsterd schudde ze haar hoofd. 'Ik leef onder één dak met een stel idioten,' mompelde ze in zichzelf. Met een verbeten gezicht keek ze op Sarah neer. 'Ik had een plan, ja, maar dat ging niet over het doden van een baby.'

Ik deed een paar stappen in haar richting. 'Waar ging het dan over?' informeerde ik achterdochtig. Met kleine, robotachtige rukjes keerde mijn oudere zus haar hoofd naar me toe. 'Ik....' deed ze voor haar doen ongewoon aarzelend. 'Dat kan ik niet zeggen.'

Ik haalde mijn handen uit de zakken en zette ze in mijn zij.

'Daar pleit je jezelf niet onschuldig mee.'

Kat wendde haar blik af. Ze keek naar de grond en volgde met haar rechtervoet gedachteloos het patroon van de planken vloer. Een hele poos zweeg ze. Tenslotte zochten haar ogen de mijne. Ze knikte, ten teken dat ik gelijk had. En terwijl ze me recht aankeek, zei ze: 'Meer kan ik je niet vertellen, Car, maar ik zweer dat ik Anna niet gedood heb.'

Het klonk zo eerlijk, dat ik bijna in haar onschuld ging geloven. Bijna, want ik kende haar te goed en ik wist dat "onschuldig" geen woord was waarmee je mijn oudste zuster kon omschrijven.

*****

Mijn gedachten gingen terug naar Tanja's twaalfde verjaardag. Oma had haar met een glimlach op haar gegroefde gelaat een cadeautje overhandigd en de jarige Job pakte het met een verwachtingsvolle blik in haar blauwe ogen uit. Mijn Godsdienstige zusje leefde over het algemeen zeer bescheiden en was beslist niet hebberig, maar mijn oma wist altijd een geschenk uit te zoeken dat precies paste bij de persoon die het in ontvangst mocht nemen en Tanja was benieuwd wat voor verrassing het pakje met de grote strik deze keer bevatte. Sarah ging naast haar aan tafel staan. Zij was altijd nieuwsgierig naar wat er in een pakketje zat, of het nu voor haarzelf was of voor iemand anders.

Ook deze keer had mijn grootmoeder een cadeau meegebracht dat perfect afgestemd was op de behoefte van de jarige. Met open mond haalde Tanja een prachtige Bijbel uit het geschenkpapier. De kaft was van roodbruin leer en Het Heilige Boek was verfraaid met een ragfijn laagje edelmetaal aan de rand van elke pagina. Dichtgeslagen leek het helemaal van goud te zijn. Saartje streek er voorzichtig met haar wijsvinger over.

Met stralende ogen keek ons religieuze zusje een tijdlang zwijgend naar het geschenk. Toen keerde ze zich tot mama's moeder. 'Oma...' zei ze met hese stem. 'Dat is het mooiste cadeau dat ik ooit heb gekregen.' Ze sloeg haar armen om de oudere vrouw en kuste haar. 'Dank u wel.'

'Graag gedaan, kindje,' glimlachte mijn grootmoeder, haar jarige kleindochter over het blonde haar strijkend.

'Moeder,' zei mama, en iets in haar stem vertelde me dat ze geïrriteerd was, 'help je me even met de koffie en het gebak?' Het klonk eerder als een bevel dan als een vraag. Oma volgde haar dochter naar de keuken en mama deed de deur achter haar dicht. Toch, omdat ik in de buurt van de keuken rond hing, ving ik een flard op van het gesprek dat daar gevoerd werd.

Haar gloednieuwe Bijbel mocht dan Tanja's dierbaarste bezit zijn, mama was kennelijk niet zo verrukt van het geschenk. 'Ze is al zo'n Godsdienstfanaat,' hoorde ik haar zeggen. Door de gesloten deur klonk haar stem gedempt, maar haar woorden waren duidelijk te verstaan. 'Je hoeft het niet nog eens aan te moedigen.'

'Ach...' In gedachten kon ik mijn grootmoeder zien schokschouderen. 'Wat kan het voor kwaad?'

Terwijl de volwassenen steggelden, groepeerden wij ons in afwachting van de traktatie rond de salontafel. Saar nam plaats naast Tanja, die op de bank was gaan zitten om haar Bijbel door te bladeren. Katja liet zich neer op de fauteuil die vlakbij hen stond en ik liet me in mama's luie stoel vallen. Het ding knarste en kraakte. Kaat fronste haar wenkbrauwen toen ze afkeurend naar me keek. Ik deed net of ik het niet merkte. Om haar nog wat meer te ergeren zakte ik onderuit, totdat ik zo'n beetje op mijn rug lag.

Mijn jarige zus liet onze jongste de prachtige tekeningen zien die in haar nieuwe boek stonden.

'Kijk Saartje, hier geneest Jezus de melaatsen. Weet je nog, dat ik je dat verhaal verteld heb?' Glimlachend knikte Saar, blij omdat haar zusje gelukkig was. Een voor een sloeg Tanja de bladzijden om, bekeek met gretige ogen de kunstig uitgevoerde plaatjes van Het Laatste Avondmaal, de Kruistocht en de Kruisiging.

Katja snoof. Smalend keek ze naar de Heilige Schrift. 'Wat een verspilling,' sneerde ze, 'om een boek met goud te versieren. En de Bijbel nog wel. Als het nou nog een pornoboekje was.' Ze lachte luid om haar eigen grap. Vanonder haar wimpers loerde ze naar Tanja, verwachtend dat zij verontwaardigd zou reageren op haar opmerking. Maar haar jongere zus, gebiologeerd door een afbeelding van de Zoon van God die uit de dood verrees, zweeg. Dat irriteerde Katja.

Snel als de wind sprong ze op van haar stoel, boog zich voorover en rukte Tanja het geschenk uit handen. Ik weet niet waarom er een aansteker in haar broekzak zat, misschien rookte ze stiekem, maar ze had er een en ze stak er een hoek van de Bijbel mee in brand. Gulzig likten de vlammen aan de bladzijden en de kaft. Voor ze haar vingers bereikten liet mijn oudste zus het boekwerk snel op het salontafeltje vallen.

Tanja zat als verstard, kon niet anders doen dan stom toekijken hoe haar schat vernietigd werd. Uit ervaring wetend hoeveel pijn het deed als je huid verbrandde, durfde ze geen poging te doen haar verjaardagscadeau van de ondergang te redden.

Met een kreet sprong ik op uit mijn half liggende houding. Languit wierp ik me op de salontafel, bovenop de vlammen die meteen doofden. Toen ik weer rechtop stond had ik een flinke schroeivlek op mijn trui, maar verder had ik geen schade opgelopen. Ik overhandigde haar cadeau aan mijn jarige zus en ze wierp me een dankbare glimlach toe. De Bijbel was zwart geblakerd aan de randen en het verguldsel was geheel weggesmolten, maar toen Tanja het boek opensloeg bleek de binnenkant nagenoeg intact.

Woedend wendde ik me tot Katja. 'Vals, jaloers kreng!' Ik wilde nog veel meer zeggen, maar onze Kaat begon te gillen: 'Mama! Onze rooie valt me aan!' Mijn moeder kwam aangesneld. Zonder te informeren wat er aan de hand was, gaf ze me zo'n klinkende klap tegen de zijkant van mijn hoofd dat ik er stil van werd. Met tranen in mijn ogen greep ik naar mijn oor.

'Mama,' sprong Saartje voor me in de bres, 'Katja was echt gemeen. Ze heeft de Bijbel die Tanja van oma heeft gekregen...' Verder kwam ze niet, want mama hief haar vinger naar haar op en zei op verwijtende toon dat zij altijd wat op Kaatje aan te merken had.

'Maar, mama,' begon nu ook Tanja een betoog. Onze moeder echter liet ook haar niet uitpraten. 'Ophouden, jullie! Naar boven! Breng de avond maar op je kamer door!' Geen gebak voor Sarah en mij en zelfs niet voor de jarige. Met een voldane glimlach op haar gezicht keek Katja ons na.

Toen we de keuken passeerden zag ik oma aan het aanrecht staan, de gebaksschep nog in haar hand. Ik registreerde zes bordjes waarop taartpunten lagen. Bessie zat naast oma op de koude tegelvloer, haar kop met de trouwe ogen omhoog gericht naar het lekkers. Ze likte over haar lippen, maar mijn grootmoeder merkte het gebedel van de hond niet op. Haar lieve gelaat vertoonde een zorgelijke frons toen ze naar ons vertrekkende groepje keek. Er lag een verdrietige blik in haar om rimpels omgeven ogen. Ik begreep dat ze het niet met mama eens was, maar dat ze er voor terugschrok zich met onze opvoeding te bemoeien. Vooral omdat ze vandaag al iets gedaan had wat bij haar dochter niet in goede aarde was gevallen. Toch, toen ze mijn verschroeide truitje zag en de strekking begreep van wat er gebeurd was, stak ze haar duim in de lucht. Dat deed me goed.

Tanja

Elke zondag ging ik naar de kerk. Ik hield van het statige gebouw, de geur van wierook die er hing. Altijd wanneer ik er binnenstapte had ik een gewaarwording alsof de tijd er stil bleef staan terwijl de wereld buiten doordraaide, gejaagd als gewoonlijk. Een sensatie van puur geluk stroomde door me heen bij de rust die er heerste. Een gevoel van vrede daalde op me neer en ik waande me onaantastbaar, alsof God zelf me beschermde zolang ik in Zijn huis was.

Bij het wijwatervat bleef ik even staan om mijn vingers onder te dompelen en een kruis te slaan. Terwijl ik euforisch naar de gebrandschilderde ramen keek, met afbeeldingen van Maria die hoogzwanger op een ezel zat terwijl Jozef het dier leidde en God die glimlachend vanuit zijn Hemel neerkeek op aarde, ademde ik diep in. Mijn hart zwol bij de wetenschap dat ik van dit alles deel mocht uitmaken.

Mijn blik dwaalde verder, naar de kansel, waar de pastoor zo dadelijk zijn preek ging houden over deugd, gehoorzaamheid aan de Hemelse Vader en zonde. Ik keek naar het altaar, waar de hostie gezegend zou worden die wij, gewone stervelingen, in ontvangst mochten nemen.

Met een glimlach om mijn mond liep ik door, alle kerkbanken voorbij, tot aan de eerste rij waar ik respectvol een kniksje maakte en nogmaals een kruis sloeg alvorens ik plaats nam. Als er plek was ging ik altijd vooraan zitten. Ik wilde zo dicht mogelijk bij mijn Schepper zijn.

Vooral met Kerstmis was ik graag in het Godshuis. Ik stapte vanuit de vrieskou de verlichte kerk in en terwijl ik mijn verkleumde handen warm wreef, keek ik langs de mensen die voor me liepen reikhalzend naar de stal aan het andere eind van het pad. Kindje Jezus lag in zijn kribbe en Jozef en de maagd Maria knielden naast hem, in aanbidding op hun zoon neerkijkend. De os en de ezel stonden hooi te kauwen en verschillende herders groepeerden achter in de stal bijeen met hun schapen.

De drie wijzen uit het Oosten ontbraken ook niet. Eén van hen had goud meegebracht voor de kleine Verlosser, een andere schonk mirre en de derde gaf wierook. Wierook! Wat een prachtig cadeau!

Carla begreep niet wat ik er aan vond. 'Het stinkt,' fluisterde ze me steevast toe, de enkele keer dat ik haar kon overhalen met me mee te gaan. Het enige dat zij leuk vond aan de nachtmis was de engel die achter in de kerk op een verhoging stond. Zodra je een muntstuk in het gleufje op haar schouder stopte begon ze met haar blonde krullenkopje te knikken.

Ik genoot van de dienst, ook buiten de Kersttijd. Ik hield van het eerbiedig met gesloten ogen bidden na het ontvangen van het lichaam van Christus, de mensen die samen zongen.

Elke zondag ging ik ook biechten. Carla zei dat ze niet begreep wat ik te biechten had. Ik deed toch niets verkeerd? In haar ogen bedreef ik geen zonde. Maar zij wist dan ook niets van de slechte gedachten die ik had. Ze wist niet hoeveel moeite het me soms kostte mezelf in te houden wanneer Katja weer eens een vuile streek uithaalde met één van ons. Car had er geen vermoeden van dat ik onze oudste zuster wel kon slaan! Dat ik het niet deed, dat ik die opwellingen van haat dankzij mijn geloof wist te bedwingen, maakte me nog niet onschuldig. Dat de gedachten er waren was al zondig genoeg. Daarom vroeg ik God elke week me te vergeven.

Elke zondag gaf de pastoor me absolutie.

Sarah

Vanaf het moment dat de weekendarts had geconstateerd dat Anna overleden was, gedroeg Katja zich alsof ze ontroostbaar was. Had ze volgens mijn twee andere zusjes na de dood van Hannah geen traan gelaten, nu barstte ze regelmatig in snikken uit: als ze televisie keek, wanneer ze huiswerk maakte, tijdens het telefoneren. Haar ogen waren gezwollen en zagen vuurrood.

Het was zondag, laat in de middag. Edwin had mama en Katja met zachte dwang mee de keuken in genomen. 'Ik weet dat we allemaal verdriet hebben om Anna's heengaan,' zei hij met hese stem, 'maar het leven, óns leven, gaat door. Het zal niet makkelijk zijn, maar we moeten verder. Laten we om te beginnen weer fatsoenlijk gaan eten. Kom, dan bereiden we samen een lekkere en voedzame maaltijd, dat zorgt meteen voor een beetje afleiding.' Maar terwijl ze vlees braadde en groenten sneed, hoorden we onze oudste zuster voortdurend huilen.

'Allemaal toneelspel,' oordeelde Carla. 'Net als dat getuttel met Anna toen die nog leefde.' Ze zat in de huiskamer aan tafel. Rechts van haar stond de deur naar de keuken open, maar mijn roodharige zus deed geen enkele moeite haar stem te dempen. Tanja sprak een stuk zachter dan zij, toen ze vroeg: 'Begrijp je ook waaróm ze zo doet?' Car trok met haar schouders. 'Ik heb meestal geen idee van de reden waarom Kaat dingen doet.'

Kaarsrecht zat ons gelovige zusje op de bank, haar handen gevouwen in haar schoot, haar voeten naast elkaar op de houten vloer. Met haar hoofd wees ze in de richting van het gesnik. Niet begrijpend boog Car zich opzij teneinde een blik in de keuken te kunnen werpen. Ik, naast haar gezeten, volgde haar voorbeeld, half over haar heen hangend van nieuwsgierigheid.

Katja stond aan het aanrecht en in haar voorgewende droefheid keerde ze zich niet tot mama die aan tafel zat, maar strekte ze haar stakerige armen uit naar Edwin.

'Ze is verliefd op hem,' verklaarde Tanja. Daisy, zoals altijd vlakbij haar in de buurt, knikte. De vage glimlach die om haar lippen speelde bewees dat zij er alles al van wist.

Carla sprong bij de woorden van haar twee jaar oudere zus zo onverhoeds recht, dat haar hoofd hard tegen het mijne klapte. Ik slaakte een kreet en wreef over de zere plek boven mijn oor, maar Car leek geen pijn te voelen. Geschrokken staarde ze onze mooie, blonde zuster aan.

Ook míjn mond viel open van verbazing. Kat was verliefd op onze stiefvader? Tanja, die onze verbijsterde gezichten zag, knikte nogmaals. 'En dat niet alleen,' zei ze, 'ze probeert hem van mama weg te stelen.'

Eerst kon met name Carla het haast niet geloven. Maar toen we weer keken sloeg Edwin troostend zijn armen om mijn oudste zuster heen en zagen we de genietende glimlach die om haar lippen sloop. Dicht vlijde ze haar knokige lijf tegen dat van Edwin. Té dicht. We realiseerden ons dat het waar was wat Tanja beweerde.

'Nou,' zei ons roodharige zusje, 'het is maar goed dat Edwin stapelgek op mama is. Ik snap trouwens niet dat zij niks zegt van wat er onder haar ogen gebeurt.'

Tanja's blik gleed over onze moeder, die met het hoofd gebogen uitgeblust aan de keukentafel zat. 'Mama ziet het niet, Car. Ze zit volkomen gevangen in haar verdriet om Anna. Vergeet niet dat dit al het tweede kind is dat ze verloren heeft.'

Ik intussen, kon mijn ogen niet van Kaat en Edwin afhouden. Het beeld van mijn zuster, die smachtend om de hals van onze stiefvader hing, riep tientallen vragen bij me op. Wilde Katja hem echt van mama afpakken? Dacht ze werkelijk dat ze Edwin ooit voor zichzelf kon hebben? Had ze daarom Anna vermoord, omdat ze niet van kinderen hield en er geen wilde? Kon iemand zó egoïstisch zijn dat ze de baby dood wenste van de man van wie ze hield, zelfs als die iemand Kaat was? Heel diep van binnen wist ik dat het antwoord op die vragen "Ja" was, zelfs op de laatste vraag. Ik was ervan overtuigd dat, hoe verliefd Katja ook mocht zijn op Edwin, ze in wezen meer van zichzelf hield.

Toen ze zag dat onze stiefvader Kaat van zich afschoof, zei Tanja: 'Ik kan niet geloven dat het haar gaat lukken mama en Edwin uit elkaar te halen.'

'Natuurlijk niet,' reageerde Car. 'Edwin zou wel gek zijn als hij die trut boven mama zou verkiezen... Gaan we dat potje Monopoly nog spelen? Ik heb het bord al klaargelegd op mijn bureau.'

We wendden ons van het drietal in de keuken af en volgden mijn roodharige zus naar haar kamer.

Carla's hokje was helemaal in het groen ingericht. Donkergroen, lichtgroen, limegroen, mintgroen, alle tinten waren hier vertegenwoordigd. De muren, de vloer, de gordijnen, de beeldjes van kikkers die Car spaarde, alles was groen. De enkele keer dat Kaat de kamer betrad kneep ze haar donkere kijkers tot spleetjes, snerend dat al dat "gifgroen" pijn deed aan haar ogen, maar Car was mateloos trots op haar domein.

Tanja en Daisy liepen achter haar aan naar binnen. Ik stapte als laatste op het blauwe kleed dat nog altijd naast al dat groen in de kamer pronkte. Zorgvuldig sloot ik de deur achter me. Terwijl ik er met mijn rug tegenaan leunde, stelde ik een vraag die me al een tijdje op de lippen brandde. Moesten we Edwin de waarheid omtrent het overlijden van Anna vertellen, of misschien zelfs naar de politie gaan om onze oudste zuster aan te geven?

Tanja, die aan Carla's bureau was gaan zitten, gooide gedachteloos een dobbelsteen van haar ene hand in de andere en weer terug. Terwijl ze me met haar mooie, blauwe ogen aankeek, schudde ze haar zilverblonde hoofd. 'We hebben het mama verteld en je weet hoe dát afgelopen is, Saartje. Ik ben bang dat Edwin ons ook niet zal geloven. En wat de politie betreft is het eigenlijk hetzelfde verhaal. We kunnen niet bewíjzen dat Katja de baby heeft vermoord.' Ik zag de redelijkheid van die woorden in.

'Maar,' zei Car, die zich naast Daisy op haar groene sprei liet vallen, 'als Anna's vader heeft Edwin natuurlijk wel het recht te weten wat wij vermoeden. Als we nu eens een geschikt moment afwachten om het Edwin te zeggen? Over een tijdje, als het verdriet om de dood van zijn dochter wat gesleten is en hij alles in het juiste perspectief kan zien, dan kunnen we hem toch inlichten?'

'En als hij ons serieus neemt,' begreep ik, 'kan hij de juiste stappen ondernemen.'

Bedachtzaam keek Tanja van de een naar de ander. 'Ja,' gaf ze toe, 'dat is waarschijnlijk de beste oplossing.'

Aldus bleef Edwin in zalige onwetendheid over Katja's vermoedelijke aandeel in de dood van zijn dochter. Voor een poosje.

*****

Na Anna's dood veranderde mama van de opgewekte vrouw die ze was sinds ze Edwin had leren kennen, in een neerslachtig wezen met donkere kringen onder haar ogen. Ze was nooit een echte drinker geweest, maar nu, in een poging de waarheid te verdringen, begon ze grote hoeveelheden cognac te nuttigen. Haar vriendin Dorien probeerde haar op andere gedachten te brengen, zei dat zoveel drank niet goed voor haar was, dat ze er beter samen met haar een dagje op uit kon trekken. Samen wandelen, fietsen, zwemmen, mama zei het maar. Maar mama zei niets. Hoe graag ze in het verleden ook een dagje wegging, nu was ze nergens voor te porren.

Na verloop van tijd lag ze dag en nacht laveloos op bed, met altijd een lege fles naast zich. Omdat ze ook de gewoonte had aangenomen in bed te roken, was Edwin als de dood dat het huis een keer in vlammen zou opgaan.

Kaat was de enige naar wie mama in deze lethargische toestand luisterde en dan nog maar af en toe. Onze oudste zuster wachtte op het juiste moment om haar overredingskracht aan te wenden.

Heel soms wist ze onze moeder over te halen een avond met ons door te brengen. Vervolgens hing die dan lusteloos een paar uur op de bank, waar ze met nietsziende ogen naar het beeldscherm van de televisie staarde.

Of ze slofte door het huis, zich rusteloos van de woonkamer naar de keuken bewegend, weer naar de kamer, de gang in en nogmaals naar de huiskamer. Eindeloos kon ze het herhalen. Tot ze ineens stil bleef staan en verbaasd om zich heen keek, alsof ze niet wist waar ze was. Haar blik gleed over onze gezichten en nadenkend fronste ze haar wenkbrauwen, alsof ze zich ook ons niet herinnerde. Ik vond het eng zoals ze zich gedroeg, vooral omdat ze er bijna spookachtig uitzag met haar inwitte gezicht.

Ze vergat te eten, of misschien kon ze gewoon geen hap door haar keel krijgen, en werd zo mager als een lat. Haar huid was bijna doorschijnend. Ze was zo veel afgevallen, dat de smoezelige nachtjapon die ze droeg tot op de grond hing en regelmatig struikelde ze over de zoom ervan. Ze leek het niet eens te merken. Het was dat Edwin haar op een gegeven moment het kledingstuk uittrok en het in de was gooide, anders had ze het tot het einde der dagen aangehouden.

In de heksachtige vrouw met de holle blik, de gele nicotinevingers en de vuile, bijna zwarte voeten, herkende ik nauwelijks mijn eens zo verzorgde moeder. Zelden nam ze nog een douche en dan nog alleen als Katja er op aandrong. Maar zelfs dat had niet veel nut, want ze ging enkel onder de warme straal water staan en waste zich niet met zeep of nam de fles shampoo ter hand. Haar haren werden vet. Haar bruine krullen zakten uit. We weken terug wanneer ze bij ons in de buurt kwam, omdat er een penetrante geur van zweet, urine, alcohol en tabak om haar heen hing.

Ze sprak haast nooit meer en áls ze iets zei was het altijd hetzelfde. 'Ik zou het liefst ook dood zijn.' Terwijl mij de tranen in de ogen sprongen sloeg Tanja snel drie kruizen en Carla zei met zowel wanhoop als verdriet in haar stem: 'Je hebt óns toch nog.'

Dat leek mama niets meer te kunnen schelen. Ze verwaarloosde zichzelf. Ze verwaarloosde ons. Ze verwaarloosde ook Edwin.

Katja

Soms dacht ik dat mama niet meer wist dat wij haar dochters waren. Ik had ook het idee dat ze zich er niet van bewust was dat Edwin bestond. Ze leefde volkomen langs hem heen. Wat mij betreft was dat een welkome bijkomstigheid van Anna's dood. Mama mocht haar echtgenoot dan volkomen negeren, ik schonk hem al mijn aandacht. Helaas zag hij mij nog steeds niet staan. In het begin liet ik het zo. Hij moest de dood van zijn kind verwerken, dat begreep ik wel. En Edwin had nog andere zorgen.

Wanneer hij 's middags om vijf uur van zijn werk kwam, trof hij thuis een puinhoop aan. De bedden waren niet opgemaakt, de was zat nog vuil in de machine en het stof hoopte zich op: in de hoeken van de kamers, op tafels en op kasten. Elke avond moest hij zorgen dat er een warme maaltijd op tafel kwam. Elke ochtend vulde hij een lunchtrommeltje voor Sarah. Twee boterhammen, iets te drinken, een stukje fruit. De meeste mannen zouden er de brui aan hebben gegeven, maar Edwin vervulde mama's plichten zonder mankeren.

Ik hielp hem zoveel ik kon. Ik hoopte dat zij aan zij met hem samenwerken een intieme band tussen ons zou scheppen. Ik schilde de aardappelen terwijl hij de groenten schoonmaakte. Samen met hem hing ik handdoeken aan de waslijn en maakte de bedden op. Elke zaterdagmorgen inspecteerde ik de planken in de kelder en noemde op wat er nodig was. Mijn stiefvader noteerde het op het boodschappenlijstje. 's Middags deden we inkopen bij de supermarkt.

'Je hoeft niet altijd de enige te zijn die me helpt,' zei Edwin op de terugweg naar huis, terwijl we ieder met twee zware tassen zeulden. 'Tanja en Car willen ook best iets doen. Ze hebben al verschillende keren geklaagd dat ze me nooit kunnen helpen, omdat jij ze altijd voor bent.'

Luchtig wuifde ik zijn woorden weg. 'Laat die twee zich maar op hun huiswerk concentreren. Ik doe het huishouden wel, samen met jou. Per slot van rekening ben ik de oudste.' Terwijl we even de tassen op de grond zetten om onze verstijfde vingers te strekken, keek Edwin glimlachend op me neer. 'Als ik jou niet had!' Mijn hart sprong op van geluk.

Mijn stiefvader tilde zijn tassen weer op en vervolgde zorgelijk: 'Natuurlijk zou het eigenlijk niet nodig moeten zijn dat je zo veel doet in huis. Dat is de taak van je moeder.' Achter hem aansjouwend met mijn zware vracht, wilde ik zeggen dat het niet gaf, dat ik het niet erg vond hem te helpen. Maar toen hij me vertrouwelijk bekende: 'Ik mis haar, weet je,' bestierven de woorden op mijn lippen. Ik was weer keihard op mijn plaats gezet.

*****

Na verloop van tijd veranderde er iets in Edwins houding. Hij leek minder geduld met mama te hebben. In stilte verkneukelde ik me er over.

Ik was erbij, toen hij tegen mijn moeder zei dat ze zich moest vermannen, dat ze nog vier kinderen had om voor te zorgen. Mama lag diep onder de dekens. Ik zette een dienblad met een boterham en een kop thee op haar nachtkastje en wist dat ze er niets van zou nemen.

'Theresa,' zei mijn stiefvader, terwijl hij op de rand van het bed ging zitten, 'het wordt tijd de draad weer op te pakken. We zouden het heel fijn vinden als je deel nam aan het gezinsleven.'

'Ik wil Anna,' wist mama uit te brengen. Omdat ze hem al zo

lang niet gebruikt had, klonk haar stem schor.

'Ja...' Edwin zuchtte. Er kwamen een paar van mama's bruine krullen boven de dekens uit en hij legde er zijn hand op. 'We missen haar allemaal, en ieder van ons zou haar dolgraag terug willen hebben, maar dat kan nu eenmaal niet. Het enige dat we kunnen doen is troost bij elkaar zoeken. Als gezin moeten we elkaar steunen in ons verdriet.'

'Ik kán het niet,' zei mijn moeder.

Alsof hij zich brandde trok Edwin zijn hand terug. Hij stond op van het bed. Er lag een bittere klank in zijn stem toen hij vroeg: 'Kún je het niet, of wíl je het niet?' Mama gaf geen antwoord.

'Nou,' stelde mijn stiefvader daarop vast, 'ik hoor het wel. Van jou valt niets te verwachten.'

Verbaasd keek ik naar hem op. Zo had ik hem nog nooit tegen zijn geliefde Theresa horen praten. En hij was nog niet klaar. 'Ik heb óók mijn dochter verloren,' hielp hij mijn moeder herinneren. 'Denk je dat ik niet ook het liefst de hele dag in bed zou blijven, de dekens over mijn hoofd trekken en alles vergeten? Dat is een heel verleidelijk idee. Maar ik geef er niet aan toe. In plaats daarvan sta ik elke ochtend vroeg op en ga werken om de kost voor ons te verdienen. Ik denk aan mijn gezin. Dat is mijn plicht. En het is jóuw plicht om naast me te staan.'

In reactie op zijn woorden kroop mama nog wat dieper onder de dekens. Edwin keek op haar afgetekende gestalte neer. Haast onmerkbaar schudde hij zijn hoofd en slaakte nogmaals een diepe, sidderende zucht. Toen draaide hij zich verslagen om en verliet de kamer.

*****

Mama leek het niet op te kunnen brengen te doen wat haar echtgenoot zo graag wilde, verder gaan met leven. Terwijl zij het liet afweten, groeide ik steeds dichter naar Edwin toe.

Op een dag kwam hij thuis van zijn werk en zei zin te hebben buitenshuis te gaan eten. 'Ik ga proberen je moeder zo ver te krijgen dat ze met me mee gaat,' zei hij, terwijl hij de trap opliep.

Ik dacht dat het hem niet zou lukken mama tot enige activiteit te bewegen en begon vast met aardappelen schillen.

Mama kwam even met haar hoofd boven de dekens uit bij de vraag van haar echtgenoot. Ze schudde van "nee" en draaide zich om, zodat ze met haar rug naar hem toe lag. Edwin, die het telkens weer aandringen om de simpelste dingen van zijn vrouw gedaan te krijgen beu was, legde zich zuchtend bij haar weigering neer.

Ik gooide juist de laatste aardappel in een pan met water toen mijn stiefvader weer beneden kwam. Hij zag me bezig aan het aanrecht en bleef in de deuropening staan. Ik keerde me naar hem toe.

Mijn adem stokte in mijn keel. Edwin zag eruit als een engel. De ondergaande zon die door het keukenraam viel, vormde een aureool om zijn glanzende, blonde haar dat nog vochtig was van de douche die hij genomen had. Kleine krulletjes vormden zich boven zijn oren. Zijn blauwe ogen, die de laatste tijd weer fonkelden van langzaam hervonden levenslust, keken me aan. Een vage glimlach lag om die heerlijke mond. Mijn hele lichaam deed pijn van liefde.

'Heb jíj misschien zin om met me mee te gaan?' Mijn hart sloeg op hol bij die onverwachte uitnodiging. Mijn wangen begonnen te gloeien van opwinding. Edwin scheen het niet te merken. 'Je hebt het wel verdiend, een avondje uit,' vervolgde hij. 'Je hebt al die tijd zo goed voor me gezorgd en daarvóór ook voor Anna.' Hij slikte.

Ik beheerste de opwelling spontaan "Ja!" te roepen. Momenteel was ik Edwins constante factor, degene die samen met hem voor het huishouden en de kinderen zorgde en ik mocht niet uit mijn rol van zijn steun en toeverlaat vallen. Ik moest laten zien dat ik me, in tegenstelling tot mama, ten alle tijden verantwoordelijk gedroeg. Ik wilde bewijzen dat ik de echtgenote kon zijn die hij zich wenste.

Voor de schone schijn deed ik of ik bezorgd was om het welzijn van mijn zusjes. Ik maakte een gebaar naar de pan met aardappelen. 'Hoe moet het dan met Tanja, Carla en Saartje? Ik heb de groenten nog niet gesneden en er moet nog vlees gebraden worden.' Edwin nam zijn portemonnee uit zijn achterzak, haalde er wat papiergeld uit en legde dat op de keukentafel.

'Je zusjes mogen wat halen bij de patatkraam. En die aardappelen zet ik wel onder water. In de koelkast overleven die het makkelijk tot morgen.'

Ik wees op mijn kleding, die niet geheel smetteloos meer was omdat ik de badkamer had gepoetst voordat hij thuis kwam. 'Even wat anders aantrekken.' Hoe volwassen ik me ook wilde voordoen, nu kon ik me niet meer inhouden. Opgetogen holde ik naar boven.

Het volgende half uur tutte ik mezelf op zoals ik het nog nooit gedaan had. Een kwartier ging voorbij met uitzoeken wat ik aan moest. Tientallen kledingstukken gingen door mijn handen. Ik vond er geen één goed genoeg. Tenslotte koos ik voor mijn strakste jeans en een diep uitgesneden shirtje. Ik stak mijn voeten in mijn zwarte instappers, deed oogschaduw op en gebruikte eyeliner. Zorgvuldig zette ik mijn wimpers aan. Ik poederde mijn wangen. Mijn lippen bewerkte ik met lipstick in de kleur van mijn shirt. Bloedrood. Het stak mooi af bij mijn zwarte haar dat ik met een hete tang zo steil mogelijk maakte.

Toen ik mijn kamer uitkwam liep ik mijn zusjes tegen het lijf die op het punt stonden beneden te gaan kijken of het eten klaar was. Of, zoals Carla het uitdrukte: 'Valt er al iets te verhapstukken?'

Tanja bleef plotseling staan. Onze rooie had dat niet zien aankomen en botste tegen haar aan. Daarbij schuurde ze met haar onderarm over het horloge van Tanja. Er kwam een lelijke striem op haar huid. 'Au!' Ze bekeek haar arm, spuwde er op en wreef het speeksel over de pijnlijke plek. Geheel tegen haar gewoonte in, besteedde het zusje dat in leeftijd direct onder mij kwam er geen aandacht aan. Ze had het te druk met mij van het hoofd tot de voeten op te nemen. 'Je ziet er... ánders uit,' stelde ze verbaasd vast.

Saar, achteraan in de rij, boog zich na die woorden nieuwsgierig langs de anderen. Met open mond stond ze naar me te staren. Car keek nu ook naar me en mompelde binnensmonds: 'Pias.' Maar ik hoorde het toch.

'Ga je soms weg?' informeerde kleine Saar.

'Ja,' beaamde ik, niet zonder trots, 'ik ga uit eten met Edwin.'

'Uit eten?' echode mijn jongste zusje.

'Met Edwin?' vroeg Tanja met gefronste wenkbrauwen, terwijl Car tegelijkertijd verontwaardigd riep: 'Ja, zeg, en wat moeten wíj dan?!'

Mijn hart sloeg een slag over. Als die rooie het op haar heupen kreeg hadden we de poppen aan het dansen. Dan kwamen Edwin en ik vanavond de deur niet uit.

'Rustig maar,' deed ik mijn best haar te sussen. 'Edwin heeft geld klaargelegd voor patat.' Bij dat magische woord stommelden ze gedrieën haastig naar beneden om te kijken of ik de waarheid sprak.

Carla was haar kwetsuur op slag vergeten. 'Ik sterf van de honger!' gilde ze.

*****

Altijd als mama zich in het verleden mooi had gemaakt voor Edwin, ontlokte hem dat een hele reeks complimentjes. Van mij merkte hij niet hoe ik me uitgesloofd had. Heel even zette zijn onverschilligheid voor mijn uiterlijk een domper op mijn geluksgevoel. Maar ik herpakte me snel. Ik liet mijn plezier in het onverwachte uitje niet verpesten. Ik had de liefde van mijn leven een paar uur voor mezelf en daar zou ik hoe dan ook van genieten.

Mijn zusjes waren verrukt over het vooruitzicht van de patat die ze mochten gaan halen, dus voor ik beneden was, was het geklaag verstomd. Onze rooie had het geld dat Edwin had klaargelegd al in haar hand en Saar vroeg verlangend: 'Gaan we nu meteen?' Alleen Tanja keek even met een onderzoekende blik in haar blauwe ogen van Edwin naar mij. Maar ze zei niets om ons tegen te houden toen we onze jassen aantrokken.

Edwin nam me mee naar een klein, gezellig restaurant. Het was er rustig, toen wij binnenkwamen zaten er maar een paar mensen te dineren. De overwegend donkere inrichting schiep een intieme sfeer. Galant schoof de echtgenoot van mijn moeder de stoel voor me aan toen ik aan de tafel met het helderwitte kleed ging zitten. Hij was echt de romantische prins uit een sprookje en ik werd met de seconde meer verliefd op hem.

De kaarsen die op tafel stonden, in blinkende achtarmige kandelaars, werden door een vriendelijke ober ontstoken. De vlammetjes begonnen vrolijk te dansen en verlichtten Edwins knappe gelaat. Hier met hem te zitten betekende voor mij het summum van geluk.

Toen de kelner vroeg wat we wilden drinken, bestelde ik jus d'orange en mijn stiefvader besloot spontaan later op de avond een taxi terug naar huis te nemen, zodat hij een paar wijntjes kon drinken bij het eten.

Twintig minuten later werd de maaltijd geserveerd. Alles smaakte even heerlijk. Al zou ik het waarschijnlijk niet eens gemerkt hebben als ze me vergif voorgezet hadden. Ik keek nauwelijks naar mijn bord, mijn blik hing aan het gezicht van mijn stiefvader, die met smaak zijn gebakken aardappelen, boontjes en zalm at.

Heel even ging de gedachte dat hij hier misschien ook weleens met mama had gegeten als een scherp mes door mijn geest. Werd hij daar nu aan herinnerd, vroeg ik me jaloers af, wilde hij duizendmaal liever met haar hier zijn dan met haar oudste dochter? Nee, niet aan denken. Dit was míjn moment.

Na drie glazen chardonnay begon Edwin zichtbaar te ontspannen. Hij lachte vaak en ik stelde bij mezelf vast dat hij aangeschoten raakte. In een flits besefte ik dat hier mijn kans lag om hem voorgoed aan me te binden. Ik greep de fles wijn en schonk hem nog eens royaal in. Toen de taxi tenslotte arriveerde liep Edwin licht slingerend de deur uit.

Een kwartier later gaf mijn stiefvader mij zijn portemonnee zodat ik de chauffeur kon betalen. Hij leunde op me toen we naar de deur liepen. Zachtjes neuriede hij voor zich heen. Hij grinnikte toen hij de sleutel een paar keer naast het slot stak, maar tenslotte lukte het hem de voordeur te ontsluiten. Ik leidde hem naar de woonkamer die donker en kil was. Mijn zusjes lagen al onder de wol en behalve voor een bezoekje aan het toilet was mama die dag haar bed nog niet uit geweest.

Ik wist dat het nu of nooit was. Langzaam liet ik mijn jas van mijn schouders zakken. Mijn shirt volgde. Achteloos maakte ik mijn b.h. los en liet die op de grond vallen. Edwin stond tegenover me en staarde met glazige ogen naar mijn verrichtingen. Beneveld door de alcohol drong het niet ten volle tot hem door wat hier gebeurde.

Uitdagend liet ik mijn handen over mijn naakte bovenlichaam naar beneden dwalen en langzaam knoopte ik mijn jeans open. Over mijn heupen schoof ik het kledingstuk omlaag, tegelijkertijd mijn instappers uitschoppend. Tenslotte trok ik mijn slipje uit. Volkomen naakt pronkte ik met mijn slanke lichaam, draaide het van links naar rechts voor de neus van mijn stiefvader, die roerloos naar me stond te kijken.

Waarom greep hij niet wat ik hem vol overgave aanbood? Vond hij me niet aantrekkelijk? Stel dat hij zich van me afwendde en me hier liet staan! Dat zou een blamage zijn die ik nooit meer te boven kwam.

Ik liet het niet gebeuren. Resoluut deed ik een stap naar voren, reikte omhoog en knoopte Edwins overhemd open. Willoos liet hij toe dat ik hem het kledingstuk uittrok. Daardoor aangemoedigd trok ik de rits van zijn spijkerbroek naar beneden. Toen knielde ik voor hem op de grond en terwijl hij zich aan mijn schouders in evenwicht hield tilde ik een voor een zijn voeten op en trok zijn schoenen en sokken uit. Ik deed zijn jeans naar beneden en als een gehoorzaam kind stapte hij er uit. Als laatste ontdeed ik hem van zijn slip.

Aan zijn erectie, die naar voren sprong, kon ik zien dat hij me wel degelijk begeerlijk vond. Ik stond op en sloeg mijn armen om zijn hals, mijn naakte lichaam dicht tegen het zijne drukkend.

De drank had Edwin losser gemaakt en de maandenlange onthouding, die mijn moeder hem had opgelegd, deed de rest. Voor hij zich kon bedenken duwde ik hem achterover op de bank, waar ik hem verleidde. Later nam ik hem mee naar boven, naar mijn kamer. Die nacht was mama's echtgenoot van mij.

*****

De volgende ochtend lag ik op mijn zij naar een vredig slapende Edwin te kijken. Ik hield me zo stil mogelijk, zodat hij niet wakker schrok en dit magische moment verbroken zou worden. Ik genoot van de tevreden uitdrukking op zijn gelaat, het vage glimlachje om zijn mond. Ik had hem nog nooit zo mooi en begeerlijk gevonden als nu, nu ik hem bezeten had. Hij was nog altijd volkomen naakt en ik voelde de opwinding alweer bezit van me nemen.

Langzaam ontwaakte mijn stiefvader uit zijn alcoholische roes. Zijn oogleden trilden en gingen tenslotte open.

Toen Edwin zag wie er naast hem lag verdween zijn glimlach als sneeuw voor de zon. Als door een bij gestoken sprong hij op. Nerveus streek hij met zijn handen door zijn haar toen hij gejaagd zei: 'Wat we gedaan hebben was fout, Katja. Het was een opwelling van ons beiden en het was verkeerd. Het mag nooit meer gebeuren en het zál ook niet meer gebeuren.'

Mijn opwinding ebde weg. Ik had hem mijn maagdelijkheid geschonken, mijn lichaam, mijn hart, en nu zei hij dat het een opwelling was, een foutje? Zijn woorden deden me pijn. Toch zei ik niet dat het van mijn kant geenszins een vergissing was geweest, dat ik van hem hield. Ik was bang dat hij me dan ging mijden. In het andere geval had ik nog hoop dat hij mijn gevoelens zou gaan beantwoorden.

Ik hield me sterk, deed geen enkele poging hem tegen te houden toen hij mijn badjas van een kledinghaak griste en aantrok. Ik riep hem niet terug toen hij de deur opende en om een hoek schichtig de gang afspeurde om te zien of zich daar iemand bevond die met één blik op mijn badjas zou begrijpen wat zich in mijn bed had afgespeeld. Ik fluisterde niet eens zijn naam toen hij snel en geruisloos mijn slaapkamer verliet.

*****

In de maanden daarna wist ik mama's echtgenoot steeds weer tot ontrouw te verleiden. De dure eed die hij had gezworen dat "het niet meer zou gebeuren", stelde niet veel voor op momenten dat hij opgewonden raakte. En er was weinig nodig om hem op te winden, gezien het feit dat hij al tijden de lakens niet meer met mijn moeder deelde. Ik besefte heel goed dat de behoefte aan seks het enige was dat Edwin in mijn armen dreef, maar ik hoopte dat het op den duur tot meer zou uitgroeien.

Intussen kwetste het me dat Edwin zich elke keer dat we met elkaar naar bed waren geweest hevige verwijten maakte. Dat hij te zwak was om zich te beheersen, dat hij zijn Theresa bedroog. Ik haalde mijn schouders op. 'Ze heeft het zelf ook nooit zo nauw genomen.'

Maar hij zei dat dat voor hem geen verschil maakte.

Tanja

Midden in de nacht sloop er iemand door het huis. Kaat die ging slapen? En tegen wie fluisterde ze? Dat kon alleen Edwin zijn. Carla, Sarah en ik waren op tijd naar boven gegaan en mama kwam haar bed tegenwoordig nauwelijks nog uit. Ik hoorde de twee samen de overloop betreden, maar tot mijn ontsteltenis sloeg onze stiefvader niet af naar de kamer die hij met mama deelde. In plaats daarvan hoorde ik de deur van Kaats slaapkamer opengaan en met een zachte klik weer in het slot vallen. Even later een ingehouden giechellachje van Katja, zacht gebrom van Edwin. Toen het onmiskenbare geluid van krakende beddenveren. Dit was waar mijn zus al die tijd op uit was geweest.

Met mijn linkerhand gooide ik de dekens van me af en met mijn rechter sloeg ik drie kruizen. Ik zonk op mijn knieën op het koude, harde zeil. Terwijl mijn zuster mijn stiefvader verleidde tot overspel, bad ik God in hun naam om vergeving. Ik moest dertig Oefeningen van Berouw opzeggen voordat het verraderlijke geluid uit de kamer van mijn oudste zuster verstomde.

*****

Carla had dan wel met overtuiging beweerd dat ze geen seconde geloofde dat Edwin mama zou opgeven voor haar oudste dochter, ze kende Kaat en wist waartoe die in staat was. Sinds ik haar had verteld dat onze zus verliefd was op onze stiefvader hield ze hen met Argusogen in de gaten. Het duurde dan ook niet lang of ook zij begon te vermoeden dat er iets gaande was tussen die twee. Ze zag Edwin net iets te vaak in de buurt van Katja's slaapkamer rondhangen.

Eén keer zag ze hem daar zelfs uitkomen. Edwin schrok toen hij haar opmerkte en zonder iets te zeggen, zonder zelfs maar naar haar te glimlachen, maakte hij zich snel uit de voeten. Toen wist Car zeker dat hij een verhouding had met zijn oudste stiefdochter. 'Als er met grote letters "Schuldig!" op zijn voorhoofd had gestaan had het niet duidelijker kunnen zijn,' zei ze triest.

Het deed haar pijn. Ze hield van Edwin. Hij was de beste vader die ze ooit had gehad. Het kwetste haar dat hij iets deed wat zo slecht was en waar hij zich zo voor schaamde, dat hij haar niet eens meer durfde te groeten. Met een gevoel alsof er een steen op haar borst lag keek ze hem na, terwijl hij gehaast de trap afliep. Arme mama, dacht ze. Het mocht toch niet zo zijn dat ze na haar kind ook nog haar echtgenoot ging verliezen! En nog wel aan Kaat! Dat kon ze niet laten gebeuren.

Twee minuten later zat ze in kleermakerszit naast me op mijn blauwe sprei en stortte haar hart uit. Toen ze uigesproken was knikte ik. 'Eerlijk gezegd heb ik al een tijdje gemerkt dat die twee dingen doen in Kaats kamer die niet betamelijk te noemen zijn,' zei ik. 'Ik wist eerst alleen niet hoe ik het kon stoppen. Maar de laatste tijd denk ik...' Ik focuste mijn ogen in de hare. 'We moeten doen waar we het met Saartje over gehad hebben. Het is tijd om Edwin in te lichten over de verdachte omstandigheden omtrent Anna's dood. Als hij weet wat Kat gedaan heeft zal hij niet verder met haar willen.'

Carla's groene ogen lichtten op. 'En dan komt hij terug bij mama. Wie gaat het hem vertellen?' Ze sloeg graag spijkers met koppen.

'Dat zal ík wel doen,' zei ik met een zucht. 'Ik ben de oudste van ons drieën.'

'Wanneer ga je het zeggen?'

'Nu meteen, dan heb ik het tenminste gehad.'

Mijn roodharige zus sprong van het bed. 'Dan licht ik intussen Sarah in,' zei ze. Terwijl ik instemmend knikte stond ook ik op. Samen met Car liep ik mijn kamer uit.

Beneden stak ik mijn hoofd om de hoek van de deur. Om er zeker van te zijn dat Katja niet in de buurt was, speurde ik snel de woonkamer rond. Mijn stiefvader keek op van de krant die hij las.

'Ben je alleen?' In antwoord op mijn vraag knikte hij bevestigend. 'Kan ik je even spreken?'

'Natuurlijk.' Edwin sloeg het nieuwsblad dicht. Ik liep naar binnen, sloot de deur achter me en nam plaats op de stoel tegenover hem. Ik rechtte mijn rug en legde mijn handen gevouwen op mijn schoot. Vragend keek de man, van wie ik als een dochter was gaan houden, me aan. Zijn gezicht stond ernstig. Misschien vermoedde hij dat ik wist wat er tussen hem en Katja speelde en dacht hij dat ik hem ter verantwoording kwam roepen over zijn zedeloze gedrag. Hij verwachtte in elk geval niet wat ik in plaats daarvan zei.

Hij schrok zichtbaar van de beschuldiging aan het adres van zijn minnares. Zijn geschokte uitdrukking deed mijn borst krimpen van pijn. Ik wilde Edwin niet kwetsen, maar ik kon het me niet veroorloven teerhartig te zijn. Híj moest beslissen wat er ging gebeuren.

'Katja heeft iets te maken met de dood van Anna?' Over de tafel heen staarde mijn stiefvader me ongelovig aan. 'Hoe zeker ben je daarvan?'

'Ik kan niets bewijzen,' gaf ik toe, 'maar er zijn aanwijzingen.'

Edwin schudde zijn blonde hoofd, schoof zijn stoel naar achteren en stond op. Onrustig begon hij door de kamer te ijsberen. 'Nee,' zei hij, in ontkenning, 'dat kan ik niet geloven. Katja was stapel op Anna.'

'Kaat was voornamelijk stapel op jóú,' weerlegde ik. 'Haar "houden van Anna" was gespeeld. Kat heeft een hekel aan kinderen. Ze geeft niets om ze, of om mensen in het algemeen. Ze geeft alleen om zichzelf. Ze wilde jou hebben, daar had ze alles voor over. Om jouw hart te veroveren, deed ze alsof ze dol op Anna was. In werkelijkheid was je dochter een sta-in-de-weg, iemand die tussen haar en jou kwam. Als de baby dood zou zijn, hoefde ze alleen nog maar mama buitenspel te zetten. En kijk eens hoe goed haar plannetje gelukt is. Je vrouw ligt constant als een zombie op bed en jij en Kaat… ' Ik maakte mijn zin niet af.

Tijdens mijn tirade was Edwin stil blijven staan. Hij ging niet in op mijn insinuatie dat er wat gaande was tussen hem en een van zijn stiefdochters, maar hij ontkende het ook niet toen hij zei: 'Ik kan niet geloven dat Katja in koelen bloede haar halfzusje heeft vermoord, alleen maar om mij te strikken!'

'Jij kent haar nog niet zo lang,' zei ik. 'Ik ken haar al mijn hele leven. Neem van mij aan, dat ze er toe in staat is. Weet je dat ze ooit de poten van Sarah's kinderstoel heeft doorgezaagd toen zij een peuter was? Ze lijmde de boel op zó'n manier weer aan elkaar dat mama en papa niets merkten en toen ons zusje in de stoel zat donderde die met geweld in elkaar. Saar brak haar rechterarm. En ze heeft je vast ook niet verteld over die keer dat ze de kleine "aanmaaklimonade" te drinken gaf, terwijl Car en ik papa hielpen met de schuur opruimen en mama een dagje weg was met Dorien. Papa moest met Saartje naar het ziekenhuis om haar maag leeg te laten pompen, want de aanmaaklimonade bleek allesreiniger te zijn geweest. En Katja wist het zo te draaien, dat het een ongelukje was en dat Saar dat veroorzaakt had. Ze heeft ook ooit Sarah's nagels geknipt. Tot op het bot. Geloof me Edwin, mijn oudste zuster schrikt nergens voor terug.'

Even nog stond mijn stiefvader roerloos naar me te staren. Toen scheurde hij zich los uit zijn verstarring. 'Ik moet met Katja praten.' Hij stond op en liep in de richting van de deur. Toen hij langs me kwam, greep ik hem bij de arm. Ik dwong hem tot stilstaan. 'Je denkt toch niet dat ze zal toegeven dat ze je dochter van het leven heeft beroofd?' vroeg ik, met mijn ogen zijn gelaat aftastend. 'Kat geeft haar zonden nooit toe. Bovendien wil ze je veroveren, niet afstoten.'

De echtgenoot van mijn moeder zag eruit alsof hij elk moment kon instorten. Hij was zo bleek als een doek. Als een dronkenman liet hij zich op de stoel naast die van mij vallen en verborg zijn gezicht in zijn handen. Een hele tijd bleef hij zo zitten.

Toen hij zich tenslotte hersteld had, keek hij me met wanhoop in zijn ogen aan. 'Er zijn twee mogelijkheden,' stelde hij vast. 'Óf je vergist je en Katja is onschuldig, óf ze heeft mijn dochter wél iets aangedaan. In beide gevallen zal ze bij hoog en bij laag volhouden niets met Anna's dood te maken te hebben. Ik zal nooit de waarheid kennen.'

Kalm beantwoordde ik de blik van mijn stiefvader. 'Je kent de waarheid al,' verzekerde ik hem. 'Zoals gezegd heb ik geen bewijzen, maar ik vergis me helaas niet, Edwin. Kaat heeft Anna gedood. En ze heeft het niet in een opwelling gedaan. Daisy heeft ooit eens gezien dat ze haar handen om Anna's hals geklemd hield. Toen zij de kamer binnenkwam trok ze ze snel terug, bewerend dat het rompertje van de baby te strak om haar nek zat. En dat is niet de enige aanwijzing dat Anna's dood moord met voorbedachte rade is geweest.' Ik vertelde hem Sarah's verhaal over het uitstapje naar de stad.

Toen ik tenslotte zweeg, las ik in zijn ogen dat hij nog steeds niet voor de volle honderd procent geloofde in Kaats schuld, en ik begreep dat hij er niet voor ging zorgen dat zij bestraft zou worden. In een laatste poging het recht te doen zegevieren en Katja te laten boeten voor haar zonden, gooide ik het over een andere boeg.

'Ik begrijp dat je het niet wilt geloven, Edwin,' zei ik. 'Kaat is je minnares, je wenst dit niet over haar te horen. En dat is het tweede punt waar ik het met je over wil hebben, de ongezonde relatie tussen jullie. Je mag dit mama niet aandoen, Edwin, haar bedriegen met haar eigen dochter. Ik hoop dat je het enige juiste zult doen, en een eind maakt aan je verhouding met Katja.'

De echtgenoot van mijn moeder sloeg zijn ogen neer voor de mijne. Een paar seconden zweeg hij. Toen ademde hij zwaar in. 'Je hebt gelijk,' zei hij, met schorre stem, 'dit moet stoppen. Vandaag nog.'

Ik herademde. Hij zou Kaat aan de kant zetten. Deze keer hield ik hem niet tegen toen hij de deur uitliep.

Katja

Op een mooie, zonnige middag zat ik in de tuin te lezen, toen ik Edwin naar me toe zag komen. Ik legde mijn lectuur op het tuintafeltje. Ik strekte mijn armen naar hem uit en glimlachte, blij dat mijn minnaar uit zichzelf mijn gezelschap opzocht. Meestal was het andersom en liep ik hem achterna. Wat een heerlijke dag was dit, dacht ik, dolgelukkig met deze omslag. Maar toen mama's echtgenoot begon te praten, veranderde de prachtige dag in een inktzwarte.

In plaats van me te omhelzen bleef Edwin stijfjes naast mijn stoel staan. Zijn stem klonk vermoeid toen hij zei, dat het zo niet verder kon. Met mama kwam het niet meer goed, voorzag hij, hun huwelijk zou nooit meer een echt huwelijk worden. En dat met mij, dat moest afgelopen zijn. Verslagen liet ik mijn armen zakken.

Ik was altijd degene geweest die het initiatief had genomen tot een vrijpartij, maar Edwin was zo hoffelijk mij niets te verwijten. Hij zei enkel dat het ten opzichte van mij niet eerlijk was om misbruik van me te maken en dat mama niet verdiend had dat ze bedrogen werd. Hij zou een scheiding van haar in gang zetten. Hij zou weggaan.

Het was of de grond onder mijn voeten wegsloeg bij die laatste woorden. Als hij me verliet, wat moest ik dan?! Dan kon ik net zo goed dood zijn!

Ik sprong op. 'Je kunt me niet in de steek laten!' riep ik, wanhopig bij die gedachte, 'Ik ben verliefd op je!' Het was een noodsprong, mijn laatste hoop. Maar toen ik nogmaals mijn armen naar Edwin uitstak week hij tot mijn onuitsprekelijke teleurstelling terug, weg van mij, alsof ik een besmettelijke ziekte had.

De zon, die veelvuldig door de schapenwolkjes scheen, deed zijn haar glanzen als goud en toen ik besefte dat ik er nooit meer mijn vingers doorheen zou mogen halen, liepen de tranen me over de wangen. Ik keek in zijn prachtige blauwe ogen die nu droevig op me neerkeken en ik wist dat ik er nooit meer in zou kunnen verdrinken. Zijn gespierde armen zouden me niet meer vasthouden, dicht tegen zijn lichaam aantrekken. Hij zou nooit meer van mij zijn. Erger nog, hij zou niet meer bij me zijn.

Ik wilde zo wanhopig graag dat hij bleef, dat ik beloofde dat ik hem vrijwillig op zou geven, als hij maar niet wegging. Ik smeekte hem zelfs zijn huwelijk met mama nog een kans te geven. Hoe zwaar het me ook gevallen was hen in hun gloriedagen samen te zien, nu had ik liever dan hem te moeten missen, dat hij nog met haar was.

Resoluut schudde Edwin zijn hoofd. 'Het heeft geen zin, Katja.' Hij draaide zich om en met lange passen liep hij over het terras, weg van mij. Nog datzelfde uur begon hij voorbereidingen te treffen voor zijn vertrek.

*****

De dag dat Edwin ons huis verliet was de moeilijkste van mijn leven. Zelfs de huwelijksdag van hem en mama was vergeleken hiermee een makkie geweest. Daar ging mijn droomprins, op weg naar een toekomst zonder mij, met waarschijnlijk binnen afzienbare tijd een nieuwe vrouw aan zijn zijde. Een aantrekkelijke man als hij zou niet lang alleen blijven. Ik voelde me ellendiger dan ooit.

Het was een verdrietig groepje dat afscheid van Edwin nam. Net als we destijds met papa gedaan hadden, zwaaiden mijn zusjes en ik hem bij de voordeur uit. Mama liet zich niet zien.

Tanja, die zich van ons clubje altijd het best wist te beheersen, bedankte Edwin voor alles wat hij voor ons gedaan had. Haar blauwe ogen keken recht in de zijne. Haar stem was vast en trilde geen moment. Edwin glimlachte vaag, zijn mooie ogen stonden intens triest. 'Ik wilde dat ik meer had kunnen betekenen, Tanja.' Hij legde even een hand op haar schouder. Toen keerde hij zich tot Sarah, streek ten afscheid over haar goudblonde lokken.

Tot dat moment had onze benjamin zich goed weten te houden. Nu brak ze en huilend vroeg ze: 'Moet je echt weg?' Hij slikte moeilijk, knielde voor haar op de grond en keek haar ernstig aan. Ze scheen iets in zijn blik te lezen, want toen hij knikte, knikte ze kort terug en liet hem, zonder verder oponthoud te veroorzaken, gaan.

Stilletjes had ik gehoopt dat een van mijn zusjes genoeg op zijn gemoed zou weten te werken om Edwin van gedachten te doen veranderen. Maar Tanja gedroeg zich stoïcijns als altijd en Saar had gefaald met haar huilbui. Carla, die normaal gesproken behoorlijk haar mondje wist te roeren, stond alleen maar witjes voor zich uit te staren. Mijn kans leek verkeken te zijn.

De man van wie ik zo veel hield kwam overeind en in een laatste poging hem bij me te houden sloeg ik mijn armen om zijn hals en fluisterde in zijn oor dat ik hem niet kon missen, dat hij de ware voor me was, dat ik nooit van een ander zou kunnen houden. 'Ga alsjeblieft niet weg, Edwin. Laat me niet alleen.'

Beslist schoof hij me van zich af. Zijn blik ging omhoog, naar het raam waarachter hij de kamer wist waar mijn moeder lag te slapen. De zachte kreun die over zijn lippen kwam klonk oneindig verloren. 'Theresa...'

Op dat moment wist ik dat ik nooit een kans had gemaakt bij hem. De man die ik liefhad draaide zich om en liep mijn leven uit en ik ondernam niets meer om hem tegen te houden.

'Daar gaat mijn derde vader,' zei Carla, die voor het eerst die dag haar mond opendeed.

Ik nam me voor nooit meer verliefd te worden.

'Pak een mes uit de keukenla en ga hem achterna,' siste de stem me toe. Kapot van verdriet over Edwins vertrek, handelde ik op de automatische piloot. Gewend te doen wat mijn mentor me opdroeg, gehoorzaamde ik ook deze keer. Met het grootste en scherpste steekwapen dat ik kon vinden sloop ik achter Edwin aan. Die was zich er niet van bewust dat iemand hem volgde.

Ik liep al een tijdje op veilige afstand achter hem, toen zijn weg hem door een voetgangerstunnel voerde. Ik kende dat plekje wel. Het stond bekend om het feit dat mensen er vaak lastig gevallen werden, mishandeld en beroofd. Men werd aangeraden 's avonds als het donker was liever een omweg te maken dan door dat tunneltje te gaan. 'Deze keer echter,' grijnslachte de stem, 'zal de misdaad in het volle licht plaats vinden.'

Als een roofdier sloop ik dichterbij, snel en onhoorbaar. Zo onhoor-

baar, dat Edwin niet eens omkeek toen ik vlakbij hem was en het mes boven zijn schouder hief.

Edwin droeg zijn lievelingsjasje. Ik kon hem wel uittekenen in dat jack, zo vaak had ik het hem zien dragen. Ik wist niet of hij het gewoon een fijn kledingstuk vond dat lekker zat of dat hij zich ervan bewust was dat het hem buitengewoon goed stond. Zelfs nu, nu ik van plan was hem te vermoorden, zag ik hoe zijn blonde haar soepel en glanzend over de kraag van het leer viel. Het bruine leer dat zwart leek te worden en golfde voor mijn ogen. Ik zag wazig.

Met mijn vrije hand streek ik over mijn gezicht.

'Je moet nú toeslaan,' stookte de stem me op, 'anders is het te laat. Je nadert het einde van de tunnel. Dit is je enige kans Edwin te laten boeten voor het feit dat hij je verlaat. Doe het! Nu!'

Het steekwapen was slechts een paar centimeter verwijderd van zijn doel, toen ik mijn arm liet zakken. Ik kon Edwin niet doden. Ik gaf te veel om hem.

Donderend liet de stem een stortregen aan verwijten over me neerdalen. Deze keer schonk ik geen aandacht aan hem. Met het mes nog altijd tussen mijn vingers geklemd bleef ik staan. Edwin, zich niet bewust van het gruwelijke lot waar hij ternauwernood aan ontsnapt was, liep door, weg van mij, de vrijheid tegemoet.

Katja

Na Edwins vertrek begon mama te veranderen. Door zich in haar verdriet om Anna te verliezen was ze haar echtgenoot kwijt geraakt, besefte ze. En ze was eerlijk genoeg om toe te geven dat hij gelijk had gehad om er de brui aan te geven. Hij had lang genoeg in zijn eentje zonder morren voor háár gezin gezorgd. Er moest een eind komen aan haar zelfmedelijden. Ze sleurde zichzelf uit bed en nam haar verantwoordelijkheid.

Mijn moeder nam alle schuld van de breuk tussen Edwin en haar op zich. 'Hij heeft alles gegeven wat hij had, en wat heb ik hem ervoor teruggegeven? Niets!' Toen de scheidingspapieren in de bus vielen, hield ze de enveloppe een tijdlang in haar hand voor ze hem opende. 'Mijn lieve, mooie, jonge Edwin,' zei ze met zachte stem. 'Dit is het enige wat ik nog voor hem kan doen. Ik ben zo dom geweest, Katja. Ik was zo fortuinlijk zijn hart te winnen en toen heb ik het verpest. Ik hoop oprecht dat hij een volgende keer meer geluk heeft.' Ze zat in de kamer aan tafel, haalde langzaam de formulieren uit de enveloppe en staarde er een tijdlang naar. Uiteindelijk nam ze met een diepe zucht een pen en zette de punt ervan op het papier.

'Nee!'

Mijn moeder stokte in haar beweging. Snel zei ik dat ik liever zag dat ze nog even wachtte met ondertekenen, dat ze Edwin haar excuses zou aanbieden, hem zou zeggen dat vanaf nu alles anders zou worden. In het verleden had ze papa zo vaak gesmeekt om te blijven. Moest ze nu niet ook proberen Edwin over te halen? 'Slik je trots in en ga met hem praten. Hij houdt nog van je,' wist ik met moeite uit te brengen.

Een vaag, droevig glimlachje lag om mama's lippen toen ze haar hoofd schudde. 'Ik houd ook nog zielsveel van hem, Katja, en het is geen trots die me ervan weerhoudt naar hem toe te gaan, maar het heeft geen zin om opnieuw te beginnen. Er is teveel gebeurd. Onze relatie is onherstelbaar beschadigd.' Met tranen in haar ogen zette ze haar krabbel. Het was voorgoed voorbij.

Terwijl ze de papieren verzendklaar maakte, merkte mijn moeder op dat het haar verbaasde hoe mijn mening over Edwin veranderd was. 'Ik dacht altijd dat je het niet eens was met ons huwelijk.'

Nonchalant haalde ik mijn schouders op. 'Eerst niet, nee. Maar later ben ik Edwin gaan waarderen voor alles wat hij voor ons deed toen jij... toen jij het niet kon. Als hij er niet voor me geweest was, had ik het, als oudste, in mijn eentje moeten opknappen en ik weet niet of ik dat had gered. Hij heeft me echt geweldig geholpen met het huishouden en zo.' Vooral met dat "en zo", dacht ik bij mezelf.

Uiteraard vertelde ik mijn moeder niet dat haar echtgenoot mijn minnaar was geweest. Ook mijn zusjes repten er met geen woord over. Dat verbaasde me. Niet zo zeer van de stille Sarah, als wel van de rechtschapen Tanja en van onze rooie flapuit. Misschien waren ze bang dat mama weer in haar lethargie zou vervallen als ze van de verhouding hoorde. Het kwam me goed uit dat ze zo zwijgzaam waren. Op deze manier bleef ik mama's onschuldige lieveling.

Deel 4

Sarah

Op de middelbare school was ik een leerlinge die in alle vakken redelijk kon meekomen. Alleen in Duits was ik ronduit slecht. Hoe hard ik ook leerde, ik kreeg nooit meer dan een vier voor een proefwerk.

Iris, extreem goed in exacte vakken, was een wandelende ramp in talen. En toch, hoewel ze de regels totaal niet snapte, wist ze altijd een voldoende voor Duits te scoren. Op mijn vraag hoe ze dat voor elkaar kreeg, haalde ze haar schouders op.

'Ik ga op mijn gevoel af. Ik weet bijvoorbeeld niet of "boot" in het Duits een vrouwelijk, een mannelijk of een onzijdig woord is, maar als ik er die, der of das voorzet, vóél ik gewoon dat het dat laatste moet zijn. "Die Boot", of "der Boot", dat klinkt gewoon niet. Dus dan ga ik voor "das". En met de vervoegingen gaat het net zo.' Ze grinnikte. 'Je zegt nooit tegen Cremers dat ik het zo doe, hoor!'

Ik beloofde haar geheimhouding. Vervolgens begon ik haar voorbeeld te volgen, maar bij mij viel het negen van de tien keer verkeerd uit. Mijn leraar was zo onderhand wanhopig omdat ik het maar niet onder de knie kon krijgen. Voor de zoveelste maal deed hij een poging me de regels duidelijk te maken, maar ik kon het niet vatten. Meneer Cremers begon ervan te zweten. Het haar op zijn voorhoofd werd vochtig en viel naar voren. Vermoeid streek hij het uit zijn ogen. Ik had geen heel duidelijk beeld meer van papa, maar dit deed me aan hem denken. Hij streek vaak met hetzelfde gebaar zijn haar naar achteren.

Mijn leraar zuchtte, toen hij met een handgebaar in Iris' richting zei: 'Laat je vriendin het een keer uitleggen. Zij begrijpt het wél.' Ik keek naar Iris. Er lag een grijns om haar lippen die haar gezicht bijna in tweeën spleet. Ik rolde met mijn ogen toen ze zonder blikken of blozen beweerde: 'Dat heb ik al zo vaak gedaan, meneer, maar ik krijg het haar niet aan het verstand gebracht.'

Cremers keek van haar naar mij. 'Ik weet misschien wel iemand die je kan helpen, Sarah. Ben je bereid een paar keer per week een uurtje langer te blijven?' Ik knikte. 'Mooi!' Meneer Cremers was opgetogen. 'Ik zal hem vandaag nog vragen of hij plaats voor je heeft.'

Een paar dagen later nam hij me mee naar een lokaal achter in de school. Terwijl we daar naartoe liepen vertelde hij dat de vader van de jongen die me ging helpen een Duitser was. De zoon, een leerling uit de hoogste klas, had de taal van onze oosterburen met de paplepel ingegoten gekregen. Nu hielp hij in zijn vrije tijd leerlingen die moeite hadden met Duits.

Een paar minuten later werd ik voorgesteld aan David. Hij was een knappe jongen van net achttien, met bruine krullen en donkere ogen die me toelachten. Hij nam mijn hand in een warme greep en pompte enthousiast mijn arm op en neer. 'In een mum van tijd ben jij een virtuoos in die schöne Deutsche Sprache,' beloofde hij opgewekt. Ik viel als een blok voor hem.

De daaropvolgende maanden begon ik David alleen maar leuker te vinden. En dat kwam niet alleen door zijn prettige voorkomen. David had engelengeduld. Hij bleef vriendelijk, al maakte ik of een van de andere studenten nog zoveel domme fouten. Steeds weer klopte hij me bemoedigend op mijn schouder en zei: 'Ik weet zeker dat je het kunt.' Het vijzelde mijn zelfvertrouwen aardig op.

Omdat ik het onder de knie wilde krijgen, voor mezelf maar ook voor David, studeerde ik urenlang op de vervoegingen van "der, die en das". Iris, het boek op schoot, overhoorde me keer op keer. Davids ezelsbruggetjes hielpen me door mijn eerstvolgende proefwerk heen en ik haalde er een zeven voor.

Na schooltijd liep mijn vriendin met me mee naar huis. Ze straalde zo om mijn succes dat het Katja de opmerking ontlokte dat "het wicht bijna licht gaf". Het kon Iris' goede humeur geenszins bederven. Ze gooide haar armen in de lucht en joelde: 'Dat komt omdat ik het zonnetje in huis ben!' Katja snoof, maar Carla lachte van oor tot oor, Tanja grinnikte en zelfs mama kon een glimlach niet onderdrukken.

David was blij toen ik hem van mijn succes vertelde. 'Zie je wel, je hebt meer in je mars dan je denkt,' zei hij complimenteus. Ik keek naar hem op. Heel even meende ik een tedere blik in zijn ogen te zien en de adem stokte me in de keel.

Het magische moment duurde maar een fractie van een seconde. Het duurde zelfs zo kort, dat ik begon te twijfelen of ik wel echt iets gezien had. Ik was zo verliefd op David, misschien had ik het me maar verbeeld.

'Misschien ook niet,' zei Iris, toen ik het haar vertelde. Ik durfde het niet te geloven.

Na een half jaar was ik aardig bijgespijkerd wat de Duitse taal betrof, en meneer Cremers zei dat ik nu zo goed mee kon in de klas dat ik "die Duitse jongen" kon vertellen dat ik geen bijles meer nodig had. Van schrik sloeg mijn hart een slag over. Geen extra lessen! Dat betekende dat ik David niet meer regelmatig zou zien. Ons contact zou beperkt blijven tot een toevallige ontmoeting in de gangen van de school, misschien een enkele keer op het plein.

'Tsjonge, Saar,' zei Iris, nadat de bel was gegaan die het einde van de schooldag inluidde, 'geen bijles meer.' Ze grabbelde haar lesboeken bij elkaar en smeet ze nonchalant in haar tas. 'Wat ga je nu doen?' Ik haalde mijn schouders op. 'Ik ga naar David, zeggen dat ik niet langer bijgespijkerd hoef te worden,' antwoordde ik somber. 'Wat kan ik anders?'

Mijn vriendin zag een vergeten schrift liggen, rolde het op en propte het bij de boeken, waardoor het bijna dubbel gevouwen werd. Morgen zou ze weer een standje krijgen omdat ze niet zuinig genoeg was op haar schoolspullen. 'Je zou hem kunnen vertellen dat je hem leuk vindt,' zei ze nuchter.

'Ben je gek?! Dat durf ik niet!'

Ze keek me aan, haar eerlijke ogen met een open blik in de mijne. 'Zal ík een balletje opgooien?' bood ze aan.

'Als je het maar laat!...' Ze antwoordde niet, keek me alleen maar peinzend aan. Paniekerig greep ik haar bij de arm. 'Iris, je doet het niet, hoor!' Onwillig trok ze met haar schouders. 'Okay, okay... Wil je dat ik op je wacht?'

'Ja, ik kan wel wat steun gebruiken als ik voor de laatste keer de deur van dat lokaal achter me dicht trek... Nou, laten we maar meteen gaan. Uitstellen heeft geen zin.'

Samen liepen we naar de klas waar David de scepter zwaaide, ik met lood in mijn schoenen. Toen ik de deurklink vastpakte mepte mijn vriendin me bemoedigend op de rug. 'Ik wacht hier op je.'

Ik knikte zwijgend, liep de klas in en sloot de deur achter me.

Door het kleine ruitje keek ik naar Iris die haar duim naar me opstak. Ik wist dat ze, al die tijd dat ik binnen was, door het raampje zou spieden, niet omdat ze nieuwsgierig was maar omdat ze zich zorgen om me maakte. Ze wist hoeveel ik om David was gaan geven.

Met tegenzin vertelde ik de jongen, op wie ik heimelijk verliefd was, wat meneer Cremers gezegd had. Toen ik naar hem opkeek zag ik zijn ogen verduisteren en een heel klein sprankje hoop nestelde zich in mijn hart.

'Dan zie ik je dus niet meer op dinsdag en donderdag,' stelde David met zachte stem vast.

'Nee,' antwoordde ik kleintjes. O, wat hoopte ik dat hij zou zeggen dat hij me wilde blijven zien. Ik hield de vingers van beide handen gekruist op mijn rug.

'Weet je,' merkte David voorzichtig op, 'ik ben natuurlijk blij dat ik je heb kunnen helpen, maar het is wel jammer dat onze lessen samen nu stoppen.' Mijn hart begon sneller te slaan. 'Ja,' beaamde ik, te snel, en bang dat hij iets in mijn ogen zou lezen, wendde ik ze blozend van hem af. Maar ik had mijn geheim al verraden.

David nam mijn kin in zijn hand en hief mijn gezicht naar hem op. 'Ik vind je leuk, Sarah,' zei hij, toen onze blikken elkaar ontmoetten. Mijn hart maakte een opgewonden sprongetje. Een zucht van opluchting ontsnapte aan mijn lippen.

'Ik jou ook.'

'Zou je mijn vriendinnetje willen zijn?'

'O, ja!'

Voorzichtig, alsof ik van porselein was, trok David me naar zich toe. Hij nam mijn handen in de zijne, legde mijn armen om zijn hals en sloeg de zijne om me heen. Toen vonden onze lippen elkaar.

Voor ik mijn ogen sloot en me aan het heerlijke gevoel van voor de eerste keer gekust te worden overgaf, zag ik een schaduw van de deur terug wijken. Iris die zich, wetend dat alles goed kwam, discreet terugtrok.

Vanaf dat moment waren David en ik onafscheidelijk. Ik wist

het zeker, over een paar jaar zou ik met hem trouwen en we zouden altijd bij elkaar blijven.

Katja

Mijn twee jongste zussen hadden kennis aan een jongen. Ik, hoewel ik de oudste was, had nog nooit een vriendje gehad. Dat gaf niet, ik zat niet op een man te wachten. Niet na Edwin.

Mijn zusters reageerden verschillend op hun respectievelijke vriendjes. Carla's gewoonlijk al zo rooie kop werd nog roder als Paul in de buurt was. En niet alleen haar gezicht gloeide, ook haar hals vertoonde vurige vlekken. Soms dacht ik dat ze elk moment uit elkaar kon klappen. En dat voor een jongen die ze al bijna haar hele leven kende.

Onze jongste kleurde ook, alleen was het bij haar verlegenheid dat haar deed blozen, in plaats van opwinding. Om de seconde blikte ze naar David op, vluchtig, ingetogen. Ze was zo verliefd, ze keek haar vrijer "naar de ogen", zoals mama het noemde als iemand volkomen in een ander opging.

Had ik ook zo naar Edwin gekeken? Snel zette ik die gedachte van me af. Ik wilde niet weten dat ik me aangesteld had terwijl hij niets om me gaf.

Hoe dan ook, dat mijn zusters tot over hun oren verliefd waren, bracht mij op een idee. Wat een opschudding zou het geven, dacht ik, als ik een van die kerels mijn bed in praatte. Hoewel... De vrijer van Carla kon ik misschien maar beter met rust laten. Onze rooie met haar felle karakter zou me vermoorden als ik hem zou strikken. Trouwens, Paul was mijn type niet.

Nee, dan David. Hij was een bloedmooie jongen en duidelijk gek op Saartje. Maar die was met haar vijftien jaar nog een onschuldig kind. Ik dacht niet dat de relatie van die twee veel verder ging dan handje vasthouden en zo nu en dan een kusje. David, die al achttien was, zou zich moeten inhouden. Daar lag mijn kans.

Wat zou ik die knappe, jonge knul graag inwijden in het spel der lust. Zijn éérste zijn, in plaats van onze Saar. O, wat zou mijn kleine zusje een verdriet hebben! Ik wist hoe het voelde. Ik genoot bij voorbaat.

Het zou Saars verdiende loon zijn als het me lukte haar vriendje van haar af te troggelen. Ook al had niemand het ooit met zoveel woorden toegegeven, ik wist heus wel dat zij er met haar insinuaties voor gezorgd had dat ik Edwin kwijt raakte.

Sarah

Ik droomde van een toekomst met David. Ik zag het helemaal voor me. We zouden trouwen, ik in een prachtige witte jurk en David in een zwart pak en er zou een groot feest zijn. De dag na de bruiloft gingen we op huwelijksreis, naar Parijs of Rome, waar we in alle rust van de stad en elkaar konden genieten. Als we daarvan terugkwamen wachtte ons een eigen huis, ingericht met leuke meubeltjes. We zouden een tijdje met zijn tweeën blijven, maar we waren het er over eens dat we ook kinderen wilden. Als zij er eenmaal waren, zouden we een warm, gezellig, veilig thuis voor hen scheppen en ik zou ervoor zorgen dat ze elkaar met respect behandelden. Net als ik was David gek op dieren, dus we namen ook een hond. Ik wilde graag een beagle, als eerbetoon aan Bessie, die op hoge leeftijd overleden was. 'Als jij een beagle wilt, dan wórdt het een beagle,' beloofde David. Hij plantte een kusje op het puntje van mijn neus. O, we zouden zo gelukkig zijn! We bleven altijd van elkaar houden. Niemand kon ons uit elkaar drijven.

Al snel werd ik door Kaat uit mijn mooie droom geholpen. Met een vage glimlach om haar mond kwam ze op een kwade dag zonder te kloppen mijn kamer binnen. Vertrouwelijkheid voorwendend, ging ze naast me op de roze sprei zitten. 'Ik moet je wat vertellen, Saartje...' De valse glimlach verbreedde zich. 'Ik ben met jouw David naar bed geweest.' In mijn ogen las ze dat ik het geen seconde geloofde. Ik vertrouwde mijn vriend.

Kaats mond vertrok tot een smalle streep. Uitdagend stak mijn zus haar kin naar voren. 'Hij was alleen thuis toen ik hem opzocht omdat ik zin in hem had,' vervolgde ze, vastbesloten me ervan te overtuigen dat hetgeen ze beweerde echt waar was. 'Zijn ouders waren uit eten om de twintigste verjaardag van hun huwelijk te vieren. O, ik geef toe, dat hij dacht dat ik hem een boodschap van jou kwam brengen toen hij me binnen liet en ik zeg eerlijk dat de verleiding van mij uitging, maar ik hoefde nu ook weer niet echt veel moeite te doen om hem zover te krijgen dat hij seks met me had. We gingen naar de woonkamer waar hij op die leren bank ging zitten, je weet wel, die tweezitter waar dat wandkleed boven hangt. Ik nam plaats tegenover hem, in de diepe fauteuil en zorgde er daarbij voor dat mijn niet al te lange rokje, dat ik met voorbedachte rade had aangetrokken, over mijn dijen omhoog kroop tot het kruis van mijn minuscule, zwarte stringetje te zien was. Je vriendje staarde er naar, zichtbaar opgewonden. Hij kwijlde nog net niet.'

Ik begon me ongemakkelijk te voelen. Hoe kon Kaat weten dat zijn ouders de verjaardag van hun huwelijk gevierd hadden met een diner, als ze het niet van David gehoord had? Ik had het haar niet verteld. En de huiskamer bij David thuis, ze beschreef die precies zoals die eruit zag. Maar dat ze in het ouderlijk huis van mijn vriend was geweest wilde nog niet zeggen dat er ook iets gebeurd was, probeerde ik mezelf gerust te stellen.

De argwaan echter was gezaaid. Mijn maag maakte vreemde, misselijkmakende buitelingen bij de gedachte dat het waar kon zijn, dat mijn vriend opgewonden was geraakt van mijn oudste zuster, haar had begeerd. Ik moest mijn ogen sluiten om het beeld van een wellustige David kwijt te raken. Bij mij was hij altijd teder, voorzichtig en nooit opdringerig. Mijn hart bonsde luid en angstig. Mijn benen leken van gelei te zijn en mijn keel voelde aan als schuurpapier. Kaat, die zag dat ik niet meer zo zeker was van mijn zaak, vertelde opgewekt verder.

'Toen ik opstond, naar hem toe liep en me op zijn schoot liet zakken, duwde David me niet van zich af. Daardoor aangemoedigd sloeg ik mijn armen om zijn hals en vlijde mijn lichaam dicht tegen het zijne. Gewillig liet hij zich mijn aanhaligheden aanleunen. Ik wist dat ik hem kon hebben en ik wilde hem. 'Dit zou van jou kunnen zijn,' bood ik aan, mijn onderlichaam tegen hem

aanwrijvend. 'Is het niet de fantasie van elke jongen om een keer met een oudere, rijpe vrouw te vrijen?' Ik voelde hoe hij hard werd en besloot hem nog wat meer op te winden. Ik sprong op en begon een striptease voor hem op te voeren. Ik schopte mijn hooggehakte schoenen uit, zette een voet naast David op de bank en schoof mijn rokje wat omhoog. Ik maakte mijn nylon kousen los van de jarretels en stroopte ze langzaam naar beneden. Vanonder mijn wimpers wierp ik je vriend niet mis te verstane blikken toe, hem uitdagend zijn kans met me te grijpen. Ik trok mijn nylons uit en plagend liet ik ze op zijn schoot vallen. Toen begon ik te dansen. Langzaam, sexy. Met mijn gezicht naar David toe zette ik mijn blote voeten ver uit elkaar op de vloer, bukte wat voo
rover en schudde mijn bovenlichaam heen en weer. Met grote ogen keek de jongen, die geacht wordt van jou te houden, naar mijn borsten, die haast uit mijn diep uitgesneden shirtje floepten. Ik droeg geen beha en dat liet ik David duidelijk zien. Toen ik weer rechtop stond draaide ik me om en bukte opnieuw, zodat mijn stevige, slanke kontje onder mijn rokje uitpiepte. Hij heeft trouwens ook een lekker kontje, Saar. En wat schattig, dat moedervlekje op zijn rechterbil.'

Het was of de grond onder mijn voeten wegzakte. Kaat keek naar me en wist dat ik had begrepen dat het echt waar was, David had seks met haar gehad. Toen ze wederom haar mond opende had ik het liefst mijn handen tegen mijn oren gehouden om haar stem buiten te sluiten. Ik wilde niet horen wat ze nog meer te zeggen had. Maar ik kon me niet bewegen, zat als versteend naast haar en was gedoemd te vernemen hoe mijn vriend me bedrogen had met mijn eigen zus.

'Op dat moment hield David het niet meer. Ik voelde zijn handen begerig naar me graaien en slaakte een kreetje van gespeelde schrik. Hij gromde van lust. Hij rukte me de kleren van het lijf. We hadden knetterende seks met elkaar, daar op die tweezitter. Het was heerlijk, Saartje.' Ze sloot haar ogen bij de herinnering en spon als een kat. 'David zei dat het zijn eerste keer was, maar dat zou ik nooit geraden hebben. Hij is een goede minnaar, dat vriendje van jou. Hij mag dan niet van het trouwe soort zijn, maar als je bij hem blijft zul je een bevredigend seksleven hebben. En ik ook.' Ze sloeg een arm om mijn schouders en fleemde: 'Want dat zou je me toch niet willen onthouden, Saar, een flinke vrijpartij zo nu en dan met jouw David? We kunnen hem toch delen? We zijn tenslotte zusjes.'

Tot op dat moment had ik twee dingen niet geweten. Dat een mens zoveel pijn kon voelen zonder er aan dood te gaan en dat ik iemand zo kon haten als ik het mijn oudste zuster deed.

*****

Ik twijfelde niet aan Davids liefde voor mij. Zelfs nadat Kaat me verteld had dat hij met haar naar bed was geweest, dacht ik geen moment dat hij mij wilde inruilen voor haar. Maar ik was zo gekwetst door zijn ontrouw, dat mijn eerste opwelling was om meteen onze relatie te verbreken. Tegelijkertijd versplinterde mijn hart bij de gedachte dat ik mijn geliefde voorgoed zou kwijtraken. Ik wilde hem niet missen, maar ik wist zeker dat ik nooit zou kunnen vergeten wat er gebeurd was. Dat hij me had bedrogen was al erg genoeg, maar dat het ook nog was geweest met mijn oudste zuster, van wie ik zo'n afkeer had! Zou ik ooit in staat zijn mezelf aan hem te geven zonder dat ik voor me zag hoe hij en Kaat...?

Ik voelde me vernederd en ik schaamde me te erg om mijn hart uit te storten bij Tanja of Car. Zelfs Iris vertelde ik niet wat David had gedaan.

Toen ik hem confronteerde met wat er was voorgevallen tussen hem en mijn oudste zus, betuigde de jongen van wie ik met mijn hele hart hield spijt over zijn misstap. We zaten op de tweezitter waar het wandkleed boven hing en ik kon er alleen maar aan denken dat het hier gebeurd was. Op deze bank had hij me verraden. Het leer ervan leek gaten in mijn lichaam te branden. Ik sprong op. Ik zei dat ik niet wist of ik hem ooit zou kunnen vergeven. Toch, toen hij op zijn knieën voor me op de harde vloer viel en met tranen in zijn ogen smeekte bij hem te blijven, gaf ik hem nog een kans.

Katja

Tot mijn verbazing bleef die maand mijn menstruatie uit. Ik was altijd precies op tijd, dus toen ik een paar dagen overtijd was begon ik me af te vragen of ik zwanger was. Ik wist dat het kon. Noch ik, noch David in zijn opwinding, had anticonceptie gebruikt. Ik lachte in mijn vuistje. Dat zou me wat zijn, als bleek dat het vriendje van Saar me bevrucht had! Wat dat zou losmaken! Het zou de ultieme wraak zijn.

Verrukt van die gedachte haastte ik me naar de drogist voor een zwangerschapstest. Een uur later had ik de bevestiging in handen van wat ik al had vermoed, ik droeg een kind van David.

Ondanks mijn euforie ontging het cynische van de situatie me niet. Al die tijd dat ik een verhouding had gehad met Edwin, van wie ik serieus had gehouden, was ik niet in verwachting geraakt en nu had dat knulletje van Saar, dat ik wel een lekker ding vond maar om wie ik niets gaf, me bezwangerd.

Ik verkneukelde me bij het idee in verwachting te zijn van de geliefde van mijn jongste zusje. Ik had Saars veilige wereld op zijn grondvesten doen schudden toen ik haar had gezegd dat haar vriendje me maar al te graag genomen had en nu zou de boel instorten als ze hoorde dat ons samenzijn niet zonder gevolgen was gebleven.

Het was niet meer dan gerechtigheid, dacht ik tevreden. Ik was Edwin kwijt geraakt door haar beschuldigingen, nu zou zij haar grote liefde verliezen aan mij. Ik kon niet wachten om het haar te vertellen.

Sarah

Ik zat gezellig met Car over onze favoriete muziek te kletsen, toen Katja de kamer binnenkwam. Voor de bank waar wij op zaten bleef ze staan. Zowel mijn roodharige zus als ik keken naar haar op, Carla met een argwanende blik in haar ogen. Haar wantrouwen bleek terecht te zijn toen Kaat met nauwelijks verholen leedvermaak zei dat de vrijpartij tussen haar en David niet zonder gevolgen gebleven was. Ze was zwanger. Om mijn schande compleet te maken deed Kat haar mededeling in aanwezigheid van de voltallige familie. Zelfs Daisy was er getuige van.

Mama's mond viel open. Ze kwam net uit de keuken met een dienblad vol koppen koffie dat ze op tafel zette, toen haar oudste dochter haar mededeling deed. Van schrik maakte ze een onverhoedse beweging. De donkerbruine vloeistof golfde over de randen van de kopjes, op de schoteltjes. We zouden allemaal een "voetbad" hebben, zoals we het altijd noemden. Niemand sloeg er acht op, net zo min als op het feit dat de suikerklontjes doorweekt raakten.

Tanja, die aan tafel achter haar geliefde Bijbel zat, keek met een ruk van haar blonde hoofd op. Met opengesperde ogen keek ze naar onze oudste zuster. Haar vriendin, die naast haar zat met een borduurwerkje, deed hetzelfde. Een paar seconden zaten ze doodstil, toen sloeg Tanja een kruis en begon te bidden, iets mompelend over "vergiffenis schenken aan zondaars". Daisy, het kruissteekkussen in haar werkloze handen, keerde haar hoofd naar mij. Beschaamd sloeg ik mijn ogen neer voor de blik van medelijden in de hare.

Car, die iets minder verfijnd was dan ons religieuze zusje, sprong als door een bij gestoken op en stormde op Katja af. "Hoer!" Ze zou haar met haar vuisten bewerkt hebben als mama haar niet had tegengehouden door snel tussen de twee kemphanen in te gaan staan. 'Waag het niet je zuster aan te raken terwijl ze zwanger is, Carla!'

'Het zou anders haar verdiende loon zijn als ze een miskraam kreeg!' gilde Car. Hiervoor moest ze een draai om haar oren incasseren van onze moeder, wat Kaat deed grijnzen als de Cyperse kat uit Alice in Wonderland.

Intussen stortte mijn wereld in. David, mijn David, hij had niet alleen seks gehad met Kaat, maar ook nog een kind bij haar verwekt! Zij, mijn gehate zuster, zwanger van míjn vriend! Een maalstroom van gevoelens trok door me heen. Ongeloof, verdriet, vernedering, machteloosheid, woede en angst passeerden de revue, voordat mijn geest zijn eigen overlevingsstrategie toepaste en een overweldigende, pure wanhoop me verdoofde.

Mama herpakte zich snel. Ze maakte mijn oudste zuster geen verwijten, verspilde geen woord aan het feit dat ze met mijn vriend had geslapen. Ze stelde alleen maar vast dat Kaatje met David zou moeten trouwen. Bij die woorden stokte Tanja in haar gebed. Kat echter keek uiterst voldaan. Provocerend streelde ze met haar handen haar nog platte buik en knikte instemmend. 'Dat ben ik ook van plan, mama.' Terwijl ze het zei loerde ze vanonder haar wimpers naar mij, een tevreden glimlachje om haar lippen.

'Zo zullen we het doen,' besliste mijn moeder, op een toon die duidelijk maakte dat discussie over dit onderwerp uitgesloten was. Ze keek eerst mij aan en toen gleed haar strenge blik in de richting van haar roodharige dochter.

Carla sloeg de verkapte waarschuwing in de wind. Ze ramde zo hard met haar vuist op tafel, dat Daisy ervan schrok en haar handwerk op de grond liet vallen. 'Heeft David daar misschien ook nog iets in te zeggen?' Mijn halfzus liet haar stekende, groene ogen van boven naar beneden over Kaats verschijning glijden en trok haar neus op alsof ze iets walgelijks aanschouwde. 'Waarschijnlijk wíl hij die trut niet eens.' Ik wist dat ze het goed bedoelde, maar haar woorden deden me pijn. Want David had Katja al gewild.

Achteloos wuifde mijn moeder Carla's bezwaren weg. 'Hij zal doen wat ik hem zeg,' zei ze bars. Vervolgens liep ze naar de telefoon en sprak met Davids ouders.

Een half uur later stond mijn vriend met gebogen hoofd en hangende schouders tegenover mama. Zijn vader, met een nors gezicht, en zijn moeder, met sporen van tranen op haar wangen, stemden willoos in met alles wat mijn moeder voorstelde.

Mama verweet David dat hij haar oudste dochter in opspraak had gebracht door haar zwanger te maken. Nu zou hij na de lusten ook de lasten moeten dragen, zei ze streng, want abortus, daar deden we in deze familie niet aan. Vervolgens deed ze hem de consequenties van zijn wandaden uit de doeken.

'Sarah is voorgoed verleden tijd voor jou,' zei ze, met haar wijsvinger voor zijn neus zwaaiend alsof hij vijf was. 'Je trouwt met

Kaatje. Jullie gaan een huis zoeken zodat je op jezelf kunt gaan wonen. Jij stopt met school en gaat werken, want binnenkort heb je een vrouw en een kind te onderhouden.' Haar ogen kregen een donkere, onheilspellende blik. 'Als je weet wat het beste is voor jou en je familie, verleen je je volle medewerking aan deze plannen,' dreigde ze, 'anders zal de hele stad te horen krijgen dat je je met twee van mijn dochters tegelijkertijd hebt ingelaten, zonder dat zij het van elkaar wisten én dat je een jonge vrouw met een baby hebt laten zitten. Dat zal niet alleen je eigen kansen op de huwelijks-markt aanmerkelijk verkleinen, maar ook die van je jongere broer. Want als één zoon uit een gezin overspelig en onverantwoordelijk is, zal de andere dat waarschijnlijk ook zijn, nietwaar?'

Met heel mijn hart hoopte ik dat David zou protesteren, dat hij zou zeggen dat, wat de consequenties ook waren, hij niet met de ene zuster kon trouwen terwijl hij van de andere hield. Dat hij zijn verantwoordelijkheid ten opzichte van het kind zou nemen, maar dat hij niet Kaats man wilde worden, maar de mijne.

David echter zei niets. Hij kromp slechts schuldbewust in elkaar toen hij naar zijn moeder keek die zacht begon te snikken. Het werd me duidelijk dat hij zou doen wat mama van hem eiste. Hij zou met Kaat trouwen. Ik was hem kwijt. Het leek of ik van binnen uiteen gereten werd.

Katja

Bij de gedachte dat hij mijn man moest worden trok David wit weg. Smekend gleden zijn donkere ogen over het gezichtje van zijn meisje. Alsof hij verwachtte dat zij hem zou redden.

Sarah zat stilletjes tussen mij en mijn toekomstige schoonou-ders in op de bank, het blonde hoofd gebogen. Ze hield haar rood-behuilde ogen neergeslagen, kon het niet opbrengen naar hem, van wie ze met haar hele hart hield maar die haar zo verschrik-kelijk in de steek liet, te kijken. Als een mak schaap liet David zich dwingen met mij te trouwen en zijn ware liefde op te geven.

Ik verkneukelde me over de situatie. Het was zo leuk dat ík nu degene zou zijn die in het huwelijk trad, terwijl een andere vrouw daar een diep verdriet om had. O, ik wist precies hoe Saar zich op mijn grote dag zou voelen!

Tijdens de voorbereidingen voor mijn huwelijk hield ik me steeds weer voor dat ik met David trouwde om mijn zusje te dwarsbomen. Ik gaf geen snars om die vrijer van haar en het kon me in feite niet schelen al zou ik hem in een aardappelzak mijn jawoord moeten geven, maar om haar te kwetsen kocht ik de mooiste trouwjurk die ik kon vinden. Het was een echte prinsessenjurk, de droom van ieder jong meisje.

Een strak, strapless lijfje deed mijn borsten, die al begonnen te zwellen door de zwangerschap, goed uitkomen. Een strook opgenaaide roze roosjes liep diagonaal over de wijde, witte rok, wat de japon een lieflijke uitstraling gaf. Ik kocht een paar chique schoentjes met hoge hakken.

David zorgde, met tegenzin weliswaar, voor een bijpassend bruidsboeket van roze en witte babyroosjes met, zoals ik hem had opgedragen, vrolijke linten in dezelfde kleuren als de bloemen. Met de kapster sprak ik af dat ze op de grote dag een toefje bloemen in mijn haar zou verwerken. Ik was van plan een stralende bruid te zijn naast mijn aantrekkelijke bruidegom. Ik kon haast niet wachten tot het zo ver zou zijn. Ik wist dat Saar zou sterven van binnen.

Tanja

Ons jongste zusje zag doodsbleek op deze voor haar trieste dag. Ze had er niet bij willen zijn. Ze had mama gesmeekt thuis te mogen blijven. Maar onze moeder was onverbiddelijk. We wilden de mensen geen aanleiding tot roddelpraatjes geven, zei ze. En ze zouden zeker wild gaan gissen naar het waarom, als Sarah niet bij het huwelijk van haar oudere zuster aanwezig was. Kaat had zelfs onbeschaamd beweerd dat het haar een eer zou zijn als Sarah haar bruidsmeisje was op haar grote dag.

'Mama,' siste Carla tussen opeengeklemde lippen door, 'als jíj haar niet de mond snoert, doe ík het.' Wonder boven wonder zei onze moeder inderdaad tegen Katja dat het te ver ging zoiets van Saartje te vragen.

Katja haalde haar schouders op. 'We zijn toch allemaal familie,' zei ze onschuldig. 'Ik, Sarah en straks ook David en ons kind. Ik zal moeder van een prachtige baby zijn en mijn jongste zusje is tante Sarah. Misschien wil je zelfs wel peettante zijn, Saartje?' Onze jongste kromp ineen, maar Carla reageerde fel met: 'En misschien wil jij nog tanden in je smoel hebben op je trouwdag?' Kaat bond in.

Nu liep ze in een beeldige trouwjurk naar het altaar, waar haar knappe bruidegom in zijn nette, zwarte pak op haar wachtte. Hoewel hij het op bevel van onze moeder trachtte te verbergen, was David zichtbaar ongelukkig. Ik wist dat het niet goed van me was en het zou zeker een biecht waard zijn, maar ik kon geen medelijden voor hem opbrengen. Hij had dit aan zichzelf te danken.

Wij zaten allemaal al in de kerkbanken en keken naar de stralende bruid die ons op de klanken van de bruiloftsmars voorbij schreed, links en rechts knikkend naar de aanwezigen, een glimlach om haar lippen. Haar rozige gezicht was in schril contrast met het bleke snoetje van Sarah.

Bang dat ze ter plekke zou instorten, waren Car en Paul aan weerszijden van mijn jongste zusje gaan zitten. Saar was nog maar een schaduw van zichzelf. Ze was gereduceerd tot een zielig hoopje mens, dat letterlijk overeind gehouden moest worden. Ik was bang dat ze flauw zou vallen op het moment dat haar geliefde een ander zijn jawoord gaf. Ook Carla keek voortdurend bezorgd naar het smalle, inwitte gezichtje.

Mama had ons geïnstrueerd ons zo onopvallend mogelijk te gedragen en te doen alsof dit werkelijk een heuglijke dag voor ons was. We deden allemaal ons best, maar ik vroeg me af of geen van de aanwezigen merkte hoe het ons te moede was. Ik dacht dat ze maar één blik op Saartje hoefden te werpen om te weten hoe de vork in de steel zat. En als ze het niet aan háár zagen, dan toch aan Iris, die achter haar vriendin zat, klaar om in te springen als dat nodig was. Ze legde haar hand op Sarah's schouder en die beroerde even met haar vingers de hare, dankbaar voor haar nooit aflatende steun.

Iris' gewoonlijk zo vrolijke snoet met de zomersproetjes stond gespannen. Met de regelmaat van de klok wierp ze valse blikken in de richting van het bruidspaar en van mama. Papa, die op verzoek van zijn oudste dochter haar bruiloft bijwoonde, zat naast Iris op de harde houten bank en keek niet begrijpend van de een naar de ander. Hij wist niet wat er speelde, maar hij merkte de gespannen sfeer op en het feit dat zijn jongste dochter er niet goed uitzag. Hij zag de kringen onder haar ogen, de gebogen schouders. Toen ze begon te rillen en er niet meer mee leek te kunnen stoppen, trok hij zijn colbertjasje uit en legde het over haar schouders.

De dienst leek een eeuwigheid te duren, zelfs voor mij. Deze keer sloot ik niet mijn ogen om het aroma van de wierook op te snuiven en voor het eerst viel me de kilte in Gods huis op.

We waren allemaal opgelucht toen het pas getrouwde stel de kerk verliet. Katja's hartsvriendinnen gooiden handenvol rijst over bruid en bruidegom heen en onze oudste lachte uitbundig. Maar Davids ogen zochten die van Sarah en toen zijn blik de hare ontmoette zag ik zijn mond de woorden "het spijt me" en "ik hou van je" vormen.

Saartje, zo teer als een vlinder in haar zachtgele jurkje, wankelde. Haar droevige blauwe ogen liepen vol, terwijl ze hongerig het gelaat aftastte van de man aan wie ze haar hart had verloren. Paul sloeg stevig zijn arm om haar heen en Carla fluisterde iets bemoedigends in haar oor.

Iris en Daisy keken naar David alsof ze hem ter plekke wilden lynchen. Ook ik vervloekte hem. Dat hij het mijn zusje op deze voor haar toch al zo zwarte dag nog moeilijker maakte door zulke woorden naar haar te seinen, dacht ik grimmig. Hij had wat eerder aan zijn gevoelens voor haar moeten denken. Toen hij bovenop Kaat lag, bijvoorbeeld.

Op het moment dat David zich door mama liet dwingen met Kaat te trouwen, had ik Car binnensmonds iets horen fluisteren. Ik zou het nooit met zoveel woorden gezegd hebben, maar ze had gelijk. David was een slappe zak.

Katja

Zoals mama hem opgedragen had, wendde David op onze trouw-dag al zijn krachten aan om te veinzen dat hij gelukkig was met dit huwelijk. Het vergde veel van hem. Toen hij na de ceremonie op het stadhuis en de dienst in de kerk ook nog geacht werd een glim-lach op zijn knappe gelaat te toveren voor de fotoreportage, moest hij zich geweld aandoen. Hij kon het dan ook niet opbrengen om na het maken van de foto's direct de gasten te gaan begroeten die in de feestzaal op ons wachtten. 'Gun me een moment om tot me-zelf te komen,' smeekte hij. Schouderophalend volgde ik hem de garderobe in, waar hij zijn smokingjasje ophing.

Hier, waar mijn moeder hem even niet in de gaten hield, viel het masker van zijn gezicht. Ik zag de trieste blik in zijn ogen, de lijnen om zijn mond. Het verdriet om Saartje tekende hem.

Niet zonder cynisme vroeg ik me af of dat verdriet de seksuele verlangens van mijn bruidegom in toom zou houden. Zou hij zich ten opzichte van mij weten te beheersen? Waarschijnlijk niet. Da-vid was een man, ik vermoedde dat hij zich vannacht op mij zou storten, hongerig, op zoek naar troost door middel van bevredi-ging voor zijn lichamelijke lusten.

Ondanks het feit dat ik hetzelfde had ervaren toen ik mijn grote liefde verloor, wekte de pijn in Davids hart geen medelijden in me op. Ik gaf niets om hem, was alleen maar met hem getrouwd omdat ik in de eerste plaats zwanger was en in de tweede plaats op deze manier de macht had het leven van mijn jongste zusje te verzieken. Daar genoot ik intens van. De overwinning wond me op. Het maakte dat ik mijn echtgenoot wilde. Niet pas vanavond, maar nú.

'David,' zei ik, 'vergeet Sarah.' Hij begon zijn hoofd te schud-den, maar voordat hij kon zeggen dat hij dat niet kon, zei ik: 'Je móét. Je bent nu van mij.'

'Wat ben je hard, Katja,' klaagde David. 'Zo heel anders dan je zusje. Ik had nooit met jou...' Hij zuchtte, zijn blik naar binnen gericht. 'Dan was ze nog bij me geweest.'

'Ja,' zei ik, met een sensuele ondertoon in mijn stem, 'maar je wilde me hebben, hè David?' Met mijn vingertoppen beroerde ik zijn jonge gezicht, trok een lijn van zijn lippen naar beneden. Een vlinderlichte streling over zijn kin. Mijn vinger die langzaam langs zijn hals gleed, over zijn borst en net boven zijn broekriem stopte. 'Je vond me aantrekkelijk, sexy, en je raakte opgewonden van me. Zo opgewonden, dat je alles vergat, zelfs je geliefde Saartje.'

Achter zijn rug zag ik de deur opengaan. Daar stond Saar, met papa's jasje in haar handen. David merkte haar aanwezigheid niet op. Aan zijn riem trok ik hem naar me toe. Ik liet mijn handen omlaag dwalen, omvatte zijn billen en duwde hem dicht tegen me aan. Ik drukte mijn geopende lippen op de zijne. Zijn heerlijke, strakke jongenslijf reageerde meteen. Onze monden dansten een wilde, ruige dans en David begon zwaarder te ademen terwijl hij, in een eeuwenoude beweging, zijn onderlichaam tegen het mijne bewoog.

Plagend duwde ik mijn echtgenoot van me af, hield hem met gestrekte armen op afstand. 'Je raakt een beetje verhit, hè, David? Je vindt me erotisch met mijn zwangere buik, het bewijs van jouw viriliteit. Je voelt je machtig omdat je me bevrucht hebt. Je geniet van die macht, ook al heeft het je Sarah gekost. Haar zul je nooit bezitten, daar zal ik voor zorgen, maar ik ben hier en ik heb altijd zin in jou. Ik vind je lekker. Je kunt op elk moment van de dag seks met me hebben. Je mag me er 's nachts voor wakker maken. Geef toe dat je mij ook begeert, David.'

De jongen met wie ik zojuist getrouwd was wist me naar zich toe te trekken. Hij klemde me tegen zich aan en met zijn tong in mijn mond hijgde hij: 'Ik wil je. O, mijn God, Katja, ik heb nooit iemand meer gewild dan jou.' Een gevoel van pure euforie ging door me heen toen ik besefte dat Sarah, die op nog geen drie meter afstand als gehypnotiseerd stond toe te kijken, zijn woorden hoorde.

Mijn echtgenoot knielde op de stoffige vloer en ik zakte ook door mijn knieën. Heel dicht zat ik tegen hem aan, mijn onderlichaam stevig tegen het zijne. Ik voelde zijn erectie en ik lachte zacht. Koortsachtig gingen Davids handen over mijn lichaam, betastten me overal. Onder mijn bruidsjurk knepen zijn vingers wild in mijn billen, mijn borsten. Ik kronkelde van lust.

Met een kreet werkte de jongen met wie ik getrouwd was me tegen de grond. Hij wierp zich bovenop me. Onbeheerst gleden zijn handen tussen mijn benen. Zijn vingers trokken mijn slipje opzij en drongen ruw mijn lichaam binnen. 'Je maakt me gek,' stamelde hij.

David vergat Saartje. Hij vergat alles, behalve waar hij zijn ding moest steken om bevrediging voor zijn dierlijke lusten te vinden. Hij ritste zijn broek open en ik spreidde mijn benen. Het duurde niet lang of hij riep kreunend mijn naam. 'Katja, Katja, je bent zo lekker!'

Sarah was er getuige van.

$$\star\star\star\star\star$$

Nog voor David en ik een plek voor onszelf gevonden hadden was Sarah verhuisd. Ze kon het niet aan, mij en haar vroegere vriend-je samen te zien, laat staan in één huis met ons te wonen. Papa haalde haar op.

'Ik weet niet precies wat er aan de hand is,' had hij gezegd toen hij op de dag van mijn bruiloft afscheid van haar nam, 'maar ik denk dat ik het wel kan raden. En ik weet hoe het voelt. Als de situatie te moeilijk voor je is, ben je welkom om bij mij te komen wonen. Je mag blijven zolang je wilt.'

Daarmee gooide hij roet in het eten voor mij. Het maakte dat ik spijt kreeg dat ik hem een brief had gestuurd waarin ik hem uitno-digde mijn "grote dag" bij te wonen. Ik had Saar willen kwellen en nu zij weg was voelde ik me beet genomen. Vooral toen ze na een paar maanden een nieuwe vriend kreeg met wie ze erg gelukkig was. Intussen zat ik met haar David opgescheept. En nu moest ik ook nog zijn kind krijgen.

Trees

Omdat zij de eerste was die ging trouwen, verwachtte ik dat Kaatje ook de eerste zou zijn die het huis uitging. Maar vrijwel meteen nadat haar ex-vriend de echtgenoot was geworden van mijn oudste dochter, pakte de jongste haar koffer om bij haar vader te gaan wonen.

Na een tijdje sleet Sarah's hartzeer om David, vooral nadat ze de jonge dierenarts Rien ontmoette. Vanaf het begin droeg hij haar op handen. Wat haar hartje ook maar begeerde kreeg ze van hem. Tijdens hun eerste Kerstmis samen gaf hij haar een beagle cadeau, die ze Bess noemde.

Kaat ging als tweede de deur uit. De geboorte van de baby naderde en David nam het eerste het beste baantje aan dat hij kon krijgen. Omdat hij niet meer onderwijs had genoten dan de middelbare school, was het geen hoogstaande job. Van wat hij ermee verdiende kon hij net de huur van het kleine huisje dat Katja en hij gevonden hadden betalen en zijn gezin onderhouden. Van enige luxe was geen sprake. Regelmatig schoof ik Kaatje stiekem wat geld toe, zodat ze iets leuks voor zichzelf kon kopen.

Ook Carla verliet het nest. Ze trouwde met Paul, die inmiddels zijn brevet had gehaald en piloot was bij een grote vliegtuigmaatschappij. Mijn roodharige dochter studeerde voor advocate. Langzaamaan verdween het felle, opvliegende uit haar aard en leek ze in niets meer op het opgewonden standje van voorheen. Car was volwassen geworden.

Mijn mooie dochter Tanja was de laatste die uitvloog. Ze kreeg een betrekking als Godsdienstlerares op dezelfde school waar haar vriendin maatschappijleer doceerde. Daisy besteedde tijdens haar lessen vooral veel aandacht aan het onderwerp "pesten" en de gevolgen daarvan.

Sinds kort hadden de twee een liefdesrelatie. Omdat men daar op de katholieke school vooralsnog niets van mocht weten, huurden beide jonge vrouwen ieder een woninkje in hetzelfde appartementencomplex. 'Zo kunnen we toch zo veel mogelijk bij elkaar zijn,' zei mijn dochter. Aan de warme blik die in haar ogen lag toen ze naar Daisy keek, kon ik zien dat ze echt om haar gaf, en dat ze haar plek in het leven gevonden had.

Tot de dag waarop ze bij Rien introk zorgde haar vader voor Sarah. Huib is nooit meer aan een vrouw begonnen. Ook ik heb, na Edwin, nooit meer aan een vaste relatie gedacht. Zo nu en dan had ik een scharrel, maar daar bleef het bij. Ik wilde vrij zijn, ongebonden, zodat ik de koffer in kon duiken met een leuke vent als ik er een tegenkwam, zonder dat er thuis een man op me zat te wachten die recht op me kon doen gelden. Op die manier kon ik niemand teleurstellen, niemand kwetsen, zoals ik het mijn eerste echtgenoot had gedaan. Hij heeft het nooit geweten, maar ook mijn beeldschone dochter Tanja is niet zijn kind. Ze is het resultaat van de one-night stand die ik had met zijn collega.

Zoals Huib in haar jeugd al suggereerde, moet Tanja haar knappe uiterlijk van een van haar voorouders geërfd hebben, al waren dat andere voorouders dan hij dacht. Gelukkig voor mij lijkt Tanja niet op haar biologische vader, zodat Huib wat deze buitenechtelijke dochter van mij betreft nooit argwaan heeft gehad.

Tijdens de eerste jaren van haar jeugd, maakte ik me ernstig zorgen over Tanja's geestelijke gezondheid. De man die haar had verwekt leed aan waanvoorstellingen en was tot slechte dingen in staat. Ik was bang dat het kind zijn neigingen had geërfd.

Maar al op jonge leeftijd ontpopte mijn dochter zich tot een religieus meisje. Hoewel ik de manier waarop ze doorsloeg in haar geloof niet normaal vond, stelde het me ook gerust. Het overtuigde me ervan dat Tanja te bang was voor de toorn van God om te doen wat haar biologische vader heeft gedaan. Tijdens een psychose heeft hij zijn hele gezin vermoord.

Epiloog

Ik haatte Katja vanuit het diepst van mijn hart. Jarenlang wist ik mijn gevoelens achter een masker van stoïcisme verborgen te houden. Alleen God kreeg mijn ware gezicht te zien.

Ik ging naar de kerk, bestudeerde de Bijbel, bad voor het eten, zei mijn gebeden voor het slapen gaan en vroeg Hem regelmatig om hulp bij problemen. Hij gaf altijd gehoor aan mijn smeekbeden en zei me wat ik moest doen.

Ik was nog een kind toen hij me opdroeg de plagen van Egypte na te bootsen, zodat ik Kaat, die slecht was tot op het bot, de stuipen op het lijf zou jagen. 'Maar,' kwam ik twijfelend, 'ik kan niet zorgen voor veepest, zweren en hagel. En aan sprinkhanen en luizen kan ik ook niet komen.' De stem van God stelde me echter gerust door te zeggen dat het niet gaf, dat mijn zuster voldoende zou lijden door de dingen die me wél lukten. Van de Bijbelse steekvliegen die in mijn geval gewone vliegen waren, zei Hij dat ze prima zouden volstaan en als nabootsing van de kikkerplaag liet Hij me een kikker verstoppen in Kaats tas.

In het verhaal over farao Ramses II, die de Israëlieten gebruikte als slaven en ze ook na dringende verzoeken van God niet wilde vrijlaten, werd de rivier de Nijl voor straf getransformeerd tot een modderstroom, wat in de Bijbel vermeld staat als "water dat in bloed werd veranderd". Ik deed het na door mijn bloed in Katja's glas te laten druppelen, tot het water waar ze 's nachts altijd van dronk rood zag.

De moeilijkste opgave was voor mij het nabootsen van de duisternis. Dat durfde ik niet goed. Ik was zelf bang in het donker. Als er geen licht was werd ik bezocht door vreemde, angstaanjagende wezens. Daarom waagde ik het alleen de gordijnen dicht te trekken toen ik de vliegen los liet. Al met al had de stem gelijk gekregen, ik had mijn zuster behoorlijk op de kop gezeten met deze "plagen".

Ook toen papa er achter kwam dat mama hem nog steeds bedroog met Ben en hij haar, en daarmee ook ons, wilde verlaten, sprak God tegen me, fluisterde me in wat ik moest doen. 'Doodt Hannah!'

Ik dacht aan het verhaal in de Bijbel waarin God tegen Abraham zegt dat hij, als hij werkelijk in Hem gelooft, zijn zoon Izaak aan Hem moet offeren. In die vertelling wordt Abraham op het laatste moment tegengehouden door een door God gezonden engel en ik verwachtte dat Hij ook mij op het laatste moment zou tegenhouden, dat de opdracht slechts een test was om te kijken hoe diep mijn geloof in Hem was. Mijn geloof was eindeloos.

Het was nog een hele kunst Daisy om de tuin te leiden. Zij verzette zelden een stap zonder mij en omdat ze op dat moment bij ons logeerde moest ik haar voor even zien te lozen. De enige plek waar ze me niet achterna kwam was het toilet, dus zei ik dat ik daar naartoe moest. In werkelijkheid sloop ik naar de babykamer.

Eenmaal daar, herhaalde de stem de opdracht. Ik was er nog steeds van overtuigd dat Hij me op het laatste moment zou laten stoppen. Maar mijn ouders maakten beneden ruzie en ik drukte het kussen op het gezichtje van de baby en God liet me begaan.

Het leek alsof Saartje voelde dat haar wederhelft haar verliet, want toen Hannah haar laatste adem uitblies, begon zij meteen te huilen. Snel sloop ik terug naar mijn kamer. Daar was ik nog maar net toen mama riep dat ik even bij het huilende kind moest gaan kijken. Met Daisy op mijn hielen verliet ik mijn hokje. Terug in de babykamer voerde ik mijn toneelstukje op en deed alsof ik volslagen in paniek raakte.

God kende mijn vader goed. Hij bleef. Ik was minder bedreven in mensen inschatten. Ik dacht dat mijn moeder na zo'n verschrikkelijke ervaring haar leven zou beteren, vooral nadat ze de beschuldiging van haar oudste dochter aan haar adres gehoord had, dat Hannah's dood mama's straf was voor haar zedeloze gedrag. Maar mijn moeder bleef vreemdgaan met de vriend van haar echtgenoot en papa vertrok alsnog. Het was aan mama te wijten dat mijn jongste zusje voor niets was opgeofferd.

Dat Ben ons op een gegeven moment in de steek liet kwam bij mij niet al te hard aan. Ik zag hem niet als een tweede vader. Hij hield zich ook nooit zo met mij of een van mijn zusjes bezig. Alleen met Carla, maar dat was logisch.

Dat Edwin ons verliet vond ik vele malen erger dan dat Ben het liet afweten. Op Edwin rekende ik echt. Ik mocht hem graag en hij was goed voor ons. Ondanks het geringe leeftijdsverschil zag ik hem werkelijk als een vader. Ervan overtuigd dat hij van mij en mijn zusjes hield, had ik nooit gedacht dat hij ons alleen zou laten. Ik was er verschrikkelijk teleurgesteld over, kwaad zelfs, toen hij vertrok. Maar toch, toen de stem van God zei dat ik hem moest doden, kon ik het niet.

Het was triest, papa verliet ons, Ben ging weg om nooit meer terug te komen, Edwin verdween, maar Kaat, aan wie ik zo'n hekel had, bleef. Elke avond voor het slapen gaan uitte ik mijn diepste wens: 'Heer, laat Katja uit mijn leven en dat van mijn jongere zusjes verdwijnen.' Aan deze smeekbede gaf Hij nooit gehoor.

Ik wist waarom Hij zo beschikte. Hij testte me. Hij wilde zeker weten dat ik Zijn trouwe dienares was, want Hij had grootse plannen met me. Ik viel op mijn knieën. 'God, zeg me hoe ik U van dienst kan zijn, en ik zal het doen.' Nog gaf Hij niets prijs.

Toen Anna pas geboren was en Katja met de nieuwe baby door het huis begon te dribbelen, begreep ik dat het een pose was, een manier om Edwin voor zich te winnen. Ze gaf niets om het kind. Het was slechts een kwestie van tijd tot ze het kleine meisje zou gaan kwellen zoals ze het ons, haar andere zusjes, deed.

En toen hoorde ik wederom de stem van God. Katja moest een halt toegeroepen worden, zei Hij. Door mij. Ik moest zorgen dat Carla en Sarah veilig waren. Dat was mijn plicht als oudere zus, want op mama konden ze niet rekenen. Als ik mijn opdracht goed uitvoerde zou Kaat voor jaren de bak in draaien en van het toneel verdwenen zijn. Omwille van dat hogere doel moest Anna geofferd worden. Op die manier zou ook zij goed af zijn, want zo zou Kat haar in de toekomst niet kunnen pijnigen. Even aarzelde ik, maar tenslotte gehoorzaamde ik zoals gewoonlijk.

Toen Sarah me vertelde dat ze onze oudste zuster had horen zeggen dat ze plannen had met betrekking tot de nieuwe telg, dacht ik dat dat een in mijn voordeel werkende bijkomstigheid was. Ik zei direct dat mama hierover ingelicht moest worden. Ik verwachtte niet dat mijn moeder Kaat de hand boven het hoofd zou houden. Niet als er het leven van een baby mee gemoeid was. Háár baby. Maar weer maakte ik een verkeerde inschatting. Het plan mislukte jammerlijk.

Ik was bang dat God boos op me zou zijn omdat ook deze baby voor niets was gestorven en deed een laatste poging Kaat achter de tralies te laten verdwijnen door Edwin van mijn "vermoedens" omtrent Anna's dood te vertellen. Niet meteen toen Sarah met dat voorstel kwam, want zij en Car mochten geen argwaan krijgen en merken dat ik wel heel erg bereid was onze stiefvader in te lichten. Pas toen ik de tijd rijp achtte ging ik tot actie over. Ik vertelde Edwin wat Daisy had gezien. Ik zei hem wat Sarah had gehoord. Maar mama's jonge echtgenoot ondernam evenmin de stappen waar ik op gehoopt had. Weer faalde mijn plan en eens te meer ontliep Katja haar straf. Toen kon ik alleen nog maar zorgen dat Edwin zijn zondige verhouding met haar verbrak.

Nu had Kaat, die mij en mijn zusjes jarenlang gefolterd had, zelf een kind, een meisje dat ze per se Edwina had willen noemen. Je hoefde geen Einstein te heten om te begrijpen waarom.

Kat hield net zo min van Davids dochter als ze het van de dochter van Edwin had gedaan. En deze keer was er voor haar geen noodzaak te doen alsof. Dus leefde zowel de vader als het kind in een hel. Saartjes ex-vriend was bevreesd voor de kwaadaardigheid van zijn vrouw en ik wist dat hij er reden toe had. Maar David was een volwassen man. Als hij niet zelf de moed kon opbrengen zich aan Katja te onttrekken, dan kon ik me daar niet druk om maken. Mijn bezorgdheid gold mijn driejarig nichtje.

Mijn zuster besteedde geen enkele aandacht aan Winnie, zoals ze meestal genoemd werd. De enige keren dat ze uit zichzelf het woord tot haar richtte, was wanneer ze haar uitkafferde. Het kleintje was doodsbang voor haar moeder, dat zag ik aan de manier waarop ze ineenkromp als Kaat alleen maar naar haar keek.

De laatste tijd had ik een paar keer geconstateerd dat Winnie blauwe plekken op haar armpjes en beentjes had. Als ik haar vroeg hoe ze daar aan kwam dook het kind in elkaar, keek met angst in haar ogen naar haar moeder en schudde haar hoofdje. Mijn zuster wendde haar ijskoude blik van haar naar mij en beweerde dat "haar onhandige dochter" zich gestoten had, of was gevallen. Ik geloofde haar niet. Om achter de waarheid te komen probeerde ik Davids blik te vangen, maar hij hield zijn ogen naar beneden gericht. Een lichte blos trok over zijn gezicht. Ik dacht er het mijne van. Visioenen van verbrande gezichten en vernielde schatten trokken over mijn netvlies.

Ik wist dat David niet zou ingrijpen, dus beloofde ik God dat ík het zou doen. Het was mijn boetedoening voor mijn eerdere falen. Deze keer zou ik het goed aanpakken. Dit was mijn ultieme plaag. Net zoals de tiende plaag in Egypte honderden ouders hun eerstgeborene gekost had, zo zou mijn plaag Kaat haar kind kosten.

Ik nam een advocaat in de arm, gaf mijn zuster aan wegens kinder-mishandeling en mijn zwager wegens nalatigheid. Tijdens de rechts-zaak die hierop volgde praatte ik als Brugman. Ik wilde de kleine uit huis geplaatst hebben. Tegelijkertijd moest ik zien te voorkomen dat mijn moeder de voogdij kreeg.

'Ik weet zeker,' zei ik tegen de rechter, 'dat zij het kind aan mijn zuster geeft als ze er om vraagt. Mijn moeder kan Katja niets weigeren. Zij zal haar kleindochter niet tegen haar beschermen, dat heeft ze haar dochters ook nooit gedaan.'

Toen ik terugdacht aan de verschrikkingen die mij en mijn jongere zusjes in het verleden waren overkomen, veranderden de muren van de rechtszaal van kleur. Het plafond begon te golven. De vloer leek omhoog te komen.

Ik keek naar mijn advocaat, die van vorm veranderde. Zijn slanke gestalte werd dikker, zijn hoofd zwol zo erg op dat ik dacht dat het uit elkaar zou barsten, zijn donkere haar vervaagde tot een onbestemde kleur bruin. Ik werd misselijk toen de rechter me verzocht mijn laatste opmerking toe te lichten. Ik kon me niet bewegen. Als versteend zat ik naar mijn raadsman te staren die me al twee keer bemoedigend toege-knikt had.

Plotseling donderde de stem van God door de rechtszaal. 'Je weet wat je moet doen om die zuster van je alsnog haar welverdiende straf te laten krijgen, dus doe het!'

Ik ontwaakte uit mijn verstarring. Met hese stem begon ik te vertellen over de gruwelijkheden die mijn zusjes en mij door Katja waren aange-daan. Terwijl ik aan het woord was, was het doodstil in de rechtszaal, op een paar gesmoorde kreten van afschuw van de toehoorders na. Ik gooide alles op tafel, elk smerig detail kwam aan bod. Ik beëindigde mijn relaas met de bewering dat mama er al die jaren had bijgestaan en ernaar gekeken had, zonder in te grijpen. Toen ik uitgepraat was nam alles zijn normale proporties en tint weer aan.

Ik hoefde niet eens naar hen te kijken om te weten dat mijn moeder en Kat woedend waren. Maar het kon me niet schelen. Ik hoefde niets meer met hen te maken te hebben. Ook mijn halfzusje Carla had geen bood-schap aan die twee. Ik had haar, de toekomstige advocate, een beroep dat wonderwel aansloot op haar gevoel voor rechtvaardigheid, meer dan bereid gevonden te getuigen in deze zaak. Toen de rechter haar om een reactie vroeg beaamde ze volmondig alles wat ik had gezegd.

Mama, als altijd in ontkenning, schudde vol ongeloof haar hoofd en de ondoorgrondelijke ogen van mijn oudste zuster leken nog zwarter te worden dan ze al waren toen ze haar vernietigende blik op Carla liet rusten. Car, haar halflange rode manen in een modern kapsel geknipt, het lichaam in een groen mantelpakje gestoken dat de kleur van haar ogen benadrukte, keek kalmpjes terug. Rechtop maar ontspannen zat ze op haar stoel. Er lag een nauwelijks waarneembaar glimlachje om haar lippen. Ik wist wat ze dacht: eindelijk gerechtigheid!

De zaak verdeelde ons gezin in twee kampen. Enerzijds mama en Katja, mijn jongere zusje en ik aan de andere kant. Maar was het ooit anders geweest?

Ik smeekte de rechter mijn kleine nichtje weg te halen uit een situatie die gevaarlijk en waarschijnlijk zelfs levensbedreigend voor haar was. Ik zei dat mijn vriendin en ik meer dan bereid waren het meisje een thuis te bieden. Speciaal voor dit doel waren Daisy en ik op de school waar we werkten uit de kast gekomen en we woonden nu samen, we konden onze werktijden op elkaar afstemmen. Er zou altijd iemand thuis zijn om Winnie op te vangen. Het zou haar aan niets ontbreken. Ze zou voldoende voedsel krijgen, een dak boven haar hoofd hebben, goed gekleed gaan en ze zou alle liefde krijgen die ze verdiende. Belangrijker nog, ze zou veilig zijn.

Het had wat voeten in de aarde en er werd uitgebreid onderzoek verricht, maar de vrouwelijke rechter wist de situatie goed in te schatten. Natuurlijk was het feit dat David verschillende malen met Edwina bij de EHBO was geweest omdat ze "een ongelukje had gehad", een belangrijke factor bij haar beslissing. Na een paar slopende maanden en heel wat schietgebedjes van mijn kant, werd het kind aan Daisy en mij toegewezen.

Toen Katja de uitspraak hoorde, sprong ze op van haar stoel. 'Nee!' schreeuwde ze tegen de rechter, 'U kunt mijn dochter niet aan een lesbisch stel geven!' Vervolgens wilde ze mij aanvliegen. Voor deze ene keer was David zo dapper zijn echtgenote in bedwang te houden. Onverwacht sloeg hij vanachter zijn armen om haar heen, zodat haar armen tegen haar lichaam gepind werden.

Terwijl de rechter toelichtte dat voor de rechtbank de veiligheid van het kind voorop stond, schold Kaat haar uit voor alles wat mooi en lelijk was. Luid klonk haar stem door de verder stille ruimte. Daarop werd ze gesommeerd de rechtszaal te verlaten. Bij zijn pogingen haar het vertrek uit te werken probeerde ze meerdere malen David tegen zijn schenen te schoppen.

Voordat de deur achter het ruziënde stel dichtviel ving mijn zwager mijn blik. Ik zag hoe zijn lippen woorden vormden. Hij bedankte me geluidloos voor het redden van zijn kleine meid.

Op het moment dat Carla en ik, euforisch vanwege de goede afloop, elkaar om de hals vielen, kwam mama verhaal halen. 'Tanja,' vroeg ze vinnig, 'waarom wil je per se Winnie van Kaatje afpakken? Je weet best dat ze een goede moeder is en dat geen van de beschuldigingen die je zojuist geuit hebt op waarheid berust.'

Voor ik kon antwoorden maakte mijn zusje zich los uit mijn omhelzing. Alleen aan de fonkeling in haar groene ogen was de oude, felle Carla te herkennen. Voor de rest was ze zo koel als een komkommer toen ze vaststelde: 'Je hebt de waarheid omtrent je dierbare Kaatje nooit onder ogen willen zien, mama. Je hebt haar altijd ten onrechte vertrouwd. Wist je dat ze een verhouding had met Edwin toen jij dag in dag uit voor dood in bed lag, nadat Anna overleden was?'

Ik schrok toen ze het zei en ik zag dat mama met stomheid geslagen was. Ze wankelde even onder dit nieuws. Toen hervond ze haar evenwicht en zonder verder iets te zeggen, zonder ons nog een blik waardig te keuren, liep ze weg, haar lievelingsdochter achterna. Waarschijnlijk, dacht ik, zou ze tegen Katja zeggen wat Carla beweerd had. Kaatje zou zweren dat de beschuldiging nergens op sloeg en mama zou haar geloven.

We keken elkaar aan, mijn halfzusje en ik. 'Weet je nog,' vroeg Carla, 'dat Saar jou vergeleek met een engel?' Ik knikte, glimlachend om de herinnering aan Saartje en haar poëzieversje.

'Nu bén je er een,' stelde mijn roodharige zus vast. 'Je bent Winnie's beschermengel.'

Nee, dacht ik, ik was geen engel. Hooguit was ik één van Carla's sneeuwengelen en die hadden de gewoonte weg te smelten. Ik was niet perfect. Het feit dat ik verliefd was geworden op een vrouw was daar een duidelijk bewijs van.

Toen Daisy me bekende gevoelens voor me te hebben, kon ik haar niet weerstaan. Ik gaf toe dat ik ook verliefd op haar was, al had ik God gezworen nooit aan mijn verlangen naar haar toe te geven. Daisy begon te stralen, maar een seconde later betrok haar gezicht. 'Ik wil eerlijk tegen je zijn, Tanja,' zei ze met een stem die beefde en ogen waarin de angst om mij meteen weer te verliezen te lezen was. 'Als wij samen een relatie willen beginnen is er iets dat je moet weten...' Ze zweeg even, om er toen uit te gooien: 'Ik heb Rolf van de Boom vermoord.'

Ik maakte haar geen verwijten. Ik zei niet dat het verkeerd was wat ze had gedaan. Wie was ik om haar te veroordelen? 'Het is aan God,' zei ik, 'om te beslissen of je daar voor gestraft moet worden. Niet aan mij. Al vind ik persoonlijk dat je al die jaren dat Rolf je gepest heeft genoeg gestraft bent.'

Ik vertelde haar nooit dat ik Hannah en Anna gedood had. Dat had ik in opdracht van God gedaan, dus kon het geen zonde zijn en hoefde ik het ook niet op te biechten.

Maar ik was niet geheel zónder zonde. Mijn liefde voor Daisy was groter dan mijn liefde voor God. Dat was een zonde. Toch had Hij vandaag mijn gebeden verhoord. Winnie was van mij. Mijn dwalingen waren me duidelijk vergeven. God gaf me nog eenmaal absolutie.

Dank

Het schrijven van een boek doe ik in mijn eentje, met muzikale steun van Michael Bublé, een man die ik mateloos bewonder om zijn zangtalent. Zijn stem is weergaloos en zijn liedjes zijn inspirerend en ontspannend tegelijk. Michael, bedankt.

Is het verhaal eenmaal af, dan heb ik hulp nodig van anderen om het nog beter te maken. Iemand die er met een frisse blik naar kijkt en foutjes eruit zeeft die mij niet opvallen omdat ik constant met het manuscript bezig ben. Daarom wil ik mijn proeflezeres Christa bedanken, voor de aangebrachte correcties en de waardevolle input. Christa, je was zeer oplettend en nauwkeurig en je schroomde niet om kritiek te leveren. Dankzij jou is dit verhaal er zeker beter op geworden.

Voor het uitgeefproces heb ik de hulp nodig van mensen die daar bedreven in zijn. Daarom gaat mijn dank uit naar Uitgeverij Palmslag, voor hun grondigheid en professionaliteit. Als altijd heb ik de samenwerking als zeer prettig ervaren.

Mijn laatste woorden zijn voor mijn lezers, die ik heel veel plezier wens met dit boek. Ik realiseer me heel goed dat ik zonder jullie om mijn boeken te lezen, geen auteur zou kunnen zijn. Bedankt.